# NOSOTRAS ANTES Y DESPUÉS

Primera edición: julio de 2020

Diseño de cubierta: Ariadna Oliver
Foto de cubierta: NDarya / shutterstock.com
Maquetación: Endoradisseny

Título original: *Break the Fall*



Dirección editorial: Ester Pujol
Edición: Anna López

La Galera es un sello de Grup Enciclopèdia
Josep Pla, 95. 08019 Barcelona

Impreso en Liberdúplex

Depósito legal: B-27-2020
Impreso en la UE
ISBN: 978-84-246-6616-3

# NOSOTRAS ANTES Y DESPUÉS

JENNIFER IACOPELLI

Traducción de Alena Pons, Amparo Gresa
e Isabella Monello

*Para todas las chicas, antes y después*

# capítulo uno

Destellos blancos de pura agonía se disparan por mi columna vertebral, incinerando desde mis caderas hasta mis muslos. Aprieto los dientes y cierro los puños para combatir el dolor, mis cortas uñas se clavan en las palmas de las manos.

«Venga, Audrey, no es nada. Aguanta.»

Me golpeo los músculos de los gemelos con los nudillos para distraerme del dolor mientras espero mi turno, sentada en el suelo abierta de piernas.

El único sonido en este estadio a rebosar es el reverberante chirrido de las barras asimétricas que se eleva hasta el techo. Llevamos así dos días. Una a una vamos hacia el potro, o hacia la barra, o hacia las asimétricas o hacia el suelo para competir mientras el público aguanta la respiración.

Yo también lo hago. Si no lo hago, esto me sobrepasará y nadie puede enterarse de lo mucho que me duele la espalda.

Especialmente él.

El entrenador Gibson —o Gibby para las que estamos en el Equipo Nacional de Gimnasia de Estados Unidos— patrulla los pozos entre los podios de ejercicios, observando con ojo de halcón en busca de cualquier indicio de debilidad. Es omnipresente, frío y analítico, estudiando cada momento de duda, cada estremecimiento, centrándose en nuestras flaquezas.

Lo tengo a la izquierda, vestido con un chándal rojo, blanco y azul, los brazos cruzados sobre la plástica tela.

—¿Cómo va esa espalda, Audrey? —me pregunta.

—Muy bien. Lista para la acción.

Levanta las cejas mientras murmura con recelo, pero no deja de mirar ni un segundo cómo mi compañera y mejor amiga, Emma Sadowsky, se columpia en las barras asimétricas.

Gibby puede mirar todo lo que quiera; Emma no meterá la pata. Él lo sabe, a pesar de hacer el numerito de observar de manera crítica sus verticales y la distancia de sus sueltas. Ella es perfección.

¿Pero si a mí se me escapa una mueca? Es como admitir que me duele demasiado para seguir.

Emma es una gran gimnasta, pero ni en su mejor día es mejor que yo en asimétricas. Pero, claro, me saca dos cabezas en todo lo demás, con lo que estamos en paz. Entrenamos juntas desde los tres años, cuando nuestras madres se apuntaron a clases mamá-hija. Ahora, catorce años después, estamos en los ensayos del equipo olímpico.

Seguro que ella que entrará en el equipo. Es la campeona nacional y mundial de general individual, la favorita para ganar más de un oro en Tokio. Emma ha conseguido todo lo que soñamos desde niñas, para ella ganar una medalla olímpica es solo cuestión de tiempo.

Para mí, entrar en el equipo sería un milagro. El dolor no importa. De verdad que no. Sin contar los maravillosos días tras una inyección de cortisona, siempre me duele la espalda. Los médicos me dijeron que debería dejarlo, y yo los mandé a freír espárragos. Después me disculpé y llegamos a un acuerdo: retirada después de las Olimpiadas.

Me quedan unas pocas semanas de gimnasia. O, si mi próximo ejercicio sale mal, unos pocos minutos.

Con el gratificante golpe de sus pies contra la colchoneta, Emma acaba su ejercicio clavando una doble plancha, su cuerpo arqueado durante los dos giros en esa postura tan bonita que hace que mi cuarta vertebra se retuerza. O puede que sea por el rugido del público, gritando su aprobación para la chica de oro.

La alegría por mi mejor amiga me invade mientras ella saluda a los jueces y después a los fans. Un pinchazo de emoción me sacude el cuerpo. El dolor se desvanece a mi alrededor. Pronto me toca competir y mi cuerpo y mi mente están de acuerdo.

Todavía tengo unos minutos para respirar porque Chelsea Cameron, la campeona olímpica actual de general individual, está a punto de empezar su ejercicio de suelo. Espacian los ejercicios para la emisión televisiva, así los fans pueden verlo todo desde casa.

—Lo has clavado —digo, levantándome al tiempo que Emma salta de la plataforma de ejercicios con una sonrisa falsa pegada a la cara. La conozco lo suficiente como para percibir la diferencia.

—Lo sé —dice, tirándose el pelo hacia atrás, lleva todavía los protectores llenos de tiza. Es una chica pelirroja de piel blanca y la tiza le deja una mecha un par de tonos más claros que su tez en el pelo. Me hace sonreír. Suele ser mi cabello oscuro el que está manchado de tiza, no el suyo.

—Lo tienes en el bote, Rey —dice.

—Lo sé.

Sonríe, esta vez de verdad, y se libera un poco la tensión de mis hombros, a pesar de que Gibby sigue aquí. Puede parecer que está enfocado en Chelsea, haciendo volteretas en el tatami al otro lado del estadio, pero no dudo que su atención está, por lo menos en parte, puesta en mí.

Muevo mis brazos en círculos y después los estiro por encima de mi cabeza, intentando fingir que no noto la presencia de Gibby, que estoy totalmente concentrada en el ejercicio que tengo por delante. No es mucho más alto que yo, teniendo en cuenta que es un exgimnasta, pero la absoluta totalidad de poder que tiene sobre mi mundo lo hace parecer un coloso.

Se pasa una mano por su abundante cabello marrón, ligeramente grisáceo en las sienes.

—Enséñame de lo que eres capaz, Audrey—dice.

«De lo contrario...», añado yo en mi mente.

Chelsea clava su última diagonal. Sus días como la mejor gimnasta individual hace tiempo que han quedado atrás, pero su nombre todavía tiene el peso del oro olímpico y patrocinios millonarios. Además, incluso a los veinte, sigue siendo una máquina en salto de potro y suelo.

Respiro hondo, sacando a Chelsea de mi cabeza. Gibby quiere ver de lo que soy capaz en barras y yo tengo que demostrarle que merezco un puesto en el equipo olímpico, que soy merecedora de mis sueños.

«Venga, Audrey, clava este ejercicio e irás a Tokio.»

El público por fin se ha calmado después del suelo de Chelsea, justo a tiempo para que el presentador diga:

—Y ahora, en barras asimétricas, representando al club Elite Gymnastics de Nueva York, ¡Audrey Lee!

Mi corazón pega un vuelco al oír mi nombre y un escalofrío de emoción se esparce por mi piel. Si es la última vez que voy a hacer esto, quiero recordar cada detalle. Encuentro los ojos de mi entrenadora, Pauline. Está poniendo la tiza en las barras exactamente como me gusta, solo una capa finita, para que nada se pegue a mis protectores. Tiene una sonrisa tensa en los labios y yo se la devuelvo.

No hay tiempo para todas las palabras que querría decirle sobre lo agradecida que estoy y lo mucho que la quiero y que, pase lo que pase, siempre será como una segunda madre para mí. De hecho, me alegro bastante de que no haya tiempo para decir todo esto. Llorar ahora sería un asco.

El público rezumba, pero no lo suficientemente alto como para ahogar el sonido de la sangre golpeando mis oídos. La luz junto al lateral del podio de ejercicios todavía está en rojo, así que mis ojos se mueven por el estadio, los móviles de la gente reflejan el parpadeo de las luces, los fotógrafos rondan los bordes de los aparatos de gimnasia, intentando pasar desapercibidos, pero fracasando, al tiempo que las partículas blancas de tiza flotan por el aire, pegándose a todo.

Es precioso.

El juez del final de la fila me da luz verde, la señal para empezar.

Todo desaparece. Levanto un brazo como saludo, el otro lo abro a un lado, como artificio que copié de las gimnastas rusas a las que veía cuando era pequeña. Entonces me doy la vuelta, mis ojos se mantienen fijos en las barras cilíndricas de fibra de vidrio que tienen mi billete para las Olimpiadas.

Me balanceo hasta una vertical, aguantando para demostrar control, pero no lo suficiente como para que la sangre me suba a la cabeza, y entonces doblo mi cuerpo por la mitad, mis piernas abiertas en forma de «V», completamente extendidas hasta los dedos de mis pies en punta. Apenas hay tiempo para respirar durante un ejercicio de barras, especialmente en uno de los míos. Es uno de los más difíciles del mundo, cada elemento enlazando con el siguiente al son de una suave melodía que suena de los chirridos de las barras y los tañidos de los cables. En la barra alta, me suelto y me vuelvo a coger, y entonces vuelvo a ir a la baja, doy una vuelta en ella y entonces vuelvo a subir otra vez.

No es volar, pero es a lo más cerca a lo que llegará jamás un humano. Ahora, de un gran balanceo a una pirueta y abajo, y entonces una salida en plancha hacia atrás, mi cuerpo perfectamente extendido con uno, dos, tres giros y con una recepción controlando un paso diminuto, apenas un parpadeo.

Está hecho.

Un ejercicio completado con éxito y un gran suspiro de alivio. Doy una palma, los protectores sueltan una nube de polvo en el aire, y un saludo a los jueces, quizás sea el último.

Saltando del podio, Emma me abraza antes de que llegue al suelo. Después va mi entrenadora Pauline, una mujer que me conoce más que mis propios padres. Por encima del hombro cruzo una mirada con Gibby, pero no hay emoción alguna. Ni placer ni satisfacción, solo una rigidez inidentificable. Aparta la vista.

He hecho lo que ha pedido, ¿no?

¿Ha sido suficiente?

—Venga —murmura Emma, cuando nuestra entrenadora me suelta. Cuando me separo, Pauline tiene lágrimas en los ojos. ¿Lágrimas de alegría? ¿De tristeza? ¿De ambas?

Cojo la mano de Emma y aprieto.

—Sabía que lo tenías —dice, devolviéndome el apretón.

Y eso es lo que me rompe. Tiro de su mano y la acerco a mí, las lágrimas empiezan a llegar al rabillo del ojo.

—Estoy tan orgullosa de ti. Tan orgullosa de las dos.

— Yo también. —Su voz se quiebra, pero resuella dejando la emoción atrás, otra cosa que también se le da mejor que a mí.

Pauline desliza sus brazos sobre nuestros hombros cuando nos separamos. Y juntas caminamos hacia la esquina del estadio cuando anuncian a la última competidora.

—Y ahora, en ejercicio de suelo, representando al club San Mateo Gymnastics Center, ¡Daniela Olivero!

El destino sabía lo que hacía al asignarle a Dani el último lugar de la última rotación. Su ejercicio de *El Gran Showman* es superpopular entre los fans de la gimnasia, además de que ella es bastante espectacular en suelo con unas diagonales de infarto y una energía durante todo el ejercicio que es casi ridícula.

Hasta el año pasado estaba en la periferia de la élite, pero parece que todo le ha dado un giro para bien estos meses antes de los Juegos.

La música hace que el público se ponga en pie al instante. Miro a Emma y sus ojos parpadean en respuesta. Juntas, empezamos a bailar al son de esta. La coreografía del ejercicio de Dani es fabulosa y la hemos visto una y otra vez en las concentraciones del CNG, el Comité Nacional de Gimnasia.

Sierra Montgomery y Jaime Pederson, dos chicas blancas de Oklahoma que siempre lo hacen todo juntas, se ríen de nosotras, pero la canción también las arrastra a ellas, que acaban balanceando las caderas siguiendo el ritmo.

La música llega a su fin justo cuando Dani clava su última diagonal y todo el público ruge en júbilo, una ola de sonido que nos estalla encima. Ahora mi dolor es algo pasajero, un picor en el fondo de mi mente mientras todas las competidoras en la sala empiezan espontáneamente a regalarse abrazos las unas a las otras.

Me separo de Sierra y después de Jaime y trato de normalizar mi respiración cuando Chelsea Cameron casi me tira al suelo. A pesar de apenas llegar al metro cincuenta, casi me tumba del golpe, sus voluminosos rizos castaños pegados a mi húmeda mejilla. Está llorando y probablemente no sabe ni a quién está abrazando, porque en todos estos años no hemos intercambiado más que unas pocas palabras. Dani todavía está abrazando a su entrenador, pero, finalmente, Emma consigue darle un abrazo de oso, y entonces la arrastra hacia nosotras.

Lágrimas agridulces me irritan los ojos. Es sobrecogedor, salir y hacer todo lo que puedes para demostrar que te mereces un puesto, pero sin saber todavía si con eso ha bastado.

Casi en contra de mi voluntad mi mirada se desvía hacia el marcador. No quiero mirar, pero tengo que hacerlo. Las puntuaciones totales de dos días de competición están a la vista de todos y, antes de dejar que Gibby decida mi destino, tengo que saber en qué puesto he quedado. A pesar de que por culpa de mis lágrimas contenidas cada vez se me nubla más la vista, puedo ver mi nombre con suficiente claridad.

| | |
|---|---|
| 1. Emma Sadowsky | 118.2 |
| 2. Daniela Olivero | 118.0 |
| 3. Sierra Montgomery | 117.1 |
| 4. Jaime Pederson | 116.3 |
| 5. Audrey Lee | 115.4 |
| 6. Chelsea Cameron | 110.5 |

Todas hemos acabado tal y como se esperaba, aunque estoy un poco sorprendida de la poca distancia entre Emma y Dani. Hay cuatro puestos para el equipo olímpico y yo estoy quinta, pero las puntuaciones de general individual no importan tanto como lo que quiera Gibby. La pura verdad es que la única opinión que cuenta es la suya.

No sé cómo, entre todo el caos, me pongo el chándal que trajimos Emma y yo para la ocasión. En la espalda tiene la silueta de Nueva York hecha con pequeños brillantes plateados y pone NYC Elite en la solapa izquierda. Quizás es un poco exagerado, pero la moda de la gimnasia casi nunca es discreta. Ahora las lágrimas caen de verdad. Pase lo que pase, esta será la última vez que lleve mi chándal del NYC Elite. A partir de ahora será o equipamiento de Estados Unidos o nada.

«Audrey, para. Disfruta del momento.»

Intento imitar a Emma y apartar la emoción. Solo funciona a medias. Pero es mejor que nada. Con mi bolsa colgada del hombro, reconozco vagamente a uno de los oficiales del comité, que nos indica que debemos salir de la pista. Me pongo detrás del resto de chicas, somos doce, pero nos irán eliminando hasta que queden solo cuatro y dos suplentes.

Detrás de mí, el presentador se dirige al público: «Mientras esperamos la decisión del comité de selección, queremos que os unáis a nosotros para celebrar a Janet Dorsey-Adams, medallista olímpica de plata y bronce, propietaria y entrenadora principal del Coronado Gymnastics and Dance, ¡que acaba de entrar al Salón de la Fama del Comité Nacional de Gimnasia!».

Los focos siguen a Janet por la pista, donde le espera un trofeo. Es bastante guay entrar en el Salón de la Fama, quizás en unos cuantos años yo...

—Audrey, ¡venga! —La voz de Emma, que viene de más al fondo del pasillo de lo que esperaba, interrumpe mis pensamientos.

Me doy la vuelta para alcanzarla, pero en vez de eso mis ojos se topan con el pecho de alguien mucho más alto que yo. Casi chocamos, mi nariz con su pectoral, pero aparecen unas manos fuertes, que se sujetan ligeramente a mis brazos. Con un paso rápido, nos libramos él uno del otro y él me suelta. Alzo la vista y suspiro de sorpresa. Le conozco.

Leo Adams. Es el hijo de Janet Dorsey-Adams y campeón del mundo de snowboard. Su madre solía arrastrarlo a competiciones cuando éramos pequeños. Nos seguimos *online*, pero hace años que no le veo en persona.

Viste una sonrisa sardónica y una camiseta de *This Is What a Feminist Looks Like*, es alto comparado con mi metro sesenta y cuatro, puede que incluso pase del metro ochenta. Es birracial, mitad negro, mitad blanco, y tiene una colección de pecas espolvoreadas por el puente de la nariz.

—Eh, Leo.

Me encojo por dentro por no tener un saludo mejor y porque, ¿y si yo me acuerdo de su nombre, pero él no del mío?

Menudo desastre.

Pero una sonrisa ilumina su cara y me encuentro devolviéndosela.

—Audrey Lee —dice. Oh, gracias a Dios, sabe quién soy—, cuidado. No querrás perder tu puesto en el equipo por patosa.

Me permito sonreír.

—Vale la pena arriesgarse.

«¿Pero qué demonios haces, Audrey? ¿Estás coqueteando? Será el subidón de la competición que te ha hecho perder la cabeza por completo.»

—¡Audrey! —Emma vuelve a llamarme desde del fondo del largo pasillo, su voz rebota en las paredes de hormigón. Gesticula frenéticamente para que vaya con ella, pero vacilo. Ella y el resto de las chicas están desapareciendo dentro del vestuario.

Es raro. He entrado en algún tipo de universo paralelo en el que la adrenalina todavía enmascara mi dolor y mi carrera en gimnasia puede estar a punto de llegar a su fin, y ese pensamiento tiene algo completamente liberador.

—Debería ir... —empiezo a decir.

—Deberías ir mucho. —Él coincide y yo me río.

—Señoras y señores, ¡en quince minutos anunciaremos el próximo equipo olímpico de gimnasia femenina de Estados Unidos! —anuncia el presentador.

Doy un paso hacia el vestuario y después otro. «No mires atrás, Audrey, los chicos son para el mes que viene, para después de que tengas una medalla olímpica. O dos.»

La puerta se cierra detrás de mí. El resto de las chicas están aquí, incluso Sarah Pecoraro y Brooke Orenstein. Ellas se clasificaron el año pasado como atletas individuales. Irán a Tokio, pero no tendrán la oportunidad de ganar una medalla por equipo como el resto de nosotras... si conseguimos entrar.

—¿Dónde estabas? —me increpa Emma, arrastrándome hacia dos asientos vacíos.

—¿Te acuerdas de Leo Adams?

—¿Qué? —grita—. ¿Está aquí? Espera, ¿cuánto falta para que hagan el anuncio?

Está descontrolada y no puedo culparla. Acaba de ganar el Ensayo Olímpico, pero tiene que esperarse como todas las demás y ahora mismo yo también necesito una distracción.

—Quince minutos.

Mi móvil vibra en mi bolsa. Hay miles de notificaciones esperándome. Salir por la tele nacional durante el proceso de selección ha hecho que las redes sociales se vuelvan un poco locas, pero he aprendido a ignorarlas en gran medida.

La última alerta capta mi atención. Una mención de @Leo_Adams_Roars.

Mientras abro su cuenta me muerdo el labio inferior, intentando mantener esa sonrisa que me ha sacado antes. La foto de perfil le hace justicia, las mismas pecas, la misma sonrisa y un par de hoyuelos que, por algún motivo, antes me han pasado desapercibidos.

—Guau. Está buenísimo —dice Emma, probablemente más alto de lo que habría querido.

—¿Quién está buenísimo? —pregunta Sierra, su cabeza girándose de golpe de donde estaba susurrándole algo a Jaime.

—Leo Adams —le cuenta Emma señalando mi teléfono. En un instante mi pequeño momento con Leo se convierte en la distracción que todas necesitamos.

—¿No es el hijo de Janet? —pregunta Jaime.

—No, Jaime, pero resulta que hay un tío cualquiera con su mismo apellido merodeando por el pasillo durante la presentación de su premio —Sierra arrastra las palabras al tiempo que rueda los ojos.

—¿No es *snowboarder*? —pregunta Chelsea cuando mi pulgar flota encima de una foto en blanco y negro de él sentado en una montaña, sin camiseta, con una tabla atada a los pies, y el sol alzándose en la distancia.

—Un *snowboarder* que aprecia el *aesthetic* —añade Emma alzando una ceja pelirroja depilada a la perfección.

—Ganó el mundial júnior el año pasado —digo de pasada, intentando fingir que no sigo su carrera con bastante asiduidad. A ver, no es que sea nada del otro mundo. Todos publicamos algo al menos una vez al día y él se acordaba de mi nombre, así que es posible que él sepa lo mismo de mí. Probablemente. Quizás.

Dani se inclina desde su asiento por encima de Chelsea.

—Los chicos que están como él deberían ir siempre sin camiseta. Mira esos hombros.

Casi me da un infarto cuando Sierra alarga la mano y le da al «Me gusta» de la foto por mí.

—¡Oh, Dios mío! —Aparto el teléfono, pero ya es demasiado tarde. No tengo mucha experiencia en chicos, cuarenta horas a la semana de entrenamiento no suelen resultar en épicos romances adolescentes, pero sé lo suficiente como para saber que darle «Me gusta» a una foto de hace meses te hace parecer desesperada.

Sierra se carcajea y las otras chicas sueltan risitas.

—No pasa nada. Mira.

Y tiene razón. Por fin veo el mensaje que ha escrito.

@Leo_Adams_Roars: *Me acabo de chocar con @rey_lee, ¡literalmente! No pasa nada. Ella está bien. ¡El oro en asimétricas sigue siendo nuestro! #EnsayoOlímpicoGimnasia*

Una llamada a la puerta nos interrumpe y todos nuestros ojos vuelan de la pantalla. Se ha acabado la distracción. Gibby y el resto del comité de selección rondan en el umbral.

Ha llegado el momento.

# capítulo dos

Bocanadas rápidas y entrecortadas son todo lo que consigo emitir mientras entramos en el estadio en fila, brazos al aire, saludando al público. La pared de ruido con la que nos responden es un zumbido de fondo. Ni toda una vida soñando me ha preparado para esto. Mi piel cosquillea y está dormida al mismo tiempo.

Gibby se encuentra en el centro, un foco brillándole encima mientras el resto del estadio permanece a oscuras. Lleva el cabello impecable, tiene los hombros alzados, la espalda recta, exige la atención de todos.

—¡Señoras y señores! Tengo el honor de anunciar a las atletas seleccionadas para representar a Estados Unidos en los Juegos Olímpicos de Tokio, Japón; junto con nuestras atletas individuales, Sarah Pecoraro y Brooke Orenstein. Por favor, demos un fuerte aplauso para...

—... Chelsea Cameron...

»... Audrey Lee...

»... Daniela Olivero...

»... Emma Sadowsky.

La voz de Gibby vuelve a oírse.

—Y nuestras suplentes: Sierra Montgomery y Jaime Peterson.

He arrancado a llorar desde que Gibby ha anunciado nuestros nombres en el vestuario y desde entonces solo ha ido a peor. Tengo las mejillas rojas de tanto secarme las lágrimas. Mi garganta está reseca y me resulta imposible controlar mi respiración. Pero, esta vez, no me importa. El control está absolutamente sobrevalorado. Por lo menos, en estos momentos.

Emma está a mi lado mientras subimos las escaleras que nos llevan a la tarima, las luces del estadio nos ciegan. Ella todavía no ha estallado. Ni una sola lágrima y ni un aliento roto, simplemente la serenidad que se espera de la mejor gimnasta del mundo. Me agarro a su mano con fuerza. Sostenerla hace que esto sea real. Si me suelto, puede que todo se desvanezca en el aire. Me despertaré de este sueño de sofisticada y perfecta tortura.

Es exactamente como he imaginado que sería y, al mismo tiempo, completamente distinto. La desolación que habría sentido de no entrar en el equipo es mucho mayor que la felicidad de haberlo conseguido. Es extraño saber esto de mí misma, saber que en tu corazón pesan más los fracasos que los logros. No es precisamente sano, pero es quien soy.

Un potente crujido me hace pegar un salto justo cuando el confeti explota sobre nuestras cabezas; del techo van cayendo pedacitos de papel brillante de color rojo, blanco y azul que se pegan en mi pelo. Durante un vergonzoso instante, uno me cae en la boca. Hay otra ronda de risas y abrazos mientras el confeti sigue lloviéndonos encima. En serio, creo que nunca he abrazado tanto en mi vida. No es algo frecuente para mí, pero podría acostumbrarme tranquilamente.

—¡Chicas, reunámonos! —dice Chelsea por encima del estruendo.

Ella ya ha ido a las Olimpiadas, así que sabe lo que se siente, pero yo quiero exprimir este momento. Con mi espalda, para mí esto solo pasará una vez. El brazo de Sierra se desliza por mis hombros y todas nos unimos. ¿Qué deben de sentir ella y Jaime? Suplentes. Yo no sé si tendría cuerpo para muchas celebraciones si estuviera en su lugar.

El brazo de Emma aparece sobre mi otro hombro y me encuentro en un corrillo con estas chicas, las ocho, todas juntas. Sus nombres y el mío estarán conectados para siempre, pase lo que pase entre ahora y la ceremonia de clausura.

—Ahora somos un equipo —dice Chelsea, teniendo que levantar la voz. Aun así, su voz no llega más allá de nuestro apretado círculo—. Somos nosotras contra el mundo y vamos a ganar.

Asiento dándole la razón. Todas lo hacemos.

—Manos abajo —dice Chelsea. Parece que alguien se está postulando para capitana. A ver, es una decisión fácil. Es la mayor y la gimnasta con más experiencia. Chelsea alarga su mano hacia el centro, luego Emma, entonces Jaime y Sierra, yo y Dani, y por último Sarah y Brooke—. USA a la de tres. Uno, dos, tres...

—¡USA! —gritamos y levantamos nuestras manos hacia el cielo y después nos abrimos a la vez, dándonos la vuelta y saludando al público. Han vuelto a encender las luces del estadio y creo que mis padres están sentados unas filas por detrás del potro.

Síp, ahí están y ni siquiera me veo con ganas de sentir vergüenza por cómo mi madre da botes sin parar, saludando frenética en un intento de conseguir mi atención mientras papá sonríe y aplaude con el resto del público.

Devuelvo el saludo, pero no puedo ir con ellos, a no ser que quiera saltar la pared que separa la zona de competición de las gradas y darles una apoplejía a los de seguridad. Los veré en un rato.

Pero primero tenemos entrevistas.

Una oficial del CNG, a la que llevamos siguiendo todo el fin de semana como si fuéramos patitos, nos recoge a todas. Alguien me pasa pañuelos mientras volvemos al túnel para ir a la zona de prensa. Hay taburetes esperándonos con nuestros nombres pegados detrás.

Me siento en el taburete, intento secarme las lágrimas lo mejor que puedo sin destrozarme el maquillaje y algunos periodistas se acercan a mí. Como era de esperar hay multitudes alrededor de los asientos de Emma y Chelsea, pero mola ver que Dani Olivero tiene a un grupo igual de grande, además de todos los medios de habla hispana. Su familia es mitad mexicana mitad americana y en casa hablan español, así que podrá darles unas buenas declaraciones a esos periodistas. Hay seis taburetes vacíos al otro lado de la sala para las chicas que no han logrado entrar en el equipo. Ellas siguen en el vestuario. ¿De cuánto ha ido? ¿Por qué poco no he sido una de esas chicas, en vez de estar sentada en estos taburetes tan ridículamente incómodos?

Algunos periodistas han decidido hablar conmigo primero, claramente, así aprovechan y esperan a que se dispersen un poco las multitudes para entrevistar a las estrellas.

—Audrey —empieza una mujer alta y rubia, con un recogido sofisticado—, ¿qué te pasa por la cabeza ahora que has tenido éxito en tu regreso a la competición?

Oh, tiene sentido. Les interesa una historia de redención. ¿Redención de qué? Del dolor, supongo. Sigo con tal subidón que todavía ni lo siento y eso que normalmente sentarme en un taburete sin respaldo sería un calvario. La adrenalina es mi nueva cosa favorita del mundo.

Sonrío y me muerdo el labio en un intento inútil de frenarme a mí misma.

—No lo llaméis «un regreso».

Algunos reporteros se ríen, porque han pillado la referencia. Soy del barrio de Queens en Nueva York y la canción de LL Cool J, *Mama Said Knock You Out*, es probablemente mucho más importante para mí que para el resto del mundo. La mujer que ha hecho la pregunta frunce el ceño, confusa, y yo me encojo de hombros, avergonzada.

—Disculpa. Esto es gimnasia. Siempre hay lesiones. Todas las sufrimos. Estoy muy feliz de haber tenido tiempo suficiente para recuperarme y ponerme a un nivel con el que poder entrar en el equipo.

—Hablando del equipo —interrumpe un hombre alto con unas patillas largas y gafas de hípster—, ¿qué opinas de haber quedado quinta en el general, pero haber conseguido un puesto en un equipo de cuatro? ¿Te parece justo?

Preciso de todo lo que he aprendido sobre cómo lidiar con la prensa para no poner los ojos en blanco.

—Yo en eso ni corto ni pincho. —Sonríe y vuelvo a encogerme de hombros. Es lo que mi padre, un cirujano, dice constantemente sobre las decisiones que toma su jefe en el hospital—. La final por equipos a veces es un cálculo matemático complicado. Escoger a les tres mejores atletas de cada aparato, supongo que eso habrá tenido algo que ver.

Y ese es el motivo exacto por el que estoy en el equipo. Estoy en el top tres de asimétricas y barra. Chelsea está en el top tres de salto y suelo. Dani y Emma son nuestras dos mejores gimnastas individuales, son buenas en los cuatro aparatos. Somos cuatro atletas con unas fortalezas y flaquezas que se complementan a la perfección, resultando en tres grandes programas para cada elemento de la Final por Equipos. Es pura aritmética.

—¿Estás sorprendida de haber entrado en el equipo? —me pregunta una mujer mayor a la que reconozco como reportera de *Sports Illustrated.*

—¿Sorprendida? No sé si lo describiría así..., pero ¿estaba segura de que iba a conseguirlo? ¡Rotundamente no!

—¿Cómo es pasar por esto junto a Emma Sadowsky?

Podría besar a este periodista por hacer, por fin, una pregunta decente.

Emma está a un par de taburetes de mí, despachando preguntas como una campeona. Lo poco que sé de cómo manejar estas situaciones lo he aprendido viéndola en acción.

—Es genial, una pasada y auténtica locura. Es mi mejor amiga y no sé cómo habría podido sobrevivir al año pasado sin ella. Verla en el gimnasio cada día me motivaba a seguir adelante. ¿E ir a las Olimpiadas con tu mejor amiga? Es increíble, en el mejor de los sentidos. Todo un sueño hecho realidad.

—¿Crees que puede ganar a Irina Kareva?

—Ya la ganó el año pasado.

Y aunque yo no pude competir en los Mundiales del año pasado, fue un gustazo ver a Emma derrotar a Kareva. Todo el mundo pensaba que la superestrella rusa era intocable, pero Emma acabó sacándole casi un punto después de que Irina flaqueara en la barra.

—La semana pasada Kareva subió un vídeo de un triple *twist* Yurchenko. Si lo clavara, eso le daría una gran ventaja de dificultad sobre Emma.

Eso es un «si» como una catedral. Ninguna mujer ha completado un triple *twist* Yurchenko en competición y el del vídeo Kareva se veía bastante mal. Es la única cosa que no admiro del equipo ruso. Su gimnasia puede ser preciosa, pero parece que siempre están lanzándose a hacer potros muy por encima de sus capacidades. Claro que eso no voy a decirlo delante de una cámara.

—Pues, de nuevo, yo aquí ni corto ni pincho.

—Tus redes sociales y las de tus compañeras acaban de ser verificadas. ¿Cómo te sientes al respecto?

Lo primero que se me pasa por la cabeza acaba saliéndome por la boca:

—¿Pero habéis visto a qué gente le dan esas marcas? —Los periodistas se ríen, pero un oficial del CNG hace una mueca por encima del hombro ante mi frívola respuesta—. Es broma. Es increíble. Un sueño hecho realidad. En serio.

Ya no sé ni qué estoy diciendo. Se me está empezando a pasar el efecto de la adrenalina y un latigazo de dolor estalla de golpe en mi cadera. Si el dolor no se localiza en mi espalda es que llevo demasiado rato sentada. Mis ojos se desvían hacia el oficial que tengo al lado que, de algún modo, entiende mi necesidad de dar por acabadas estas entrevistas.

—Chicos, tendréis que disculparnos —interrumpe, abriéndose paso entre el grupo—, pero Audrey necesita un poco de tratamiento en la espalda antes de que se enfríe. Gracias por las preguntas.

Las chicas que no han conseguido entrar en el equipo estarán disponibles para entrevistas en unos minutos.

Me deslizo del taburete y recojo el ramo de flores que hemos recibido durante el anuncio oficial. A mamá le encantará. Siempre piensa que me estoy perdiendo las cosas de adolescente normal, así que estará contentísima de secar estas flores para un álbum de recuerdos como si fueran un ramillete de baile de final de curso o algo así. ¿Equipo olímpico o baile? Ya, no se acerca ni por asomo.

Hablando del rey del Roma. A la que salgo de la sala de prensa, veo a mis padres con el resto de las familias. La cabeza llena de rizos oscuros de papá sobresale por encima de todo el mundo y mamá, a su lado, se ve minúscula, su larga melena negra resbalándole por la espalda. Si desenroscara mi pelo del moño, sería igual que el suyo.

La gente acostumbra a sentir curiosidad por nosotros tres. A mamá la adoptaron de Corea del Sur cuando era un bebé y, en cuanto a lo físico, he salido a ella, así que si vamos las dos solas, la gente nos pregunta sin tapujos de dónde somos o qué somos, como si eso fuera asunto suyo y no una puta pregunta de mala educación. Cuando voy con papá, la gente suele pensar que soy adoptada. Y, claro, mi apellido, Lee, todavía crea un poco más de confusión, porque proviene de los antepasados ingleses de mi padre, pero de eso hace un porrón de años.

—¡Audrey! —mamá grita cuando por fin me ve y pasan por delante del guardia de seguridad que tienen enfrente. Casi al instante sus brazos me rodean, acercándome a ella—. ¡Cariño, estoy tan orgullosa de ti!

—Has estado increíble, Rey —añade papá con su estruendosa voz.

Su mano grande me acuna la nuca, arrastrándonos a mamá y a mí a un abrazo colectivo. Es un momento perfecto. Es el momento con el que llevo soñando desde que fui lo suficientemente mayor para entender lo que eran las Olimpiadas. Verme competir todos estos años no ha sido fácil para ellos.

Suelto una mueca de dolor cuando mamá me aprieta un poco más fuerte. Es obvio que ha notado mi tensión y se separa.

—¿Necesitas ir a ver al fisio?

Asiento, y sonrío a pesar del dolor.

—Cuando estemos en casa, voy a necesitar una inyección de cortisona. El Dr. Gupta dijo que con eso debería poder pasar los Juegos si entraba en el equipo.

—Ve —me dice mi padre señalando la sala de preparación física que hay al otro lado del pasillo—. Te esperamos en el hotel. El CNG os ha organizado una fiesta.

Se me levantan las cejas al oírlo. No relaciono al CNG con fiestas, precisamente, sino más bien con toques de queda estrictos y visitas de control sorpresa a la tres de la mañana, pero ¡qué diablos! Esto son las Olimpiadas, así que ¿por qué no?

—Nos veremos allí. —Le paso las flores a mi madre y les doy un abrazo muy fuerte a cada uno antes de irme a la sala de preparación física.

Todas las demás chicas, menos Dani, también van hacia allí. Algunas abrazan a sus padres, pero la mayoría van directas hacia el tratamiento —masajes, frío y calor— que aliviará el dolor para el resto de la noche.

—¿Dónde está Dani? —le pregunto a Emma, que se encoge incómoda y se va directa a una mesa de masaje.

—Todavía está con las entrevistas —dice Sierra, poniendo los ojos en blanco. Tiene marcas de lágrimas en las mejillas y sé que las suyas no eran de alegría. Es una suplente atrapada en un torbellino muy extraño, porque está en el equipo y no está en el equipo. Creo que puedo pasar por alto los ojos en blanco y el tono seco—. Se ve que en la competición de hoy le ha ganado a Emma. Y por lo visto les parece algún tipo de milagro.

Guau, no me había dado cuenta de que hoy Dani había sacado más puntuación que Emma, aunque en el cómputo total de los dos días, la nota de Em es más alta.

—A ver... en parte sí que es para tanto —dice Jaime—. Emma es la campeona nacional y la campeona del mundo, y Dani la ha superado.

—Ya... —se burla Sierra—, porque las puntuaciones de los Ensayos *siempre* son las mismas que cuando vamos a una competición internacional.

No está diciendo ninguna tontería. Estoy segura de que todas nuestras puntuaciones de hoy están un poco infladas. A veces a los jueces también les puede la emoción de las Olimpiadas, como a nosotras.

Entro en la sala detrás de ellas y Gibby me señala una mesa de masaje vacía. Josh, uno de los preparadores del CNG, tiene bolsas de hielo listas para mí.

—Felicidades —me dice Josh sentándose en un taburete delante de mí mientras me coloco en la mesa, intentando reprimir la mueca por el dolor sordo que se extiende por mi zona lumbar.

Gibby está ahí mismo y verme envuelta en paquetes gigantes de hielo es más que suficiente para recordarle a él, que determina mi rol en el equipo, las complicaciones de mi lesión.

—Gracias —digo, sonriéndole a Josh. Lleva una eternidad trabajando para el equipo nacional.

—Hoy has hecho un muy buen trabajo, Audrey —dice Gibby, sus ojos no están puestos en mí, sino que se pasean por la sala fijándose en las otras chicas. Estoy convencida de que lo hace adrede, para dejarnos claro que, aunque esté hablando con nosotras, siempre hay otras chicas que pueden ocupar nuestro lugar.

—Graci... —intento decir, pero me interrumpe.

—Seguro que sabes que todos los puestos del equipo están sujetos al nivel de preparación en la antesala de los Juegos.

Me trago el pánico que explota en mi pecho y asiento una vez para que vea que lo entiendo.

—Emma y tú habéis soñado con ganar juntas el oro por equipos desde que erais pequeñas. Ella está cumpliendo con su parte.

Hoy te hemos seleccionado para el equipo, pero estoy seguro de que sabes que ha sido por muy poco. Espero que me des más de lo que me has ofrecido hasta ahora, ¿me entiendes?

—Sí, por supuesto.

Es una mentira. ¿Qué más quiere de mí? Yo llevo el nivel máximo de dificultad del que soy capaz con la cantidad de dolor que tengo que soportar —cosa que él sabe perfectamente—, y, aunque pudiera con ello, ya no hay tiempo de aumentar la dificultad técnica. Mis asimétricas han sido muy consistentes desde que volví y tengo muchas papeletas para ganar el oro si lo clavo en la final. Y aunque tengo puntuaciones más bajas, mi suelo y mi salto de potro han sido muy sólidos durante todo el proceso de selección.

«Audrey, tonta, se refiere a la barra.»

A veces los enlaces entre mis elementos me han quedado un poco flojos. Y aunque soy capaz de realizarlos, ha sido difícil hacerlo en competición con la presión de entrar en el equipo rondándome la cabeza. Además, en la barra es donde más arriesgo la espalda. El salto de potro castiga las articulaciones, bien te caigas o bien acabes de pie. He procurado no entrenar en exceso para ese aparato, pero eso es una excusa. Parece que antes de Tokio me va a tocar o barra o nada. Puedo subir mi puntuación de dos a cuatro décimas si consigo clavar los enlaces con consistencia.

—Haré lo que sea necesario.

—Bien —dice. De repente desvía su mirada y me guiña un ojo, veo el retazo de la menor de las sonrisas—. Solo para que lo sepas, yo apuesto por ti.

Asiento con firmeza y sonrío, a pesar de los interminables latigazos de dolor que tengo en la columna.

Entonces se va hacia Sierra, a quien le están cubriendo el hombro con compresas de hielo que hacen que las de mi espalda parezcan poca cosa. Jaime se encuentra en la mesa de al lado y le están envolviendo los codos de la misma manera. Me pregunto qué les dirá a ellas. Gibby es un gran entrenador, pero, para él, los juegos mentales y enfrentarnos a unas contra las otras no es caer bajo. Sin embargo, ha dicho que confiaba mí, eso es algo bueno, ¿no? Sí, desde luego que es bueno.

Inhalo bien hondo y veo que Josh me mira con preocupación.

—¿Qué tal la espalda? —pregunta.

Doy una patada para darme la vuelta y quedarme bocabajo en la mesa.

—Va bien.

—Perfecto. Entonces, vamos a asegurarnos de que se mantenga así para la fiesta de esta noche —añade, mientras sus dedos aprietan la zona sensible cerca de mi cuarta vértebra. Hay cicatrices y montones de cosas divertidas entre su mano y la antigua residencia de mis hernias discales. Sin querer, suelto un gruñido de protesta, revelando al instante que mi espalda no está bien. Cierro los ojos con fuerza mientras Josh continúa con el masaje, y espero, sin demasiada esperanza, que Gibby no me haya oído. Si quiere que le dé más, le daré más, y empezaré sobrellevando este dolor.

# capítulo tres

Que sí, que sí —digo saltando los escalones del autobús.

Todo el mundo se fija en mí, la mayoría con una sonrisa en los ojos, pero me parece verle un retazo de mueca a Sierra. Dejándome caer en el asiento junto a Emma, suspiro aliviada.

—No pasa nada, Rey —dice, moviéndose para hacerme sitio—, mear por encargo es difícil.

—¡Lo es!

Nos han hecho las pruebas de dopaje después de la competición, como siempre, y yo he sido la última en acabar. Pídeme que haga un programa de gimnasia delante de miles de personas y lo haré sin problema, pero echar un pis exactamente cuando me lo piden los oficiales del *antidopping* es casi imposible.

La poca gente que está en el autobús, aparte de nuestro segurata del CNG, son las gimnastas que irán a Tokio. Sarah y Brooke están en la primera fila. Parece apropiado que permanezcan un poco alejadas del resto de nosotras. Su proceso de cualificación fue totalmente independiente al nuestro y tampoco entrenarán con nosotras para preparar Tokio. Nosotras volaremos hacia San José mañana y no las volveremos a ver hasta que lleguemos a la Villa Olímpica.

Se me pasó por la cabeza, durante un instante, ir por esa vía —competir por todo el mundo contra otras gimnastas individuales para ganarme mi propia plaza para las Olimpiadas en vez de dejar que Gibby decidiera si yo entraba o no en el equipo, pero fue imposible por culpa de mi lesión. Además, Gibby no estuvo precisamente encantado cuando Sarah y Brooke escogieron esa opción, y enemistarme con el jefe del CNG no era una de mis mayores prioridades un año antes de las Olimpiadas.

—No tenemos que arreglarnos para esto, ¿verdad? —pregunta Emma, pellizcando la tela aterciopelada de su chándal.

—Tampoco es que importe mucho, ¿no? —dispara Sierra—. Gracias a Audrey, ya llegamos tarde a la fiesta.

—No habrá tiempo para cambiarse —dice Jaime a su lado.

—¿Qué más da? —dice Chelsea con ese tono que tiene para hacer que cualquier cosa suene a última palabra—. Solo estarán las familias, el CNG y quizás algún patrocinador al que le encantará el *look* «recién salidas de competición».

—¿Pero Leo Adams irá? —me chincha Emma en voz baja, pero no lo suficiente. El resto de chicas la oyen perfectamente.

—No tengo ni idea.

La pura verdad es que ni siquiera he pensado en él desde que Gibby ha entrado en el vestuario y ha leído nuestros nombres. Leo Adams es mono y tal, pero ir a las Olimpiadas gana a un chico mono por goleada.

Jaime saca la cabeza de detrás de Sierra, sus brillantes rizos rubios se escapan fácilmente de su intento de moño.

—Me apuesto a que sí que estará. Su madre acaba de recoger un premio y han venido desde Coronado, está muy lejos. Fijo que pasan la noche aquí.

—Sería guay que fuera a la fiesta, pero estoy bastante convencida que pasarme todo el rato charlando con él no impresionará a Gibby.

Emma me fulmina con la mirada.

—Venga, Audrey. Hemos entrado en el equipo. Puedes relajarte una noche. Parte de una noche. Solo unas horitas.

Tengo que morderme la lengua, literalmente, para no contestarle con un desplante. Lo último que quiero hacer es compartir lo que me ha dicho Gibby con todo el grupo.

Algo en mi cara debe reflejar mi enfado, porque su expresión se suaviza al momento.

—No me refiero a que bailes encima de la barra ni nada por el estilo. Intenta pasártelo bien. Llevas meses siendo una bomba a presión y hoy te mereces celebrarlo.

—Todas nos lo merecemos —coincido.

Por supuesto, nos *merecemos* una celebración.

—Eso mismo. Y ¿qué hay de malo en que lo celebres un poquito junto a una monada de chico?

Sierra asiente.

—Fíjate en Chelsea. Ella tiene novio y mira cómo ha mejorado su gimnasia desde las últimas Olimpiadas.

Emma se vuelve a reclinar sobre su asiento y pone los ojos en blanco. Chelsea ni se da por aludida.

Sierra puede ser un poco trol, a veces tiene gracia, pero nunca se da cuenta de cuándo se pasa de la raya.

El autocar para enfrente del hotel. Hay un montón de gente detrás de las vallas y una ola de emoción se extiende entre el mar de cuerpos cuando se dan cuenta de quién va en el vehículo. Emma se levanta de su asiento y todas la seguimos.

—Tienes razón, ¿sabes? Sobre Gibby y no querer bajar la guardia —dice Dani, arrugando la nariz—. No hay nada garantizado. Has llegado hasta aquí haciendo lo que a ti te funciona.

—Exacto.

Ella asiente en señal de apoyo y me señala la parte delantera del autocar. Dani es solo un año mayor que yo y la conozco desde que éramos niñas, pero nunca hemos sido íntimas. En los últimos dos años ha pasado de gimnasta élite del montón a máxima aspirante.

El resto del equipo ya ha llegado a delante del todo.

—Chicas, por desgracia hay demasiada gente y no damos abasto, así que os pido que sonriáis y saludéis, pero no que os paréis a firmar autógrafos o a haceros fotos. Necesitamos que sigáis avanzando —dice nuestro encargado de seguridad.

—Entendido —responde Chelsea por todas y él asiente.

—A mi señal, salimos —dice dándose la vuelta para decir algo por su *walkie-talkie*.

—Chicas, antes de que salgamos, ¡regalos! —dice Chelsea. Coge su bolso y saca siete bolsitas con del dibujo de dos gimnastas volando por los aires y una «C» estampada delante. Es el logo de su marca de cosméticos. Recuerdo que leí una entrevista en la que dijo que, como mujer negra, quería crear una línea de productos totalmente inclusiva que tuviera montones de tonos y colores. Sus nuevos lanzamientos siempre se agotan a los pocos minutos de salir a la venta.

—Vale, ¡vamos allá! —dice el segurata y nos indica que avancemos.

Chelsea nos da una bolsita a cada una de camino a la puerta del autocar. Ganó dos oros olímpicos con dieciséis años y desde entonces ha salido en pelis y videoclips. Es famosa hasta un extremo al que estoy segura que jamás quiero llegar.

—Gracias. —Cojo mi bolsa y ella me sonríe y me da una palmadita en el hombro.

—No hay de qué, Rey.

El conductor le da a la palanca para abrir la puerta y nos golpea una cascada de gritos y *flashes* de cámara. Sigo a Dani escalones abajo, justo delante de Chelsea. El pasillo que ha creado el hotel con vallas metálicas para permitirnos pasar no es lo bastante ancho como para impedir que los fans alarguen las manos y nos toquen al pasar. La multitud se lanza sobre las vallas. Yo choco unas cuantas de las manos alargadas y trato de aguantar mi sonrisa, pero mi sangre bombea fuerte y las ansias de salir corriendo me cosquillean hacia los pies al tiempo que mi cuerpo se sobrecalienta por la forma en la que la gente se abalanza sobre nosotras. Doblo mis hombros e inclino la cabeza para hacerme lo más pequeña posible.

Cuando entramos en el hotel, la cosa no mejora demasiado. Muchos de los fans también son huéspedes y el *lobby* es un caos total. Sigo la brillante cabeza calva del guarda de seguridad porque se alza por encima de casi todo el gentío alocado y, finalmente, llegamos hasta un ascensor que el hombre activa con una tarjeta. Deduzco que esto significa que vamos a un sitio al que toda esta gente no puede acceder y el alivio que me recorre de arriba abajo es muy real. De pronto siento una oleada de empatía por cada famoso del mundo. Hay muy poca gente que me reconozca por la calle, y estoy perfectamente satisfecha dejando que Chelsea y Emma vivan esa vida. Pero creo que soy la única que se siente así.

—¡Ha sido una pasada! —Sierra suspira y Jaime se ríe, con una enorme sonrisa en la cara.

Emma tiene las mejillas rojas.

—¡Qué subidón!

—Una locura —dice Dani, pero sus ojos están llenos de alegría.

Chelsea sonríe.

—Chicas, más vale que os acostumbréis. Vuestras vidas acaban de cambiar para siempre.

No sé si me creo lo que dice, pero entonces se abren las puertas del ascensor y otra multitud, esta compuesta por familiares, amigos, patrocinadores, el CNG, oficiales de la federación olímpica de Estados Unidos, entrenadores y exatletas olímpicos, se vuelve hacia nosotras en una sala muy grande en la que la música está sincopando y las bebidas hace rato que rulan. Durante un segundo hay silencio y entonces estalla una gran ovación acompañada de un fuerte aplauso.

Gibby sale de entre la multitud, su típico chándal ha desaparecido, y en su lugar viste pantalón de traje y una camisa. Le he visto solo contadas veces con ropa que no sea su chándal oficial y el cambio es impresionante. Parece mucho menos intimidante —casi normal, como si fuera el padre de alguien. Nos sonríe y luego alza los brazos y la gente se calla.

—Señoras y señores, ¡el equipo olímpico de gimnasia de Estados Unidos!

—¡Viva, viva! —grita alguien, pero es imposible saber quién entre el mar de caras.

Alzando su copa, Gibby añade:

—¡Un brindis para Emma, Chelsea, Dani, Audrey, Sarah, Brooke, Sierra y Jaime!

Es raro estar aquí plantadas mientras un grupo de adultos alzan sus copas en nuestro honor, pero entonces se acaba el momento, la música vuelve a subir de volumen, y nos arrastran a la fiesta.

Emma me pega un codazo con su picudo codo.

—¡Au! ¿Qué? —pregunto, mientras le echo el ojo a una de las bandejas de comida que están pasando. Estoy bastante segura de que he visto minifrankfurts. Yo sigo una dieta estricta, pero esos bocaditos son una de mis perdiciones.

Ella me señala la dirección opuesta a la del camarero con los tentempiés y la estúpida sonrisa que adorna su cara me dice lo que voy a ver incluso antes de que me dé la vuelta. Porque no es que lo de chincharnos mutuamente cuando nos gusta alguien sea una novedad para nosotras. Aunque no estoy diciendo que esté colgada de Leo. A penas le conozco.

A Emma le vibra el móvil en la mano, lo mira rápido antes de apagar la pantalla en un plis.

—Ve —me dice—. Nuestros padres están en la otra punta de la sala. Yo te cubro. Tienes el pelo genial. Y, como siempre, la raya del ojo te ha quedado perfecta. Eres una deportista *olímpica.* Ahora tírale los trastos, o el snowboard o lo que sea.

Sonrío y le hago un saludo militar.

—Señora, sí, señora.

Cuando me doy la vuelta, lo tengo solo a un metro de distancia, luce la misma sonrisa que en el estadio y tiene una bandeja con minifrankfurts en las manos.

—¿Puedo coger uno?

No es que sea la entrada más sutil del mundo, pero qué más da, tengo hambre.

—Todos para ti —me dice, acercándome la bandeja.

Cojo uno y me lo meto en la boca. Está de muerte. Deliciosa y mantecosa pasta celestial envolviendo lo que sea que se use para hacer salchichas. Hasta le ha puesto un poco de mostaza negra por encima. No, si resulta que tendré que acabar casándome con este chico.

—Me encantan —digo después de acabar de masticar.

—Bueno, te los has ganado, eso seguro. Dios, ha pasado una eternidad desde la última vez que nos vimos, ¿no?

—Años, mínimo cuatro o cinco.

—Claramente, has aprovechado muy bien el tiempo desde entonces —dice, señalando la sala—. Equipo olímpico a la primera, es bastante impresionante. Aunque sabía que lo conseguirías.

Me río un poco.

—¿Sí? Pues ya... eres uno. Estaba nerviosísima hasta que ha dicho mi nombre. La verdad es que todavía estoy nerviosa.

—No pareces nerviosa.

—Pues será que se me da bien la interpretación porque, de hecho, la palabra «nerviosismo» no alcanza a describir lo que estoy sintiendo ahora.

Su sonrisa palidece un poco y de pronto se pone serio.

—Te entiendo. Toda tu vida preparándote para este momento, y finalmente llega... y te cruzas con un apuesto desconocido, alto y moreno como siempre habías soñado.

Con eso me río de *verdad.*

—Ahora, en serio, felicidades. En Tokio vas a dejar a todo el mundo de piedra. Lo sé.

—Gracias. La verdad es que no me lo creo, ¿sabes? Después de la cirugía y todo el esfuerzo que he hecho para volver...

—Sí, lo vi —comenta, se muerde el labio y con una expresión avergonzada, se rasca la nuca—. No quiero sonar como un acosador, pero te sigo, y claro..., vi las fotos y los vídeos y todo lo de después de la cirugía y cuando me lesioné yo... —No acaba la frase.

Me estremezco. Me había olvidado de su foto con la escayola que vi en su perfil hace unos meses.

—¿Cuánto llevas fuera? —pregunto señalando su rodilla.

—Cuatro meses. Llevo tiempo con la rehabilitación y los médicos me han dado alta para hacer surf, así que voy tirando con eso hasta que esté bien para volver a las superficies duras. Si es que decido volver.

Este comentario hace que todas mis alarmas salten.

—¿No estás seguro de si...? —Me vibra el móvil desde el bolsillo del chándal—. Perdona.

Le echo un vistazo rápido.

Es Gibby.

*Hoy celebra, pero recuerda lo que te he dicho.*

Mis ojos vuelan por la sala. Emma, sus padres y los míos están en una esquina con su representante. Sierra y Jaime están con sus padres, todos hablando a la vez, probablemente de que ellas deberían estar en el equipo en vez de nosotras. Chelsea está con su novio, como si el resto del mundo no existiera. Dani está cerca de ellos, mirando su móvil como acabo de hacer yo. ¿Quizás también le ha escrito a ella?

—¿Todo bien? —me pregunta Leo, devolviéndome a la realidad. O quizás el mensaje es la realidad y esto es otra cosa, otra cosa que no debería estar haciendo.

Dani teclea entonces en su móvil, lo guarda y se gira hacia Chelsea y su novio y les dice algo que los hace reír.

—Sí. —Sacudo la cabeza y sonrío—. Todo bien.

—Genial. Por cierto, ¿quieres ir a hablar a algún sitio menos... transitado? —me pregunta, indicando hacia la pared del fondo. Es de cristal y lleva a lo que parece una terraza.

—Claro.

San José no es la ciudad más fotogénica del mundo, pero, como cualquier otra ciudad, se ilumina de noche y siempre tendrá un lugar especial en mi corazón. Es donde mi sueño se hizo realidad.

Apoyo los brazos en la barandilla de hierro forjado y me giro para mirarle mientras se acerca a mi lado, el aire cálido se arremolina entre nosotros.

—Y, ¿eso que has dicho... sobre volver?

Él sacude la cabeza.

—Ya, todavía faltan dos años para Beijing, así que...

—Tienes algo de tiempo...

«Pero no mucho», es lo que no digo. Hacen falta meses para volver a estar en forma al nivel de competición de élite. Mi cirugía fue hace casi dos años y hasta abril de este año no volví a estar de verdad a nivel competitivo. En total, tardé casi dieciocho meses.

—Sí. He estado haciendo la rehabilitación en el gimnasio de mi madre, pero también he pensado que igual podría ir a la uni.

—¿A cuál?

La universidad siempre ha estado en mis planes, pero como las Olimpiadas coincidían con mi año de graduación, ha pasado a la retaguardia.

—Stanford.

—¿En serio? A mí me estuvieron persiguiendo mucho antes de saber que no podría competir, pero siempre pensé que igual iría allí a estudiar de todos modos, no sé, algo que no sea gimnasia... ¿Crees que acabarás yendo? —le pregunto, cortando por fin mi monólogo y notando como me ruborizo.

«Cálmate, Audrey, deja que el chico acabe una frase.»

—No lo sé. Si voy en otoño no podré entrenar, y...

—Es una decisión difícil.

Él asiente, mirando por encima de su hombro cómo la multitud socializa.

—Sí, lo es. ¿Y tú? —me pregunta, sonriendo—. ¿Qué planes tienes para después de las Olimpiadas?

Me estremezco.

—Intento no pensar en ello.

Él rebuzna.

—Te entiendo. Retirarse a los diecisiete no es algo que haga todo el mundo.

—Exacto.

—Audrey, ¿nos presentas a tu amigo?

Me retuerzo, pero, por una vez, no tiene nada que ver con mi espalda. Es la voz de papá y seguro que mamá está con él. ¿Qué protocolo hay que seguir? Seguro que Leo se asusta. Me giro a mirarlos, sin tener ni idea de qué voy a decir, pero entonces Leo se adelanta y le ofrece la mano a mi padre. Su apretón es firme y rápido y el siguiente, con mi madre, es igual.

—Señor y señora Lee, soy Leo Adams. Un placer conocerles.

—Leo, creo que acabo de conocer a tu madre hace un momento —dice mi madre, estrechando aún su mano—. Es encantadora.

—Gracias —responde, les sonríe y luego a mí—. Les dejo solos. Deberían celebrarlo en familia.

—No, no. No queremos interrumpir —le corta mi madre, cogiendo a mi padre del brazo—. Audrey, nos vemos mañana para desayunar. Mándame un mensaje cuando llegues a tu habitación con *Emma.*

Y tras decir esto, se van, a través de las puertas de cristal, hacia la fiesta.

Pues no ha sido precisamente sutil. Cierro los ojos con fuerza mientras mis padres se alejan.

—Tus padres son majos.

Le miro, abriendo mis ojos en *shock*.

—Gracias.

De repente me quedo muda. Antes la conversación era supernatural y ahora no sé qué decir.

Mi móvil vibra, gracias a Dios. Mirarlo hará que el silencio sea menos incómodo. Es Emma.

*¡Fiesta! Nosotros y el equipo masculino. ¡Quedamos en la habitación para cambiarnos!*

Miro a Leo, que está sacando su móvil del bolsillo. Me sonríe, algo en el estómago se desenreda y mis hombros se relajan. Debería estar nerviosa, pero estar cerca de él solo me hace sentir tranquilidad. ¿Es raro? Creo que debería ser raro.

—¿Quieres ir a una fiesta?

—Yo... mmm... Pues no puedo. Mi madre y yo cogemos un vuelo esta noche.

—Oh.

Como todo lo que tiene que ver con él, mi decepción parece totalmente desproporcionada en relación con el tiempo que hemos pasado juntos.

—Pero puedo acompañarte hasta allí. Si quieres.

—¿Me acompañas a mi habitación? Por lo visto me tengo que cambiar de ropa.

—¿La que compartes con Emma?

Me río.

—Sí, exactamente esa.

—Claro, vamos.

Estamos casi en silencio absoluto durante el trayecto en ascensor hasta la decimoséptima planta, donde se hospeda la mayoría de gente del CNG. Cuando Leo alarga la mano para apretar el botón de cierre de puertas, me llega el suave aroma de su desodorante. Es ligero y fresco y encaja a la perfección con él. Me he pasado la vida con chicos que huelen a tiza de gimnasio y sudor. Esto es toda una novedad. Cuando se aparta, el dorso de su mano roza mi brazo y al momento un escalofrío me baja por la espalda, es la primera sensación agradable que he tenido en esa parte del cuerpo en mucho tiempo.

Esto es una locura.

¿Esto es lo que se siente cuando se cumplen tus sueños? ¿Entras en el equipo olímpico y conoces a un chico que está superbueno al que le gustas la misma noche? «Disfruta del momento, Audrey, porque la vida no puede mejorar mucho más que esto.»

Casi he recopilado el suficiente valor como para decirle algo, *lo que sea*, aunque no tengo ni idea de qué, cuando suena una campanita y las puertas se abren. Al fondo de todo del pasillo, al otro lado de los ascensores la fuerte vibración de los bajos de la música resuena en mi pecho. Eso debe de ser la fiesta. Con una sonrisa forzada, lo guio fuera del ascensor en dirección opuesta, hurgando en el bolsillo de mi chaqueta para encontrar la tarjeta de la habitación.

—Ha sido...

—¿Descomunal? —aporta, y yo me río.

—Totalmente.

—Ha sido genial volver a verte, Audrey —dice, yo estoy a punto de responder, pero él continúa hablando—. Cuando éramos críos... a mí... a mí siempre me hiciste tilín.

—¿Solo cuándo éramos niños? —pregunto, bromeando un poquito, como si tuviera la sartén por el mango cuando, en realidad, estoy histérica perdida de que esto esté pasando. Lo que sea que *esté* pasando.

—A ver... —se rasca el cuello, pero también está sonriendo—, no puedo negar que estabas despampanante con esas cintas en el pelo y los maillots rosa fucsia.

—Menuda memoria tienes. —Me acerco un poco—. ¿Puedo contarte algo?

Él asiente y se humedece los labios.

Yo me trago una intensa punzada bajo mi piel y digo:

—Cuando éramos pequeños, a mí también me hacías tilín.

—¿Sí?

—Emma y yo solíamos ponernos histéricas si veíamos que el club de tu madre se apuntaba a una competición porque sabíamos que eso significaría que tú irías con ella.

Nos quedamos en silencio, dejando que nuestras confesiones calen. No podríamos haber hecho nada al respecto en esa época, éramos solo niños y ninguno de los dos habría tenido tiempo para tener algo a tanta distancia, pero... ¿ahora?

Su mano se alza, sus dedos se cierran suavemente sobre mi muñeca. Su mano es mucho más grande que la mía.

—¿Te parece bien si...? —pregunta, mientras se inclina dudoso hacia adelante.

Durante un segundo mi cerebro sufre un cortocircuito, porque no entiende qué me está preguntando, pero entonces mis ojos se cruzan con los suyos y todo encaja. Asiento y él acaba con los últimos centímetros de distancia entre nosotros, pero antes de que sus labios puedan rozar los míos, la puerta del final del pasillo se abre, acompañada de una ola de ruido.

Leo se inclina, su frente descansa sobre la mía y expira. La conexión sigue ahí, nuestros ojos continúan atados, pero el momento ha pasado. Hay gente saliendo de esa habitación y yo no voy a hacer esto (lo que sea que sea esto) con público delante. Parece que él lo entiende sin que yo diga nada porque se incorpora y da un paso atrás. Mi muñeca cosquillea por la pérdida de contacto.

—Mierda —dice, rascándose el cuello, y entonces sonríe, pero no hay rastro de esa sonrisa confiada, en vez de eso hay una expresión casi tímida y algo avergonzada.

Me lamo los labios —porque los noto demasiado secos— y él suelta un gruñido gutural.

Me río. No de él, sino del grupo de gente que todavía está saliendo de la habitación, haciendo la intimidad imposible.

Él también se carcajea.

—Ahora sí que me tengo que ir. Mi vuelvo sale dentro de dos horas y mi madre me matará si lo perdemos —dice, balanceándose sobre sus talones.

—Que tengas un buen viaje —respondo, intentando aligerar un poco la situación.

No funciona.

—Mira, sé que las próximas semanas serán una locura para ti, pero nos escribiremos, ¿vale? Y después... No sé, ven a verme con tus medallas a Stanford o a donde sea que esté. No sé, o sea...

—Me parece genial —le corto la divagación.

—¿Sí? —pregunta, su sonrisa se agranda con algo que se parece mucho al alivio.

—Sí.

Él no ha llegado ni a la mitad del pasillo cuando la puerta que hay detrás de mí se abre de golpe y Emma me coge del brazo y me arrastra hacia la habitación. Me tira una bola, que deduzco es un vestido, a la cabeza y a penas lo pillo antes de que me dé en la cara.

—¿Te ha besado? No se veía a través de la mirilla.

No me enfado ni un pelo. Yo también habría espiado.

—Casi —digo, quitándome rápido el chándal y el maillot, antes de ponerme el vestido con cuidado. Es uno de los de Emma, cortito de color gris claro con tirantes finos en los hombros que se atan a la espalda dejando un escote en forma de diamante.

Me doy la vuelta para pasar su inspección y ella asiente, antes de alargar las manos para acabar de ajustarme el lazo de la espalda.

—Vale. Estás bien. ¿Y yo? —me pregunta.

Le hago un gesto para que dé una vuelta y yo estudio el vestido dorado cubierto de lentejuelas que parece casi de chica *flapper* y me río.

—¿Acababas de darme un vestido color plata mientras tú llevas uno de color oro?

Sus ojos se abren por la sorpresa, pero entonces se desternilla.

—Te estoy preparando para el podio de asimétricas.

—¡Qué bruja! Pero sí, estás de escándalo. Vámonos.

Nos calzamos unas chanclas casi elegantes, cogemos nuestros móviles y corremos juntas pasillo abajo. La música sigue resonando y cuando la puerta se abre, aparece Chelsea al otro lado del umbral, nos coge de las manos y nos hace entrar en la *suite*.

Emma entrelaza sus dedos con los míos y vamos directas hacia el grupo de gente bailando. Mi pulso se acompasa con el rápido son de la música mientras Emma y yo buscamos el ritmo de la canción y empezamos a bailar, cantar y reír. La habitación está oscura.

Pero el paisaje urbano brilla a través de las ventanas, es la misma vista que Leo y yo hemos contemplado hace un rato. Entre la multitud de cuerpos cuesta saber quién es quién, pero no importa. Voy a ir a las Olimpiadas con mi mejor amiga y, aunque solo sea esta noche, tengo que celebrarlo.

# capítulo cuatro

He entrado en el equipo olímpico.

Eso no suena real.

—Voy a ir a las Olimpiadas.

Nop. Sigue sonando falso.

Aquí, en la cama en la que desperté ayer, donde las palabras que estoy diciendo todavía no eran reales. Es muy difícil convencer a mi mente para que acepte esta nueva realidad.

—Soy una atleta olímpica.

Me sacudo de los ojos los últimos vestigios de sueño y me giro topándome con la visión del cuerpo de Emma surcando el espacio entre su cama y la mía.

—¡Somos atletas olímpicas! —grita, aterrizando a mi lado, su cabello rojo volando hacia su cara.

Sí, esto sí que ha sonado real.

Levanta su móvil y acerca su cabeza a la mía.

—Sonríe, Rey, nos vamos a Tokio —canturrea mientras graba, y yo permito que una sonrisa ilumine mi cara.

Su pulgar se desliza por la pantalla.

—Perfecto. Steve me ha dicho que debería postear al menos tres o cuatro veces al día hasta los Juegos. ¡Oh! Se me olvidaba, cuando ayer estuve haciendo de distracción humana con nuestros padres para Leo y para ti, Steve estuvo hablando con los tuyos. Quiere que hagamos una promo juntas antes de que nos vayamos al centro de entrenamiento.

Steve Serrano es el representante de Emma. Firmó con él después del Campeonato del Mundo del año pasado, con lo que renunció a su estatus de *amateur* y se pasó a profesional. En teoría, yo también soy profesional. Fue una decisión fácil cuando me di cuenta de que no podría competir a nivel universitario.

Mi teléfono vibra cerca de mi cabeza y lo rescato de debajo de la almohada, donde acabó ayer después de que nos arrastráramos de nuevo hasta la habitación, completamente exhaustas, en todos los sentidos.

Es un mensaje directo de Leo.

*No sé si ayer fui lo bastante claro. Pero hablar contigo fue realmente genial.*

Y debajo de eso, su número, su auténtico número de teléfono, cosa que parece un poco seria.

—¿Quién es? —me pregunta Emma mientras estrecha los ojos hacia la pantalla y entonces suelta un chillido.

—¿Qué le contesto?

Abro un mensaje nuevo.

—Dile que se perdió una gran fiesta —sugiere Emma—, y que te hubiese gustado bailar con él.

Sí, eso suena bien. Natural con un toque de tonteo, pero sin ser exagerado. Lo tecleo y le doy a enviar.

Salgo del mensaje y miro la hora en el móvil.

—Buff. Voy a llegar tarde. Se supone que he quedado con mis padres.

Se me enreda un pie con las sábanas cuando salto de la cama, y me da un tirón en la espalda, pero ignoro el dolor. Le doy vueltas a la cabeza, intentando recordar lo que Gibby nos dijo que debíamos llevar puesto para la reunión, pero caigo en que allí nos darán nuestra ropa del equipo olímpico, así que, por una vez, no importa lo que llevemos. Imito a Emma y me pongo unos *shorts* y una camiseta del NYC Elite. Me recojo el pelo en una cola de caballo, me calzo unas chanclas, agarro el teléfono y salgo corriendo por la puerta.

La puerta en la que Leo casi me besó.

Soy una atleta olímpica y ayer tuve un casi-beso con un tío que está buenísimo.

Hoy va a ser un buen día.

La recepción del restaurante está relativamente vacía. Todo el mundo se acostó tarde, incluso los fans. La mayoría de gente no se despertará hasta dentro de unas horas, pero localizo a mis padres en una mesa cerca de los ventanales.

—Hasta luego —dice Emma mientras se aleja.

Sus padres y Steve están en la otra punta del restaurante. Chelsea y su novio están en el reservado de una esquina; ella me saluda un momento antes de volver a unos papeles que él le está enseñando. Le devuelvo el saludo y me voy hacia mis padres.

—¡Buenos días! —Me dejo caer en la silla junto a papá. Ya me han pedido una tortilla de claras de huevo con verduras y un vaso enorme de zumo de naranja.

—Buenos días, Rey —me dice mamá con una gran sonrisa.

Ella y papá me contemplan un largo instante.

—¿Qué? —pregunto, mirándolos a los dos—. ¿Qué pasa?

—Eres una atleta olímpica —dicen a la vez.

Un escalofrío agradable me recorre de la cabeza a los pies y me uno a sus sonrisas. Ha sido un viaje de catorce años y mis padres han estado conmigo a cada paso, pasando por competiciones estatales, calificatorios de élite, campamentos del CNG y eventos internacionales, a lesiones, cirugías, médicos, rehabilitación y, finalmente, hasta Ensayos del Equipo Olímpico.

El orgullo reluce en sus sonrisas.

—Por cierto, ese chico, Leo, parecía muy majo —comenta mi madre, sus ojos brillan con picardía.

—Mamáááá —me quejo.

Por supuesto que mamá quiere hablar de Leo y no tiene ningún problema con la incomodidad de sacar el tema delante de mi padre.

—¿Qué? Parecía buen chico, ¿verdad, Greg?

—Mucha gente parece maja —refunfuña él, entonces coge su taza de café para esconderse tras ella, pero veo que sigue sonriendo, más o menos.

—Es majo, pero se fue con su madre a casa como una hora después de que lo conocierais.

—¿Quién es majo? —Una nueva voz se une a la conversación y yo me tenso.

Gibby está junto a nuestra mesa y nos sonríe.

—Entrenador Gibson —dice mi padre, ofreciéndole la mano—, buenos días.

—Buenos días a ustedes también. Audrey... —dice—, solo quería asegurarme de que están todos bien y felicitarles de nuevo por lo que han conseguido como familia.

—Gracias —dice mi madre, mirándome con una sonrisa.

—Gracias —digo.

—Sé que Audrey tiene mucho más que ofrecer que lo que hemos visto este fin de semana. Pero no quería interrumpirles. Les dejo seguir con el desayuno y, Audrey, tengo muchas ganas de verte en el campamento de entrenamiento.

Y con eso, se va. Me obligo a respirar hondo y soltar el aire lentamente. Tampoco ha sido muy horrible.

—Está contento de que estés en el equipo —dice mamá, su sonrisa se expande por toda su cara.

—Sí. —No me apetece mucho compartir lo que me dijo anoche sobre la barra y que necesitaba que yo le diera más. Mis padres están felices y orgullosos. Puedo gestionar los juegos mentales de Gibby por mi cuenta—. Pero todavía hay mucho trabajo por hacer.

—Sin duda. —Mi padre coincide con la boca llena—. Y, hablando del tema, he contactado con la aerolínea y os he cambiado los billetes para el último vuelo de hoy a ti, a Emma y a Pauline.

—Gracias —digo antes de pegarle un buen bocado a mi desayuno.

No quisimos dar nada por hecho cuando cogimos los vuelos de vuelta después de los Ensayos, nos pareció que el incordio de tener que cambiar las reservas era mejor que gafar mi oportunidad de entrar en el equipo. No es que sea supersticiosa, pero los Ensayos para el Equipo Olímpico no son el momento de tentar al destino.

Le doy otro bocado a la comida y me bebo un trago largo de zumo.

—Tengo que irme ya. —Me inclino, beso a papá en la mejilla, después me levanto, rodeo la mesa y le doy un abrazo rápido a mamá—. Intentaré veros en el vestíbulo antes de que os marchéis al aeropuerto, ¿vale? —Debería disponer del tiempo suficiente para despedirme entre la reunión y todo lo demás—. Pero, por si acaso, que tengáis un buen vuelo y nos vemos en casa —les digo dándole a papá un abrazo enorme y otro igual a mamá.

Cuando me doy la vuelta para marcharme, busco a Emma, pero ya no está. Chelsea también se está levantando de su mesa. Nos vamos acercando la una a la otra sin pensarlo mientras salimos del restaurante y avanzamos juntas hacia la sala de conferencias.

—Todavía no me lo creo —susurro.

Ella me sonríe, casi igual que mi madre antes.

—No te fuerces. Un día, sin darte cuenta, tu cerebro entenderá que todo esto es real.

—¿Y es cuando tendré un ataque de nervios? —pregunto con una risita.

—Fijo. Yo iba por la calle en L. A. con Ben —Es el nombre de su novio— y de pronto me puse a llorar. Fue unos seis meses después de Río.

—¿Estás de coña?

—Nop. Me puse a berrear en plena acera. No tengo ni idea de por qué, pero me dio de golpe. Así que, por ahora, déjate llevar. Tienes unas cuantas competiciones importantes antes. Fuiste a los Mundiales hace dos años. Piensa que es como eso y ya perderás los estribos después.

—Haces que parezca fácil.

—Oh. No lo es, pero, a partir de ahora, yo te cubro las espaldas. Las cosas pueden ser difíciles para las mujeres de color en este deporte. A veces no nos miden con el mismo rasero. Si pasa algo raro, ven a hablar conmigo. Lo gestionaremos juntas.

Estamos delante de la puerta de la sala de conferencias. Creo que es la conversación más larga que he tenido con ella. Durante todo el año, he intentado fingir que su éxito no me intimida un montón, pero no estoy segura de haberlo conseguido.

—Señoritas, tomen asiento —dice la misma empleada del CNG que ayer me salvó de esos periodistas.

Emma ya está allí, sentada junto a Sierra y Jaime. Cuando me deslizo en la silla junto a la suya, me regala una sonrisa tensa. Ha llegado el momento. Nuestro viaje a Tokio empieza ahora.

Gibby se pone delante de nosotras e, instintivamente, todas nos estiramos para prestar atención, espaldas rectas contra los respaldos de las sillas. A todas nos han llamado la atención por dejar caer nuestra postura y lo último que necesitamos es que nos riñan por tener los hombros caídos.

—Bien, creo que estamos todos —dice, y la trabajadora del CNG cierra la puerta de la sala.

Todo el mundo está aquí, todos los mandamases, el consejo administrativo, representantes de nuestros mayores patrocinadores, nuestros entrenadores, todo dios, vamos.

Sonrío a Pauline, que sacude la cabeza con firmeza como respuesta. Eso es raro. En estas reuniones Pauline suele lucir siempre sonrisas falsas. Incluso cuando está de mal humor, no quiere que nadie piense que está molesta con nosotras por si eso hace que Gibby sospeche que hemos hecho algo mal. Repaso la habitación y entonces todo tiene sentido.

Falta Dani.

—Un momento —dice Chelsea, a mi lado—, ¿dónde...?

Gibby la corta alzando una ceja y ella se echa para atrás, todavía confusa.

—Chicas, antes de que empecemos, tengo que hacer un comunicado. Me veo en la obligación de informaros de que los resultados de vuestras pruebas de dopaje de antes de los Ensayos llegaron anoche y, desafortunadamente, Dani Olivero ha sido expulsada del equipo por haber infringido la normativa antidopaje instaurada de manera conjunta entre el CNG y la Federación Olímpica Americana.

¿La normativa antidopaje?

Joder, Dani ha falseado su prueba de dopaje.

Gibby todavía está hablando así que me vuelvo a centrar en él.

—Como sabéis, tenemos una política de tolerancia cero ante las infracciones de este tipo. Por lo tanto, siguiendo las directrices de la federación olímpica, Dani ya no está en el equipo.

Duda y entonces nos mira, conectando sus ojos con cada una de nosotras durante un instante. Cuando llega a mí, pongo cara de póker, igual que hago cuando nos colocamos en fila antes de un entrenamiento o una competición. No mostrar emociones es mejor que mostrar la emoción incorrecta. ¿*Shock*? ¿Furia? ¿Incredulidad? ¿Confusión? Todas están flotando dentro de mí, pero él no lo sabrá nunca.

Cuando parece satisfecho de que todas hayamos entendido lo que sea que está intentando dejarnos claro, Gibby sonríe y nos dice:

—A pesar de lo devastadora que es esta noticia y lo decepcionados que estamos todos con Dani, también podemos sacar algo de alegría de esta situación. Estoy muy emocionado de anunciar que Sierra Montgomery, gracias a sus fenomenales habilidades y sus años dedicados al entrenamiento, deja de ser suplente para pasar a formar parte del equipo. ¡Felicidades, Sierra!

Sus manos se unen una vez y luego otra, aplaudiendo, y todos nos unimos a él. Sus manos chocan de manera mecánica sin cesar, pero mi cerebro todavía no ha captado la información que tiene que procesar. Dani suspendida. Sierra ascendida. Así de fácil. Un sueño muere. Otro revive.

Sierra suelta un sonido de su garganta que es algo entre un chirrido y un grito.

—Yo... yo no... Gracias —consigue balbucear poco después.

Su mano está aferrada a la de Jaime con tanta fuerza que tiene los nudillos blancos. La cara de Jaime está congelada en lo que parece una batalla interna épica entre la emoción por su mejor amiga y el resentimiento completamente natural de seguir siendo una suplente.

—Has trabajado muy duro para llegar hasta aquí, te lo mereces. —Tras esas palabras su expresión se suaviza casi al instante, sus hombros se relajan—. Hoy vamos a proceder tal como teníamos planeado con la sesión de fotos y las pruebas de vestuario, pero, obviamente, hemos cancelado la rueda de prensa para que ninguna de vosotras tenga que responder a preguntas sobre estos cambios. El CNG y la USOF emitirán un comunicado oficial conjunto para gestionarlo. No obstante, si, aun así, alguien os pregunta por esta situación o por la investigación del CNG, derivadlos al departamento de comunicación y limitaos a contestar solo «Sin comentarios». Actuaremos como lo hemos hecho siempre. Lo que pasa dentro del CNG se queda dentro del CNG. ¿Entendido?

—Sí, señor —decimos al unísono, es la respuesta que usamos cuando se dirige a nosotras como grupo.

El subidón de anoche y de esta mañana ha desaparecido. Mi corazón late todavía más rápido que cuando tengo una actuación importante o incluso más que anoche cuando Leo casi me besó. Me sube una bola por la garganta, pero me la trago. Mostrar debilidad no es una opción. Ni ahora. Ni nunca.

—

—¿Qué crees que estaba tomando? —susurro desde la pequeña colina cubierta de hierba que hay detrás del hotel en la que estamos esperando todas.

Es un día perfecto, con el cielo azul y cálidos rayos veraniegos, pero la moral del equipo es todo menos cálida. Enfrente nuestro, Brooke y Sarah están posando para los fotógrafos del CNG y la USOF, la Federación Olímpica Americana. Nos están sacando fotos para la nota de prensa que mandarán por todo el mundo.

—Probablemente un diurético —dice Emma—. Este último año ha perdido un montón de peso, cosa que encaja justo con el momento en el que empezó a mejorar sus resultados. Tiene sentido.

—Es imposible que Dani se estuviera dopando. Es demasiado inteligente para eso —escupe Chelsea con los dientes apretados.

—La inteligencia no importa. Todas estábamos desesperadas por entrar en el equipo, Chels. Ella intentó sacar ventaja y la pillaron.

Chelsea niega con la cabeza.

—Te lo repito, imposible. Seguro que los resultados que son un falso positivo. Todo se solucionará cuando lleguen los de las pruebas de ayer.

—Pero él ha dicho que estaba fuera del equipo —apunto—. No parece que haya mucho margen de maniobra.

—Hizo trampas. — Sierra se une a Jaime pisándole los talones—. Así que no voy a renunciar a un puesto que tendría que haber sido mío desde el principio.

Chelsea se da la vuelta, pero el fotógrafo nos llama, cosa que le impide decir lo que sea que fuera a salir de su boca. Le levanta una ceja a Sierra y después le da la espalda, guiándonos hacia donde quieren que las cuatro del equipo posemos para la foto grupal.

Durante la siguiente hora, nos sacan fotos en cada combinación posible para asegurarse de que el CNG tiene cubiertas todas las bazas, sin importar lo que pase entre ahora y la competición real.

Todas quedamos excluidas de una de las fotos de grupo, y es una auténtica puñalada saber que, a pesar de todo lo que hemos pasado para llegar hasta aquí, no hay garantías de nada, especialmente ahora que Dani ya no está.

Nos llevan a una habitación donde rellenamos papeleo para la Federación Olímpica Americana, y ellos lo mandarán a la Federación Olímpica Internacional. Está llena de información básica, como nuestras fechas de nacimientos, nuestros *hobbies* y series de televisión favoritas, aparte de información personal médica por si nos pasara algo cuando estemos en Japón.

Me alegro de haberme despedido de mis padres antes, porque habría llegado más de una hora tarde. Sin darme cuenta, estamos todas en un ascensor, el mismo que usé para subir con Leo, y reina el silencio. Somos siete cuando deberíamos ser ocho.

Saco el móvil y le escribo rápidamente a Dani el mensaje que he querido mandarle desde que me he enterado de la noticia.

*¿Estás bien?*

Durante un segundo aparece una burbuja con unos puntos suspensivos, pero..., de pronto, nada. Ha visto el mensaje y quizás incluso ha empezado a responder, pero al final ha decidido no hacerlo. O alguien le ha impedido hacerlo.

Para cuando aparto la vista del teléfono, Emma y yo nos encontramos delante de nuestra puerta y ella comienza a abrirla. La habitación está un poco más ordenada, pero sigue siendo el caos que hemos dejado esta mañana. Hay cosas por todas partes —maquillaje esparcido por la encimera del baño, ropa de entreno, ropa de calle para el limitado tiempo que podemos pasar fuera del gimnasio, maillots con la ropa interior especial para llevar debajo, ropa interior normal, algo que parece un bloque entero de botellas de agua a medio beber y montones de toallas.

—Em, ¿le has escrito a Dani? No me ha contestado.

—No —dice ella, y arranca su maleta del portaequipaje que está en la esquina de la habitación, la lanza sobre la cama y empieza a llenarla de ropa—. Venga, tenemos que hacer las maletas. Pauline ha dicho que debemos irnos al aeropuerto en menos de una hora.

—¿En serio, Em? Ya sé que no dejas que te afecten las cosas, pero ¿cómo puedes estar tan tranquila con esto?

Ella suspira profundamente y se deja caer en la cama junto a mí.

—*No* estoy tan tranquila, pero no quiero pensar en ello. Y sé que suena egoísta, pero no puedo pensar en Dani porque las Olimpiadas están a la vuelta de la esquina y se supone que... se supone que tengo que ganarlo todo y, si no me concentro en eso, no podré.

Y ahí está. El momento en que no basta con entrar en el equipo. Pero es la pura verdad. No vamos a las Olimpiadas para disfrutar de la experiencia. Vamos para ganar. Tiene los hombros casi a la altura de las orejas y sus ojos están perdidos en la distancia. Se está enterrando en su cabeza y ese lugar puede ser peligroso, así que hago una broma para romper la tensión.

—A ver, puedes *intentar* ganar las barras, pero tanto tú como yo sabemos cuál va a ser el resultado.

Emma se ríe.

—Lo siento, pero tendrás que conformarte con la plata, Rey.

—Ya lo veremos.

Vuelvo a mirar mi móvil. Dani todavía no ha contestado.

—Si me expulsaran del equipo olímpico dudo que me apeteciera responder mensajes —dice Emma, girándose de lado y apoyando la cabeza en su codo.

—¿No sientes curiosidad?

—¿Qué vas a decir si contesta?

—Yo... —Me quedo callada.

No tengo ni idea.

—Exacto —dice Emma cuando mi silencio se ha prolongado lo suficiente. Suspira y me coge la mano—. ¿Sabes qué creo?

—¿Qué?

—Creo que deberíamos pensar en todo esto después de las Olimpiadas. A poder ser en una playa perdida donde tíos buenos

nos sirvan bebidas con sombrillitas de papel y la única gimnasia de la que tenemos que preocuparnos es la que vas a practicar o no con Leo Adams en el hotel.

—¡Oh, Dios mío! —me quejo, cojo una almohada y le doy de pleno en el estómago—. Estás fatal. Acabo de conocerlo.

—Hace años que lo conocemos.

—No es lo mismo. A ver, darle a «Me gusta» no es *conocer* a alguien —contesto. Igual parece que lo es, pero no.

Justo cuando acabo de hablar, mi teléfono se ilumina.

Es un mensaje de Leo, una foto suya, con sus ojos verdes todavía hinchados por la larga noche de viaje. Sonrío y me saco una foto, arrugando la nariz para salir con una cara divertida.

—¿Es él? —pregunta Emma—. ¡Dos veces en un día! Haz una foto y dile que te voy a secuestrar.

Me pega la boca en la sien en el momento romántico más falso de la historia. Yo sigo sus órdenes y la mando, el resultado es un montón de *emojis* de carcajada.

—Menudo asco que tuviera que irse anoche. Aunque hoy tampoco habrías tenido tiempo de estar con él. —Se vuelve a tumbar en la cama—. Dios, ayer gané el Ensayo del Equipo Olímpico, pero tú has conseguido superar eso.

Se está riendo, pero hay un punto de honestidad en su voz. Es una sensación rara. No sé si en todo el tiempo que hace que la conozco Emma ha sentido alguna vez celos de mí.

—Te lo juro, los chicos monos no pueden superar que hayas ganado el Ensayo y encontraremos a un superbuenorro para ti en esa playa después de Tokio.

—Más nos vale. Nunca voy a volver a estar tan buena como ahora. Somos especímenes increíbles y tenemos que aprovecharlo antes de que el olvido postgimnasia nos engulla.

Llaman a nuestra puerta.

—Chicas, ¿habéis acabado con las maletas? ¡Nuestro coche llegará pronto! —nos dice Pauline desde el pasillo.

Saltamos juntas de la cama y nos miramos con cara de pánico. Entonces, en perfecta sincronía, empezamos a lanzar toda la ropa de una semana dentro de nuestras maletas, sin molestarnos en mirar de quién es cada cosa.

Ya lo arreglaremos cuando lleguemos a casa.

Una semana de entrenos en Nueva York y después nos vamos al campamento de entrenamiento del CNG y de allí a Tokio y a los Juegos Olímpicos.

# capítulo cinco

El sudor me baja por la espalda en riachuelos y mi pecho se convulsiona mientras trato de recuperar la respiración. Mis pulmones arden pidiendo aire y mi espalda palpita de dolor. Aprieto los dientes y me doy la vuelta, estirando los músculos de la ingle al máximo, tratando de abrir mi movilidad. Esta mañana he tenido rehabilitación. Y ahora, unas pocas horas de entreno después, ya ha vuelto el dolor.

Por suerte el entrenamiento está a punto de acabar.

Los globos y las serpentinas de la fiesta de despedida de esta mañana todavía cuelgan de una de las esquinas del gimnasio. Un globo se ha escapado del resto y está rebotando por las vigas del edificio del tamaño de un hangar de aviones en el que he entrenado desde que tenía cuatro años.

La música del ejercicio de suelo de Emma suena bajita a través de los altavoces cutres del gimnasio, pero, de hecho, es mejor que apenas podamos oírla. En competición nunca sabes qué va a pasar con tu música. Puede que empiece cuando no toca, o que se salte o incluso que se apague, así que es mejor aprender a no depender de ella para guiarte.

—Lo tienes, Em —grito mientras ella se prepara en una esquina para su primera diagonal.

Pauline quiere que ganemos tanta resistencia como sea posible para los Juegos, lo que significa que tenemos que hacer el ejercicio entero de suelo varias veces en cada sesión.

Giro mi cuello y mis caderas para intentar aliviar el dolor, agravado después de hacer cuatro diagonales y un minuto y medio de coreografía. Para cuando Emma llega a su segunda diagonal, mi respiración casi ha vuelto a la normalidad. El dolor no desaparece, a ver, siendo realistas, nunca desaparece del todo, no sin cortisona, pero es soportable, al menos lo suficiente para hacer otro ejercicio limpio.

—Que sea una décima, no tres, ¡paso! —la corrige Pauline.

Emma no reacciona, aunque ha oído la crítica, seguro. Ha sido el mantra de Pauline desde que volvimos del Ensayo. Ganar resistencia, minimizar las penalizaciones.

Emma se prepara para su última diagonal, duda un segundo para coger aire, entonces corre para lanzar una rondada *flic-flac* doble mortal carpado y da un pequeño paso para estabilizarse.

—Bien —dice Pauline, recogiendo su larga melena rubia en una coleta, su atención todavía puesta en la última parte de la coreografía de Emma antes que el *Hoedown* de Copland llegue a su apoteósico final—. ¡Cada vez se va acercando más a un ejercicio de oro!

Emma se levanta del suelo y saluda a los jueces del día, el grupo de chicas júnior que ha organizado la fiesta. Pauline les ha pedido que miren, para meterle un poco de presión al ensayo habitual.

—Vale, te toca, Rey —me dice, ya con la coleta hecha y yendo hacia el prehistórico reproductor de CD para cambiar la música de Emma por la mía.

Así como el ejercicio de Emma es la esencia americana, aunque una chica de Manhattan haciendo música country sea forzar un poco la maquinaria, el mío es casi demasiado *ballet*. Encajaría perfectamente en el equipo ruso.

La gimnasia moderna americana ha acogido la música con ritmo, las coreografías exageradas y canciones que inviten al público a dar palmas. ¿Yo? Prefiero dejar al público, y a los jueces, mudos del asombro, e incluso arrancarlas una que otra lagrimilla.

La mayor parte de la dificultad de mi programa está en mis elementos de baile. Las diagonales no eran mi fuerte ni antes de las lesiones, lo mío eran más los giros y los saltos bien ejecutados. Si no me hubiera enamorado de volar por los aires probablemente habría acabado al otro lado del río Este en alguna de las escuelas de *ballet* de la ciudad.

—Vamos, Rey—jadea Emma entre tragos de agua.

—¡Tú puedes, Rey! —gritan las júniores al unísono. Me fuerzo a sonreír, para asegurarme de que las niñas sepan que aprecio su apoyo, pero me cuesta gastar energía en algo que no sea mantener el dolor a raya.

Con una inhalación profunda, me coloco en mi posición de inicio, brazos colgando a los lados y cabeza baja, y respiro lentamente para mantener mi ritmo cardíaco en una frecuencia lo más baja posible antes de que el ejercicio empiece a acelerarse. Comienza a sonar mi música, una versión orquestada de *Moon River*. Dejo que mis brazos floten a mi alrededor un momento mientras las cuerdas de un arpa guían a la música hacia la melodía, y entonces voy bailando hacia mi primera diagonal. Es un doble mortal y medio con un *twist* hacia adelante y resulta todo un calvario para mi espalda. Me lo pongo al principio para quitármelo de encima antes de que el resto del ejercicio se coma mi resistencia y mi capacidad de aguantar el latigazo de frenar dos *twists*, que son mortales con pirueta, una detrás de la otra.

—No te veo conectada con la música, Audrey. ¡Véndemelo! —me exige Pauline.

Resisto las ganas de poner los ojos en blanco a medio ejercicio. Cuesta mostrar conexión emocional con la música cuando tienes la espalda tan jodida como yo, pero me aguanto y lo intento con más fuerza. Necesito el elemento interpretativo para cautivar a los jueces y que me den una nota de ejecución ligeramente más alta.

Mi ejercicio está a punto de acabar cuando dice:

—Y ahora a tope.

Justo entonces saco fuerzas para mi última diagonal, un doble mortal atrás. Me agacho un poco y salto hacia adelante, pero consigo controlar la recepción antes de alzar mis brazos con las últimas notas de la música y tirando mi cabeza hacia atrás con elegancia.

—Precioso —dice Emma, aplaudiendo cuando saludo.

La memoria muscular del movimiento es lo que consigue que no haga una mueca cuando levanto los brazos hacia las chicas júnior que me están vitoreando, pero en cuanto salgo del tatami, el dolor vuelve a la vida.

—Necesitas más altura en el doble mortal —me comenta Pauline—, pero, en general, ha sido encantador. Un ejercicio de salida sólido para las calificatorias.

Sus palabras no acaban de inspirar confianza; un ejercicio de salida para las calificatorias significa que esperan que mis puntuaciones no cuenten. Mi suelo es casi inútil para el equipo una vez lleguemos a la final.

—Las dos, bebed un poco y pasamos al salto —añade Pauline, dándonos un pequeño descanso.

Las niñas se dispersan para volver a su entrenamiento mientras Emma y yo cogemos nuestros botellines y nos vamos en dirección al potro.

Mi móvil vibra. Emma está jugueteando con el tapón de su botella, así que le echo un vistazo rápido.

Es Leo, una *selfie* en el espejo, con su cuarto de baño claramente visible detrás de él. Tiene una magulladura enorme en las costillas y, desde luego, no lleva camiseta. Trago para combatir el hecho de que la imagen me acelera notablemente el corazón.

También hay un mensaje:

*Esto me pasa por pensar en ti cuando estoy surfeando.*

Me muerdo el labio, mi pulgar flota sobre el teclado. Quiero responder, llevo queriendo hacerlo toda la semana. No me ha escrito mucho. Pero lo suficiente para dejarme ver que está interesado. Es un alivio, la verdad, que entienda por qué no puedo hablar cada día. Me comprende. Quiero mandarle una broma coqueta, o una respuesta inteligente, o quizás algo con doble sentido o el *emoji* besucón. Quiero que sepa que yo también estoy interesada, muy interesada. Que tengo este semienamoramiento raro a larga distancia desde hace años, y que quiero conocerlo de verdad e incluso besarlo en serio en algún momento.

Nunca he sentido algo así por un chico. A ver, claro que he pensado que había tíos que estaban buenos y he besado a algunos, pero... ¿algo más? Eso no me lo he planteado nunca. Pero con Leo de verdad de verdad que quiero algo más. Quiero hablar con él de cosas importantes e ir a conciertos, y espectáculos, y a ver pelis malas y a cenar. Y también quiero otras cosas, cosas que están haciendo que se me calienten las mejillas.

Es una locura lo intensos que son mis sentimientos, pero puede que tenga sentido. Él entiende mis sueños y sabe cuánto he trabajado para conseguirlos. Jamás había conocido a alguien que lo comprendiese. Y a pesar de que no hace mucho que nos conocemos (de verdad), siento que en todo lo importante sí que lo conozco desde hace una eternidad.

Supongo que es verdad. Eso de que el primer paso para recuperarte de algo es admitir que tienes un problema. Yo tengo un problema que se llama Leo Adams. Pero, pensándolo bien, ¿debería un chico con brillantes ojos verdes y una sonrisa de ensueño, y que está como está sin camiseta y que me pone los pelos de punta con solo tocar mi mano, definirse como un problema?

Yo creo que no.

Un niño sale despedido del minitram hacia el potro y me devuelve a la realidad.

—Señoritas, se acabó el descanso —dice Pauline, yo mando el *emoji* del corazón antes de dejar el móvil a un lado.

—¿Quién era? —susurra Emma.

—Leo —respondo, y ella suelta un chillido feliz antes de que centremos nuestra atención en Pauline.

—Las dos, un ensayo completo, como si estuvieseis calentando en el estadio. Una prueba de salto, y entonces, Rey, un *twist* y medio. Emma, una prueba, y entonces, el doble *twist* y medio.

Damos un último sorbo antes de dejar las botellas y corremos a toda velocidad por el pasillo del potro, como haremos en competición. La clave del salto de potro es calentar tanto como puedas lo más rápido posible. No hay mucho tiempo para ir subiendo de dificultad como hacemos en las sesiones de entrenamiento normal. Tienes que ponerte a tono en un plis.

—¡Consciencia aérea, chicas! ¡Quiero que me impresionéis!

Sacudo los tobillos y hago una gran inhalación para serenarme antes de arrancar a la velocidad perfecta velocidad por el pasillo. Hago una prueba de salto simple, dejando que mi cuerpo dé solo una vuelta en el aire antes de aterrizar en la colchoneta y flexionando para frenar el resto de la inercia. Me he notado bien, a ver, duele, claro, pero es el dolor normal; voy hacia el tram para dejarlo listo para que Emma pueda saltar.

—Bien, Rey. Buen bloqueo. Casi como en los viejos tiempos.

Nunca fui una saltadora de potro espectacular, pero solía clavar el doble *twist* con consistencia y estaba trabajando en el doble y medio cuando mi espalda me anunció que no pensaba ayudarme a conseguir ese famoso salto Amanar con el que sueñan todas las gimnastas de élite. Y también se me acabaron los dobles, en su lugar quedó solo el *twist* y medio, que es considerablemente más fácil, y que tengo que realizar a la perfección si no quiero que los jueces me crujan.

La triste pero aceptada realidad de la gimnasia de élite es que, si bajas la dificultad, los jueces se ponen más duros con la ejecución. A veces es la profecía del autocumplimiento. Puede que una gimnasta tenga una dificultad técnica más baja si no es lo bastante buena como para hacer elementos o ejercicios más complejos, pero después de estudiarlo con detenimiento durante años, he llegado a la conclusión de que, por lo general, lo que pasa es que los jueces son unos capullos pretenciosos.

Vuelvo al inicio del pasillo mientras Emma hace su prueba y espero a que Pauline me recoloque el tram para poder volver a hacer mi salto de potro.

Cojo aire, me pongo de puntillas y entonces voy directa al potro. Hago una rondada *flic-flac* y me propulso del potro de espaldas. Cierro los brazos contra mi cuerpo, haciéndome lo más aerodinámica posible, giro y entonces me abro. Es una recepción a ciegas, pero sé exactamente dónde estoy en el aire. Doy un saltito hacia adelante, y entonces me alzo y saludo. Este ha estado muy bien, pero me ha dolido un huevo.

—¡Bonito! Pero seguro que cosquillas no te ha hecho. —Pauline me lee la mente y yo intento no reírme.

Asiento, no quiero pensar en el dolor.

—¿Quieres que haga otro?

—Síp —dice—. Si fuera Tokio, este habría sido el calentamiento.

Mientras rehago mi camino, Emma saluda con confianza y se lanza pasarela abajo para hacer su doble *twist* y medio ejecutado a la perfección, con solo un pequeño paso para recuperar el equilibro.

—¡Sí! ¡Perfecto, Emma! —Pauline grita mientras aplaude—. Si te llevas este salto a Tokio, Kareva no podrá tocarte, con o sin su triple.

Me vuelven a colocar el tram, alejándolo un poco del potro.

Emma me alza un pulgar mientras me vuelvo a preparar. Un saludo elegante, marcando con el pie el punto justo en el pasillo para comenzar y luego el *flic-flac* y el *twist* y medio. Está un poco sobregirado y hago una fuerte sacudida al final que me costará al menos tres décimas de ejecución. Maldita sea.

—Bien hecho —dice Pauline, pero sus ojos se estrechan y su boca se cierra. Corregirlo no tiene mucho sentido. Como la saltadora más débil del equipo, probablemente solo saltaré durante la calificatoria, donde se nos permite descartar la puntuación más baja. Total, hacer el máximo en el calentamiento es una tontería.

Me pongo de puntillas. Mi espalda no me duele más que antes.

—Voy a hacerlo otra vez.

Pauline abre la boca para discutir, pero luego la cierra y no protesta, así que me doy la vuelta y vuelvo al pasillo.

—Audrey, este último estaba bien —me dice Emma, mientras le da un buen trago al botellín de agua.

—Solo uno más —susurro.

Esta vez hago un salto de prueba y después un *twist* y finalmente el *twist* y medio, el último salto es mucho más limpio que el intento anterior.

—Buen trabajo, Rey —dice Pauline—. Son las doce. Habéis acabado por hoy.

Sacudo la cabeza, distraída. Quiero hacerlo otra vez, necesito asegurarme de que la combinación de calentamiento me va bien.

—Nop —digo, mientras me alejo rotando la cintura en ambas direcciones. El dolor es el mismo, no es mejor, pero tampoco peor, así que lo relego a un rincón de mi cerebro. Hace dos años que lo hago y se me da de maravilla. Estoy bien. Puedo hacerlo otra vez.

—

—Solo quería hacerlo una vez más —gruño desde mi sillón de pedicura en el salón de belleza que hay en la esquina de casa de Emma.

Tenemos la tradición de ir a hacernos las manos y los pies antes de una competición importante. Este salón es superpijo, mucho más elegante que al que voy con mi madre en nuestro lado del río, en Queens, pero Emma invita, así que no me voy a quejar.

—Y te ha dejado hacerlo tres veces más. *Siempre* quieres hacerlo una vez más —responde Emma desde el sillón de al lado—. Y por eso has acabado con esto en ese estado.

Señala en dirección a mi espalda. Tiene razón. Sé que tiene razón, pero me queda tan poca gimnasia en el futuro que quiero hacerla tanto como pueda antes de que se acabe para siempre.

—Sé cómo te sientes, Rey, quieres que salga perfecto, ¿pero todavía no has aprendido que eso es imposible?

Aparto la mirada y murmuro por lo bajini.

—¿Perdón?

—Me conoces demasiado —repito, esta vez más alto.

Nuestros móviles vibran al unísono. Es el chat del grupo que tenemos con las otras chicas. Sierra ha pasado un vídeo de su ejercicio de barra.

Cierro el vídeo antes de que termine.

—Está intentando ponerte nerviosa —dice Emma, encogiéndose de hombros.

—Lo sé y me niego a tomármelo en serio. No es mejor que yo en asimétricas.

—Es Sierra. ¿Qué esperas?

—Espero que mi *compañera* deje de insinuar de manera pasivo-agresiva que me va a quitar el puesto en la final de asimétricas.

—A ver, es la única final a la que puede llegar por una pura cuestión numérica, ¿no?

—Sí, solo esa y la individual —escupo, intentando no sonar resentida. Sin Dani, Sierra es la siguiente mejor gimnasta individual que tenemos y aunque me he resignado a que no habrá una medalla de individual en mi futuro, todavía me duele pensarlo.

—Disculpe —dice una vocecita junto al sillón de Emma. La mujer que le está haciendo las uñas, le hace una señal para que se marche, pero Emma niega con la cabeza.

—Hola —dice sonriéndole a una niña, que debe tener siete u ocho años, y que lleva un trozo de papel y un boli en la mano.

—¿Me puedes firmar un autógrafo y hacerte una foto conmigo?

—¡Claro! —responde Emma, justo cuando la pedicurista le da el remate final de esmalte a su dedo meñique.

Con cuidado baja del sillón, firma el papel para la niña y entonces posa para la foto. La madre de la niña saca varias antes de llevarse a su hija.

—Eres taaaaan famosa —la chincho de camino a los secadores que dejan el esmalte fijado durante unos días antes de que la competición lo destroce.

—Es superraro —dice— . Después de los Mundiales me reconocieron alguna vez, pero desde que han salido los anuncios...

Emma es la nueva deportista patrocinada por Nike. Hay un sinfín de vallas publicitarias con su cara por toda la ciudad y un montón de anuncios por la tele para promocionar las Olimpiadas.

—Mi mejor amiga es una estrella, tengo la responsabilidad de burlarme.

—No espero otra cosa —dice, y las dos nos echamos a reír.

Emma resopla y mira su móvil.

—¿Tus padres se han mirado la propuesta que mandó Steve?

—Sí, y les parece bien.

—Espera, ¿qué? ¿Vas a firmar con él? ¿Por qué no me has dicho nada?

Me encojo de hombros.

—No sé. Está guay, pero, a ver, es solo para los Juegos. Necesitas éxitos individuales para que la gente se interese de verdad.

Steve, el representante de Emma, también me va a llevar a mí. Obviamente, como no soy la campeona mundial y nacional y tampoco soy la favorita para ganar la general individual en Tokio, no es que haya una multitud de gente tocando a mi puerta para ponerme en vallas, pero hay algunas empresas que quieren patrocinarme.

—Quizá debería *dejarte* ganar en asimétricas.

Le clavo la mirada.

—No digas esas cosas. Da mala suerte.

Ella resopla.

—Tía, es broma.

Un incómodo nudo en el estómago no me permite dejar el tema.

—A ver, mira, no pasa nada por hacer bromas sobre competir la una contra la otra, y tal vez estoy pasándome de buenista, pero, es que, después de lo de Dani, no quiero que nada más empañe esta experiencia. De eso van las Olimpiadas, ¿no? Ir allí, dar lo máximo y a ver quién gana.

Emma me mira fijamente durante cinco segundos en completo silencio y luego asiente con la cabeza.

—Sí, totalmente. De eso van.

# capítulo seis

Pareces tensa —me dice el Dr. Gupta mientras clava sus dedos enguantados en mis lumbares.

El gel analgésico está frío. La zona está dormida, pero hacer que el resto de mi cuerpo se relaje, después de estar sufriendo dolor constante desde que se pasaron los efectos de la cortisona, es una batalla perdida. La lesión es crónica, empezó hace más de cinco años y, mientras siga entrenando, el dolor no desaparecerá nunca por completo. Y puede que incluso después lo de la espalda sea una cadena perpetua para mí.

Mamá se ríe desde la silla en una esquina de la consulta.

—¿Y cuándo la has visto sin tensión? —pregunta, y el Dr. Gupta también se ríe.

—Para de burlarte de mí y haz que desaparezca el dolor.

Me esfuerzo por sonar quejica.

—Primero relájate —dice el Dr. G—. Ya sabes cómo va.

Inspiro profundo y entonces suelto el aire, intento liberar la tensión de mis músculos. Su trabajo es mucho más fácil si estoy relajada.

Miro la pantalla a mi izquierda mientras me clava la aguja y la medicina milagrosa se esparce por la parte baja de mi espalda. El Dr. Gupta siempre pone anestesia local en la inyección con lo que siento, con gustito, cómo mi espalda se adormece casi al momento.

—Bien —asiente al técnico que está manejando el ecógrafo—. Dale un minuto y entonces intenta estirarte tanto como puedas.

—Gracias.

Me doy la vuelta y me siento, dejando que mi camiseta caiga y vuelva a su sitio. El alivio no es instantáneo. La cortisona siempre me tarda un par de días en hacer efecto de verdad.

—Sí, gracias, Dr. Gupta —dice mi madre levantándose para estrechar su mano.

—No hay por qué darlas —contesta, quitándose los guantes y tirándolos a la basura—. Vuelve con un par de medallas y hazte una foto conmigo para que pueda colgarla en la pared.

El Dr. Gupta es uno de los mejores doctores del estado. Un montón de atletas profesionales, incluidos varios de mis adorados Yankees, lo visitan con frecuencia. Tiene una pared con fotos con todos ellos y los anillos de la Super Bowl, las Series Mundiales y un par con la Copa Stanley. Hay una mía con mis medallas de los Mundiales de hace dos años (un oro por equipos y una plata de asimétricas), pero una foto olímpica sería mucho más épica. Mi sueño son dos medallas de oro. Una de equipo, una de asimétricas. Dos medallas que colgarme del cuello para poder posar con el Dr. Gupta mientras él las señala con orgullo.

—Mucha suerte en Tokio —dice guiñándome un ojo antes de salir de la consulta.

Me levanto, apoyándome en la camilla, y me pongo las sandalias. Debería llevar deportivas por cuestión de apoyo, pero siempre intento venir mona a ver al Dr. G. por si resulta que hay un par de Yankees por los pasillos. Me moriría de vergüenza si me cruzara con Aaron Judge con ropa de estar por casa. Mis sandalias doradas de tiras y mi brillante esmalte a conjunto hacen resaltar el metálico top color oro y los *shorts* verdes que conjunté al dedillo ayer por la noche. Alargo las manos para tocarme los dedos de los pies y entonces roto las caderas. Moverse después de una inyección es básico para asegurar que la medicación llega a donde debe.

—¿Estás lista? —me pregunta mamá, colgándose el bolso del hombro.

—Síp. —Cojo el teléfono y me hago una *selfie* alzando los pulgares.

@Rey_Lee: *¡El Dr. G. dice que estoy lista! ¡Tokio, allá voy!*

Le mando un mensaje rápido a Leo con la foto de la enorme aguja que me acaban de clavar en la espalda porque es un chico y sé que estará impresionado.

Obviamente, responde al instante: *¡¡Brutal!!*

Me he despedido de papá esta mañana y mamá me lleva directamente al aeropuerto JFK para reunirme con Pauline y Emma para nuestro vuelo a Los Ángeles.

Hay un coche esperándonos en la acera con mi equipaje dentro: dos enormes maletas llenas de todo lo que necesitaré. El trayecto hacia a la puerta de salidas no es largo. El Dr. Gupta trabaja en el centro médico Long Island Jewish y desde la costa norte de Long Island hasta el sur son solo veinte minutos.

Mamá me coge de la mano durante todo el viaje y, de vez en cuando, me la estrecha. Yo le devuelvo el gesto. Es curioso, pero siento que soy yo la que transmite calma, y no al revés.

—Sabes lo orgullosos que estamos de ti, ¿verdad? Pase lo que pase —dice, apretándome la mano un poco más fuerte.

—Lo sé.

Trato de alejar la sensación de lo que realmente quiere decir: «Incluso si no ganas».

Nos encontramos con un poco de cola en la rampa que lleva a la zona de carga y descarga y le vuelvo a apretar la mano. Ella mira hacia otro lado, moviendo su cuello para tratar de ver más allá de la cabeza del conductor a lo que sea que nos está reteniendo.

Mi garganta se contrae ante la idea de que estaré tanto tiempo lejos de mis padres, casi un mes. Es raro porque hasta ahora eso nunca me había molestado. Cuando fui a los Mundiales hace dos años, la separación fue igual de larga, pero algún motivo hace que esto sea diferente, como si fuera el final de algo más allá de mi carrera deportiva.

«No. Para. Pensar esto es mala idea, Audrey. No pienses que solo te quedan unas pocas semanas de gimnasia, unas pocas semanas hasta que tengas que decidir qué hacer con el resto de tu vida. No pienses que las Olimpiadas van a ser la experiencia más importante de tu vida y que tendrás que vivirla sin tus padres a tu lado.»

Inspiro para contener la emoción, me vuelvo hacia la ventana, con mi mano libre me limpio una lágrima que se escapa. No puedo llorar. Si lloro, entonces mamá llorará y eso hará que la madre de Emma se ponga a llorar y en un santiamén todos estaremos sollozando con Pauline poniendo los ojos en blanco por ponernos *sentimentales*, que es lo que menos le gusta. Así que me trago las lágrimas y, con unas cuantas inhalaciones profundas, ahogo mis emociones.

Finalmente llegamos a la entrada y mamá me da otro apretón de manos. El conductor salta del coche y nos abre la puerta. Emma y sus padres ya están en la acera con su equipaje. Sus padres realmente no trabajan. Los dos son de clase alta, nivel «Padres de la Nación» alta, su ático con vistas al Central Park habla por sí mismo. A mis padres no es que les vaya mal, un cardiólogo y una profesora de la University City de Nueva York, pero los Sadowsky nos barren sin esfuerzo.

—¿Qué tal con el Dr. G.? —me pregunta Emma, sus ojos bailando con picardía—. ¿Te ha arreglado?

—Me ha dejado como nueva. Para cuando aterricemos estará haciendo los Amanars de dos en dos.

El conductor trae nuestro equipaje y se oyen cláxones de queja por nuestra prolongada estancia en carga y descarga.

Le doy a mamá un abrazo extralargo.

—Cuídate, cariño. Envíame un mensaje en cuanto te instales en el centro de entrenamiento y me cuentas cómo va el primer día.

Asintiendo con la cabeza, me alejo y le sonrío mientras Emma acaba de despedirse. Nuestros padres vuelven a los coches, todos ellos frotándose los ojos. Nos quedamos con Pauline viendo cómo los coches negros se alejan dentro del mar de vehículos. Pues, ya está.

—Vale, señoritas —dice, enderezando sus hombros y usando su voz de entrenadora más firme—. Sacad el carnet y las tarjetas de embarque. En marcha.

Le lanzo una mirada de reojo a Emma, que pone los ojos en blanco al notar la impaciencia de Pauline ante cualquier emoción que no sea una satisfacción sombría o una decepción controlada. Pero la verdad es que esa mentalidad funciona bastante bien cuando tienes semanas de entrenamiento intenso y la competición más importante de tu vida a la vuelta de la esquina. Por eso Pauline es una gran entrenadora que nos convirtió a Emma y a mí en grandes gimnastas capaces de aguantar recepciones y ganar medallas.

La veo desfilar hacia el aeropuerto, carrito de equipaje en ristre y fingiendo que no se da cuenta de nada mientras se cuela delante de un gran grupo de personas para entrar en el control de seguridad. Yo sonrío. Nos ponemos detrás de ella, cabezas bajas, dejando que nos marque el camino. Nos ha traído hasta aquí y no querría hacer esto con nadie más.

—

—¿Cómo lo haces? —pregunta Emma mientras ponemos los respaldos de los asientos en posición vertical, como ha pedido el capitán por megafonía.

—¿Hacer qué? —Bostezo y me estiro hacia adelante con los dedos entrelazados.

—Dormirte en el momento en que despegamos y despertarte cuando aterrizamos —me responde arrugando la nariz con desdén.

Me encojo de hombros, relajándome en el asiento. Más que nada, ha sido porque anoche no pegué ojo porque mi espalda estuvo dando espasmos sin parar y me puse histérica con lo de ir al campamento olímpico, pero eso no puedo decírselo a Emma. Nunca ha tenido una lesión importante y no se estresa. Nunca. Es como si tuviera una especie de piel que repele la ansiedad. Parece inmune a todo.

Cuando venimos al gimnasio de Gibby, aterrizar en el aeropuerto de Los Ángeles es siempre una aventura, pero es raro que destaquemos entre los famosos que van y vienen. Sin embargo, parece que esos días han quedado atrás.

Los fotógrafos nos acosan justo cuando llegamos a la recogida de equipajes.

—¡Emma! ¡Audrey! ¡Emma! ¡Mirad aquí, chicas!

Los periodistas avanzan, sus *flashes* y gritos son como metralletas.

Trato de imitar la facilidad con la que Emma los ignora, tan pancha, con cara tranquila y relajada. Seguridad nos rodea rápidamente, nos ayudan a recoger las maletas y nos mueven entre la multitud hasta la salida, en la que nos espera un coche. Es una de esas furgonetas elegantes de gama alta con tres filas de asientos y mucho espacio para las piernas.

Tenemos un buen rato para recuperar el aliento. El trayecto al gimnasio de Gibby, el Centro de Entrenamiento del Comité Nacional de Gimnasia, es una caravana de principio a fin. El tráfico de Los Ángeles nunca ayuda. Le mando un mensaje rápido a mi madre y luego me hago una foto tonta arrugando la nariz para Leo. Me responde casi inmediatamente, una foto con un ojo cerrado en un guiño exagerado y asquerosamente adorable.

Emma está sentada a mi lado, tratando de echarse una siesta y, cuando me giro hacia Pauline para preguntarle cuánto tiempo cree que vamos a tardar, sus ojos están firmemente pegados a su móvil y sus pulgares se mueven como locos sobre él. Cuando tiene esa particular expresión en la cara —ojos entrecerrados, boca en una línea apretada— sé que no debo hablar con ella.

Finalmente, la furgoneta se detiene junto al enorme edificio de cromo y cristal. El aire es cálido y huele a asfalto caliente y a humo de coches, es muy parecido al de casa, excepto por la humedad aplastante. Sí, definitivamente estamos en Los Ángeles.

—¡Ya era hora de que llegarais! —dice Chelsea, saliendo de la puerta principal con una gran sonrisa.

Emma se ríe.

—¡Los hay que no vivimos a quince minutos de distancia!

Chelsea me abraza, por lo visto, ahora somos amigas que se abrazan, y luego coge a Emma. Su amistad es menos novedosa porque se unieron durante los Mundiales del año pasado.

—¿Las demás ya están aquí?

—El avión de Sierra y Jaime salió de Oklahoma City con retraso —dice Chelsea.

Entonces aparece Gibby de entre las puertas y las tres nos quedamos congeladas y en silencio.

—Bienvenidas, señoritas —dice, asintiendo con la cabeza mientras va a saludar a Pauline.

—Vamos —agrega Chelsea, sin pasar de largo por completo, y la seguimos hacia el atrio de cristal, arrastrando nuestras maletas.

La puerta apenas se ha cerrado antes de que Chelsea añada:

—Se rumorea que mañana tendremos nuestra primera competición interna. Gibson quiere empezar a averiguar el orden de rotación lo antes posible.

¿Mañana por la mañana? Mi ritmo cardíaco se acelera al máximo. Esperaba que nos diera un día o dos para entrenar a sus órdenes antes de ponernos a competir.

En realidad, no debería importar cómo quedas con respecto a tus compañeras de equipo, pero la tradición es que las puntuaciones van aumentando a medida que el equipo va compitiendo, así que la primera y la segunda gimnasta de cada aparato suelen sacar las puntuaciones más bajas. Necesito ser la última en asimétricas y, al menos, la penúltima en barra si quiero dar la impresión de que quiero competir en las clasificatorias para dar la impresión de que puedo ser competitiva y asegurar plazas en las finales de ambos aparatos. Así que, aunque Emma es una de mis personas favoritas del mundo, mi objetivo para los próximos días es superarla.

—¡Vamos a repartir habitaciones! —dice Gibby a nuestras espaldas, haciéndome pegar un bote—. Emma y Chelsea, estáis juntas. Jaime y Sierra, obviamente, cuando lleguen. Espero que no te importe estar sola, Audrey. Originalmente se suponía que ibas a dormir con Dani, pero, en fin...

Levanta las manos en un gesto de resignación, como si no tuviera más remedio que ponerme sola, como si todo lo que pase entre ahora y los Juegos no fuera decisión suya. Y como si separarnos a Emma y a mí no fuera algo que ha hecho totalmente a propósito, para asegurarse de que podemos ser mentalmente fuertes sin ser compañeras de cuarto durante las próximas semanas.

—Lo siento —susurra Emma mientras todos nos dirigimos hacia la parte de atrás de las instalaciones, donde se encuentran los dormitorios.

El centro de entrenamiento ha sido una constante en mi vida. Emma y yo entramos en el equipo juvenil nacional por primera vez cuando teníamos doce años y, desde entonces, cada pocos meses hemos cruzado el país para enseñarle a Gibby y al personal de CNG nuestras habilidades y nuestra evolución. Es como un segundo hogar, en el que Gibby hace de padre dominante con predilección por los juegos mentales, la manipulación y una metodología pasivo-agresiva para sacar lo mejor de nosotras como atletas, sin importar el coste.

Mi nombre está en la puerta de una de las habitaciones y arrastro mi equipaje dentro, poniendo ambas maletas en la cama que decido no usar. Oigo risas, cháchara y el sonido de las maletas golpeando las paredes del estrecho pasillo y mi cerebro registra que Jaime y Sierra han llegado.

—¡Hola, Audrey! —dicen al unísono al pasar delante de la puerta y entrar en la habitación de enfrente.

—¡Hola! —les contesto.

La verdad es que me alegro de no tener que lidiar con su *show* de dueto ahora mismo. Pueden ser agotadoras, y no tengo ni un atisbo de energía mental que despilfarrar. Debo enfocarlo todo a la barra y las asimétricas para conseguir las últimas plazas de la rotación.

Me tengo que cambiar de ropa y veo que hay un montón de equipación oficial del equipo EE.UU. en la cómoda. Lo primero que encuentro es un maillot de entrenamiento, azul oscuro y sin mangas con una estrella de lentejuelas en el pecho, con una camiseta negra del equipo y unos pantalones cortos negros. Dentro del plástico hay una nota que dice: «Primer entrenamiento».

Pues nada, negro y azul, porque vestirse del color de las magulladuras y los golpes no es para nada siniestro. Visiones de baños de hielo, ventosas y bolsas de calor flotan en mi mente. Las próximas semanas van a ser las más difíciles de mi vida, pero llevo más de una década preparándome. Sé lo que tengo que hacer y voy a hacerlo.

Me pongo la ropa, estirando mi espalda a cada instante. Los calentamientos que hacemos en el campamento son exhaustivos, pero no están centrados en el torso al nivel que necesito.

Hay un toque en mi puerta, seguido de un rápido «¡Vamos!» de Emma y, unos segundos después, estoy en el pasillo con el resto de las chicas, yendo directamente al gimnasio principal.

—¿Competimos mañana? —Sierra le susurra a Emma.

—Sí, ¿hay algo mejor que te tiren a la piscina sin preparación? —bromea Chelsea.

—Ya ves. —Estoy de acuerdo.

«Está bien. Va a ir bien. Tengo que demostrar lo que valgo. Puedo hacerlo, *claro que sí...*»

Mis pensamientos se cortan cuando me como, literalmente, la espalda de Chelsea.

—¿Qué haces? —pregunto, pero, al levantar la vista, veo inmediatamente por qué se ha parado de repente.

Hay agentes del FBI pululando por el atrio delante de nosotras. Hay coches con luces rojas que giran sin cesar, aparcados junto a las grandes paredes de cristal de la entrada principal. Dos agentes emergen de entre la multitud con alguien entre ellos. Me pongo de puntillas para tratar de ver por encima de la cabeza de Chelsea y me quedo congelada.

Gibby tiene una mirada salvaje, busca ayuda por todos lados, pero los agentes lo tienen agarrado de ambos brazos. Está esposado. No hay escapatoria.

Mientras lo llevan hacia la puerta uno de los agentes dice:

—Christopher Gibson, queda arrestado.

# capítulo siete

Gimnastas girando sobre la barra y alineándose para el potro, entrenadores a los lados charlando, música a tope saliendo de los altavoces, el volumen es tan alto que el bajo pulsa a través de mi pecho con cada compás. Cualquiera pensaría que es un día normal en el Centro de Entrenamiento del CNG.

Y entonces verían lo de afuera.

Las paredes de cristal del gimnasio principal normalmente enmarcan una calle bulliciosa de Los Ángeles, coches y peatones corriendo arriba y abajo, sin fijarse en las gimnastas que vuelan dentro.

Hoy, sin embargo, los *paparazzi* se agolpan en la acera y las furgonetas de las noticias se alinean en la calle, los reporteros se apiñan justo a la puerta principal esperando que alguien, quien sea, salga y comente algo.

Pero eso no es lo que realmente me distrae. Es solo la guinda del pastel de mierda que ha sido el día de hoy.

Lo que realmente me interesa es lo que está pasando en el gimnasio, más allá de las vigas de metal que sostienen pancarta sobre pancarta proclamando el éxito del CNG y el equipo de gimnasia de EE.UU., tras la puerta cerrada de la sala de conferencias del centro de entrenamiento. La misma sala que Gibby y su equipo usaron para determinar nuestro destino durante los campamentos de selección del equipo nacional y del campeonato del mundo, la misma sala en la que él iba a elegir el orden en el que competiríamos cuando llegáramos a Tokio.

El FBI está usando la sala para interrogar a todo el mundo, al personal de CNG, a los entrenadores personales y a los atletas. Pauline está ahí ahora mismo, y esa es la única razón por la que Emma y yo podemos fingir junto a la tiza que nos estamos preparando para las asimétricas.

—¿Qué crees que le están preguntando? —susurra Emma—. ¿Qué crees que nos van a preguntar?

Me encojo de hombros y hundo mis manos en la tiza que me dará un agarre decente en las barras cuando sea mi turno, porque un ejercicio de asimétricas es decididamente lo único que puede quitarme de la cabeza que se acaban de llevar a nuestro entrenador esposado.

¡Bam!

¡Pum!

—Uff.

El gemido sale de Jaime, que se da la vuelta en las colchonetas del potro, su cara tiene un rictus de dolor por haber caído de espaldas.

—Estoy bien —se las arregla para decir mientras se pone de pie con cuidado y sacude sus extremidades, para demostrárnoslo y quizás también demostrárselo a sí misma.

—Esto es ridículo —dice Chelsea, uniéndose a nosotras junto a la pica de tiza—. Alguien se va a hacer daño, daño de verdad. ¿Cómo demonios se supone que podemos concentrarnos?

Ha sacado el móvil y mis ojos vuelan por el gimnasio, esperando que nadie del personal se dé cuenta.

—¿Estás loca? —pregunto con los dientes apretados.

—Gibby no está aquí para decirme que guarde el teléfono. Nadie aquí está realmente al mando y no nos han dicho ni una palabra sobre lo que está pasando, así que no veo por qué nosotras... —dice mientras mira la pantalla—. Oh, Dios mío.

—¿Qué? —Emma y yo preguntamos a la vez, inclinándonos para mirar la pantalla.

*ÚLTIMAS NOTICIAS: EL ENTRENADOR DE LA SELECCIÓN DE GIMNASIA FALSIFICÓ LOS RESULTADOS DE UNA PRUEBA ANTIDOPAJE.*

Chelsea cierra artículo antes de que podamos leer algo más que el titular, y abre un mensaje. El nombre de Dani está en la parte superior junto con un montón de mensajes sin respuesta que Chelsea envió la semana pasada. Ella escribe un mensaje a la velocidad del rayo y hace clic para enviar.

*¡¿Tocó tu prueba de* dopping?!

Inhalo, aguantando la respiración cuando aparecen esos tres puntos.

...

...

...

Y luego, finalmente.

*Sí.*

Exhalo.

—Sabía que Dani no sería capaz de falsear los resultados. Ese imbécil le tendió una trampa —dice Chelsea.

—Eso no puede ser verdad —me susurra Emma—. ¿Por qué haría algo así?

Busco el artículo con mi propio móvil y miro rápidamente la cronología, la prueba que Dani «falló» fue de justo antes de los Ensayos y la agencia antidopaje había anotado que sus resultados eran negativos, todo correcto. Así que Gibby los manipuló.

¿Eso basta para que te arreste el FBI? ¿Mentir sobre un test de dopaje? Obviamente, es horrible, ¿pero un crimen? No lo sé. ¿Fraude, tal vez? Pero la pregunta está en el aire, ¿por qué haría Gibby algo así? Dani no se estaba dopando. Lo que tiene todo el sentido del mundo. ¿Pero Gibby cambiando los resultados? ¿Por qué querría expulsar a su segunda mejor gimnasta del equipo semanas antes de las Olimpiadas?

—¡Audrey! —La voz de Pauline se transmite a través del espacio cavernoso.

Sacudo la cabeza.

—Pues supongo que me toca. —Me desato las protecciones, tratando de evitar que mis manos tiemblen cuando las suelto dentro de la tiza.

No se me ocurrió pensar que tendríamos que hablar con alguien oficial sobre el dopaje de Dani o, mejor dicho, ¿su no dopaje? ¿Qué demonios se supone que debo decirle a esta gente? No sé nada.

Pauline me sonríe de manera tensa cuando nos encontramos en la puerta y alarga la mano hacia mi hombro, probablemente para darme ánimo, pero se detiene a mitad de camino y me lleva hacia la sala.

—¿Audrey Lee? —pregunta un hombre trajeado, ofreciéndome su mano. Mi apretón de manos es firme, como me enseñó mi padre, así que una capa de tiza pasa de mi mano a la suya.

—¡Mierda! —Me avergüenzo—. Oh, no, lo siento, yo...

«Decir palabrotas delante de los federales. Gran punto de partida para un interrogatorio, Audrey.»

El agente se ríe y luego sacude la cabeza antes de usar un pañuelo del bolsillo de su chaqueta para limpiarse las manos.

—Hemos oído cosas peores, se lo aseguro. Soy el agente especial Greg Farley y ella es mi compañera, la agente especial Michelle Kingston. —También le doy la mano—. Somos del FBI. Si no le importa, tenemos algunas preguntas para usted.

La sala de conferencias es uno de los pocos lugares privados del centro de entrenamiento, sin paredes de cristal por las que se pueda ver, solo hay paneles de yeso con fotografías de Gibby y las gimnastas que han entrenado aquí durante años. Estoy en esa pared, varias veces, fotos que describen mi carrera mejor que las que tiene mi madre en su álbum de recortes. Desde mi primera ceremonia de premios del campamento de desarrollo, donde gané las pruebas físicas, hasta cuando fui escogida para el equipo en los Mundiales, hace dos años. Todos los equipos nacionales júnior y sénior de los que he formado parte desde los doce años están ahí arriba y también los podios de los Mundiales, los de equipo y los de mis medallas de barras asimétricas.

Miro de un lado a otro entre los agentes Farley y Kingston, son los mismos que llevaron a Gibby esposado. ¿Cómo ha llegado a esto? Nuestro entrenador, el hombre que se suponía que nos llevaría a Tokio y a una medalla de oro decidió falsificar el resultado de las pruebas justo antes de los Juegos, ¿y ahora qué? ¿Ya no lo volveremos a ver? Esto no tiene ningún sentido.

A menos que... ¿Qué?

A menos que siempre hubiera querido a Sierra en el equipo en vez de a Dani y no hubiera conseguido convencer al resto del comité. ¿Pero por qué querría eso? Dani es la mejor gimnasta. Si Sierra fuera a sustituir a alguien, ese alguien sería yo.

—¿Entiende, señorita Lee? —pregunta la agente Kingston, interrumpiendo mi investigación mental *amateur* con la suya.

Primero palabrotas y ahora me empano. Por Dios, Audrey, contrólate.

—Disculpe, ¿qué?

—Su entrenadora —dice la agente Kingston, con sus ojos señalando por encima de mi hombro hacia Pauline—, nos ha informado de que, a lo largo de los años, ha ejercido de tutora legal cuando sus padres no estaban disponibles. Tiene la documentación a tal efecto, pero queremos asegurarnos de que a usted le parece bien. Podemos llamar a sus padres si quiere, pero, Audrey, usted no ha hecho nada malo. Simplemente estamos tratando de obtener una visión completa de la situación actual.

Vacilo y miro hacia atrás a Pauline, que vuelve a sonreír, pero la tensión alrededor de sus ojos es evidente. Asiento con la cabeza, me yergo en la silla, coloco las manos sobre mi regazo y miro de un lado a otro a los dos agentes, con las cejas alzadas.

—¿Qué puede decirnos sobre la noche en la que entró en el equipo olímpico? —empieza la agente Kingston con voz suave.

—Ya se lo he dicho, ella no sabe nada —Pauline interrumpe y los tres la miramos fijamente.

Está jugando con la punta de su cola de caballo. La última vez que la vi hacer eso fue en los Mundiales durante la rotación final de Emma, pero no creo que haya visto nunca esta expresión en su cara. La mandíbula apretada, la frente arrugada, sus ojos saltando de un lado a otro entre los dos agentes como si no supiera dónde debería estar mirando.

—Señora, si va a dificultar esta entrevista...

—¡Esperen! —Vuelvo a mirar a Pauline y luego miro a los agentes a los ojos, primero a uno y después al otro—. No pasa nada. ¿Quieren todo el día?

—Empiece después de que se anunciara que había entrado en el equipo.

No tengo ni idea de qué tiene que ver todo esto con las pruebas antidopaje, pero ellos son los detectives, no yo. Así que les cuento mis entrevistas, el dolor de espalda, después hablo de mi prueba, que tardó una eternidad y me hizo ser la última en llegar al autobús y en asistir a la fiesta de recepción y conocer a Leo y recibir ese mensaje de Emma sobre la fiesta.

—¿Fuiste a la fiesta?

Arrugo mi nariz y me obligo a no mirar a Pauline. Estoy segura de que no sabe que Emma y yo estuvimos de fiesta toda la noche en esa *suite*. Aunque no creo que eso deba importar en este momento. A ver, me está interrogando el FBI y han arrestado a mi entrenador principal. Puesto en perspectiva...

—Sí, Leo me acompañó a mi habitación y nosotros... —¿Tengo que contarles lo del casi beso?—. Y nos dimos las buenas noches —murmuro, esperando que eso sea suficiente para que lo entiendan.

Los dos agentes sonríen, tal vez imaginando más de lo que pasó realmente.

Capto el reflejo de Pauline en uno de los marcos sobre las cabezas de los agentes, tiene la boca torcida en una mueca, pero no voy a mentir. Veo las noticias. Mentirle al FBI es un crimen y peces más gordos que yo han acabado en la trena por ello.

—Leo tenía que coger un vuelo, así que se marchó justo después de eso y luego Emma y yo fuimos a la fiesta.

—¿Y allí viste a Daniela Olivero?

—Yo... —empiezo y luego dudo. Creo que Dani estaba, pero ¿la vi realmente?—. No, creo que no.

—¿Recuerdas la última vez que la viste esa noche?

—Mmm... tal vez... Tal vez en la recepción, un momentito, pero yo... estaba distraída.

La agente Kingston asiente con la cabeza, movimiento que seguro que ha entrenado para poner en práctica a la hora de tratar con gente más joven a la que está interrogando, probablemente para que me sienta segura y más dispuesta a cooperar o alguna tontería así.

—No pasa nada si no lo recuerdas, Audrey. Hazlo lo mejor que puedas.

—Vale.

Me sudan las palmas y resbalan una contra la otra, a pesar de la tiza que aún está pegada en cada línea y grieta de mi piel.

—¿Recibiste algún mensaje de texto esa noche, aparte del de Emma?

—No, yo... Oh, espera, sí. Uno, de Gibby, eh... del Entrenador Gibson.

—¿Y qué decía?

Mierda, no lo recuerdo exactamente, solo la sensación que me dio.

—Creo que decía que debería celebrar esa noche, pero que me acordara de lo que me había dicho, algo así, era un recordatorio.

Los ojos del agente Farley se iluminan.

—¿Un recordatorio de qué?

Esa me la sé.

—De que tenía que trabajar mucho mis enlaces de barra durante las próximas semanas. No los he hecho sólidos esta temporada y son importantes si quiero una medalla.

Los agentes asienten y toman algunas notas. Me dirijo a Pauline, que me sonríe de manera forzada y me envía un guiño de aprobación.

—Bien, creo que eso es todo —dice la agente Kingston.

Me lo tomo como la señal de que puedo irme.

—Emma Sadowsky es la siguiente. ¿Le importaría traerla aquí, Audrey? —dice el agente Farley.

—Claro.

La tensión en mis hombros se libera en el momento en que cruzo la puerta. Los otros entrenadores están cerca y las gimnastas están todas reunidas donde dejé a Chelsea y Emma, tumbadas en las colchonetas.

—Em —digo, acercándome al grupo y señalando con la cabeza detrás de mí—. Te toca.

—¿Ha sido horrible? —susurra cuando la alcanzo. Le doy una mano para ayudarla a levantarse.

—No, para nada. Tranquila.

Me dejo caer en el lugar que ha dejado vacante.

—Entonces, ¿ha acabado el entrenamiento?

—Sí —dice Chelsea, apenas levantando la vista de su teléfono, pero entregándome el mío.

—Gracias.

Tengo un montón de notificaciones y rápidamente escribo un mensaje en el chat del grupo con mis padres diciendo que estoy bien y que los llamaré más tarde. Me salto todo lo demás hasta que llego a Leo.

*¿Han arrestado a tu entrenador?*

*¿Estás bien?*

*¡Lee esto ahora mismo!*

Adjunto al último mensaje hay un enlace y, después de asegurarle que estoy bien, lo abro con un toque de dedo.

—¡Esto no puede ser verdad! —chilla Sierra justo cuando el artículo se carga en mi teléfono y...

*ÚLTIMAS NOTICIAS: El entrenador del equipo de Gimnasia de EE.UU. acusado de agresión sexual por atleta en suspensión.*

Escaneo el artículo por encima, que se basa en la historia anterior, es una sucesión de eventos enfermizos. *Como informamos esta mañana, Gibson ha sido acusado de falsificar los resultados de la prueba de antidopaje de Daniela Olivero. [...] Olivero fue suspendida en circunstancias sospechosas el día después de los ensayos para las Olimpiadas. [...] El FBI fue alertado después de que ella se sometiera a una prueba de seguimiento [...] un intento desesperado de encubrir un supuesto años de abusos sexuales...*

—¡Señoritas!

Aparto los ojos de la locura total que hay en la pantalla de mi teléfono.

—¡A formar fila! —grita una funcionaria del CNG por encima del creciente zumbido en el gimnasio.

Creo que se llama Liz, pero no estoy segura. La recuerdo de los ensayos, llevándonos de un lado a otro entre los vestuarios y el área de competición y después a las entrevistas.

Por pura memoria muscular, todas nos levantamos y obedecemos, como siempre hemos hecho en este gimnasio cuando alguien dice estas palabras. Mi mano se aferra al móvil, ahora escondido detrás de mi espalda. Quiero volver a leer ese artículo, aunque se me revuelve el estómago al pensarlo.

—Vamos a cancelar los entrenamientos del día de hoy —dice Quizás-Liz—. Haremos que os traigan la cena a las habitaciones en lugar de reunirnos en la cafetería como de costumbre. Quiero que todas durmáis toda la noche. A pesar de estas... circunstancias, todavía tenemos que prepararnos para los Juegos Olímpicos y eso significa que mañana comenzaremos nuestras verificaciones internas. Espero que uséis esta noche para despejar la mente de estas distracciones y vengáis preparadas, tal como el entrenador Gibson esperaría de vosotras si estuviera aquí. ¿Entendido?

—Sí, señora —respondemos al unísono, y hay una extraña sensación de comodidad en esta respuesta conocida. Aunque ahora no debería ser cómodo, ¿no? En realidad, debería ser aterrador.

Nos llevan de vuelta a los dormitorios y, a los pocos minutos, Emma se cuela en mi habitación. Nuestras puertas están abiertas y el pasillo es lo suficientemente pequeño como para que cualquiera la oiga cuando dice:

—Por hoy han cancelado el resto de entrevistas del FBI.

—¿Has visto el artículo? —pregunto, y ella asiente rápidamente, sentada a los pies de mi cama, mientras yo me arropo en la esquina contra la pared.

Segundos después, Chelsea y, finalmente, Sierra y Jaime, entran. Las cinco nos metemos en una habitación apenas lo bastante grande para las dos camas individuales. Sierra y Jaime dejan mis maletas en el suelo y se ponen sobre la otra cama mientras que Chelsea da vueltas cerca de la puerta. La tensión va aumentando, el silencio es sofocante.

—¿Creéis que es verdad? —pregunta Emma. Yo parpadeo. Han arrestado a Gibby delante de nuestras narices. ¿Tiene dudas? Debo llevar la sorpresa escrita en la cara—. ¿Me refiero a si alguien lo vio alguna vez haciendo cosas raras con ella? Algo...

—No —escupe Sierra—, nadie vio nada porque no pasaba nada.

—Sierra —la riñe Jaime.

Eso una novedad. Normalmente Sierra es la que manda a Jaime.

—No. No me voy a quedar aquí fingiendo que no sé exactamente lo que está pasando. Esa zorra está intentando jodernos las medallas de oro.

—Te refieres a Dani... —digo.

—Dio positivo en un test de dopaje y ahora sale con esto de «mi entrenador me violó y todo el mundo debería sentir pena por mí».

¿En serio? ¿Pero cómo se le ocurre algo así?

«Venga, Audrey, eres una chica lista, piensa un poco.» ¿Dani haría algo así? ¿Se doparía para intentar sacar ventaja y después acusaría a Gibby de violarla cuando la pillaron? Ese tiene todavía *menos* sentido que lo que decía el artículo. Mucho menos sentido. Así que tuvo que ser lo otro. Gibby estaba abusando de Dani y... ¿quizás ella le dijo que no? ¿Quizás lo amenazó con sacarlo a la luz? Pasara lo que pasara, no importa, él se asustó e intentó desacreditarla y le robó sus sueños de un golpe.

Mi estómago da un vuelco de asco al pensar en esto de manera tan fría, tan analítica, pero no sé si puedo permitirme pensar en ello de otro modo. Es demasiado horrible.

—Mirad, lo dice aquí. —Sierra nos enseña su móvil, que muestra un artículo de uno de esos portales de noticias que hacen que mi padre se ponga hecho una fiera por la mierda que publican. El titular me da náuseas.

*ÚLTIMAS NOTICIAS: Gimnasta alega relación con entrenador después de dar positivo en un control de dopaje.*

Debajo hay una foto de Dani, no es la oficial del CNG que ha usado el otro artículo, sino una que ella publicó en verano en la que sale en bikini en la playa. Es tan asqueroso. No la foto, sino lo que están intentando decir de Dani con ella. Están intentando insinuar que es el tipo de persona que haría lo que Sierra está diciendo.

Chelsea está prácticamente temblando de rabia cuando le aparta el brazo de un golpe y se le acerca.

—Solo estás cabreada porque va a recuperar su plaza.

Ves, eso sí que me lo creo. Si Dani no se ha dopado, probablemente regresará al equipo y Sierra volverá a ser suplente, ¿no?

Sierra apunta con un dedo hacia la cara de Chelsea.

—Estoy cabreada porque esa zorra hizo trampas y yo me he *ganado* ese puesto.

No, no es cierto.

—No te has ganado una mierda —dice Chelsea, dándole voz a mis pensamientos, tiene los ojos encendidos y los puños apretados.

Se van acercando, hasta quedar a pocos centímetros.

—¡Por el amor de Dios, fuera, largaos todas! —grito, levantándome. Se vuelven a mirarme, pero no me voy a dejar amedrentar—. No os vais a pelear. Os haréis daño o le haréis daño a alguien. He dicho: fuera.

Chelsea asiente y da un paso atrás, pero Sierra se mantiene firme, su respiración acelerada y su vista clavada en la espalda de Chelsea mientras se aleja. Al cabo de un momento, Jaime arrastra a Sierra hacia el pasillo y entonces solo quedamos Emma y yo.

—¿Quieres que duerma aquí? —me pregunta Emma, mirando la otra cama.

Creo que, en parte, lo pregunta por las dos.

—Sí.

Apenas un minuto después, arrastra su maleta por el pasillo y luego se mete en la cama que tengo al lado.

—Solo necesitamos dormir —dice—. Nos echaremos una siesta, cenaremos y luego dormiremos. Una buena noche de sueño y mañana estaremos listas para empezar.

—Sí. —Le doy la razón—. Mañana estaremos listas para empezar.

—

*No* estoy lista para ir. Por una vez mi cuerpo está bien, al menos las partes de mí que hacen gimnasia, pero mi cabeza me está matando. Tal vez es el estrés, o tal vez es un efecto secundario de la cortisona o tal vez son ambas cosas. Nos echamos una siesta, cenamos y dormimos bien, pero, aun así, me he despertado como si hubiera hecho una recepción de potro de cabeza.

Ahora, de pie en la fila, me lloran los ojos por las brillantes luces del techo del gimnasio de entrenamiento. Entrecierro los ojos para combatir la intensa iluminación y trato de centrar mi atención en Quizás-Liz, cuyo nombre todavía no he confirmado.

—Tenemos que permanecer unidos y presentar un frente común al mundo ante las acusaciones que se han hecho contra el entrenador Gibson y contra este equipo —dice con las manos en la espalda como si fuera un general dirigiéndose a un escuadrón de soldados. Nuestros entrenadores están alineados detrás de ella.

Un momento, ¿contra el equipo? ¿Qué tiene que ver el equipo con esto? No hemos hecho nada malo. Me arriesgo a echarle un vistazo a Emma y sus ojos se han estrechado y, junto a ella, los de Chelsea han hecho lo mismo. Parece que anoche nuestros entrenadores llegaron a algún tipo de acuerdo para ¿qué? ¿Seguir como si nada hubiera pasado? ¿Cómo pueden pensar que eso es posible?

«Venga, Audrey. Para. Concéntrate. Si eso es lo que han decidido, entonces eso es lo que tienes que hacer.»

—Vamos a seguir entrenando duro y enorgulleciendo al entrenador Gibson. Y el primer paso es la competición interna que él había programado para hoy. Haremos una competición de individual para determinar las puntuaciones base para nuestras alineaciones en Tokio.

Mi corazón retumba con un nuevo ritmo, golpeándome las sienes, haciendo que mis dientes posteriores rechinen juntos. Ahora mismo no importa nada más, ni Gibby ni lo que sea que nuestros entrenadores hayan decidido o por qué lo han decidido, nada importa excepto mis próximos cuatro ejercicios.

—Empezaremos por barras asimétricas, como hemos estado practicando —dice Quizás-Liz. Debería averiguar su nombre si resulta que es la que manda—. Vamos, señoritas, a calentar.

—Uff, barras —refunfuña Chelsea mientras vamos hacia la tiza, cogiendo nuestros protectores para las barras. Chelsea es genial en muchas cosas, especialmente en salto de potro, pero las barras nunca han sido lo suyo.

—¡Barras, bien! —contrataco, forzando una sonrisa descarada en mi cara.

—Cállate —dice, empujándome suavemente con el codo, pero me las arreglo para hacerla sonreír un poco. Esto no es tan terrible. Es normal. Charlando alrededor de la tiza. Quizás concentrarse en la gimnasia es lo mejor que podemos hacer ahora. Quizás-Liz tiene razón en una cosa, tenemos que entrenar para las Olimpiadas.

—Orden de rotación: Jaime, Chelsea, Sierra, Emma y, luego, Audrey —Quizás-Liz llama primero a la suplente y después a la peor gimnasta de asimétricas hasta la mejor, yo. Por lo menos empiezo desde una posición de poder. Pero claro, esto significa que cuando vayamos al salto de potro para la última rotación, mi gran momento final será mi uno y medio mientras todas las demás sacarán dobles y dobles y medio.

No es momento de pensar en eso. Primero tengo que hacer este ejercicio como en los entrenamientos y darme margen suficiente para pasar las otras tres rotaciones. Las barras no deberían ser un problema, el salto y el suelo sí lo son, y la barra... Ya veremos.

Calentamos rápidamente, como en los Juegos, y las barras van exactamente como esperaba. Todas hacemos ejercicios limpios y las puntuaciones de los miembros del CNG que hacen de jueces se mantienen como en los Ensayos, y van subiendo con cada ejercicio. Sonrío al ver las tres décimas de ventaja que le he sacado a Emma.

| | |
|---|---|
| 1. Audrey Lee | 15.4 |
| 2. Emma Sadowsky | 15.1 |
| 3. Sierra Montgomery | 14.9 |
| 4. Jaime Pederson | 14.7 |
| 5. Chelsea Cameron | 13.1 |

Es tan raro ver mi nombre por encima del suyo en cualquier circunstancia que me permito disfrutarlo un momento más de lo que debería. Sonrío y asiento con la cabeza hacia los resultados y ella pone los ojos en blanco, pero su sonrisa coincide con la mía. Esto está bien. Es normal. Pero solo puede durar un momento más, porque nos dirigimos a la barra y requiere toda mi atención.

—Bien, señoritas, el orden de la barra es Jaime, Chelsea, Audrey, Sierra y Emma.

Hago una mueca, quitándome los protectores y estirando las muñecas. Tengo mucho que hacer. Emma es fantástica en barra y Sierra es buena, pero puedo vencerlas a ambas si clavo mis malditos enlaces. Mi entrada, un *flic-flac* plancha hasta la barra, conectado en serie con dos planchas más, es un reto enorme al principio del ejercicio. Cuando lo clavo, es una de las combinaciones más difíciles realizadas en la historia del deporte, cuando no, es un desastre total.

Jaime y Chelsea hacen sus ejercicios sin problemas y Pauline me está preparando el tram. Me planto en el borde de las colchonetas y me pongo de puntillas para prepararme para mi entrada a la barra.

Inhalo, luego exhalo antes de tres zancadas hacia adelante, una rueda sobre el tram y luego una plancha aterrizando sobre un pie y luego otra sobre la plataforma de diez centímetros en la que se espera que giremos y saltemos como si fuera el suelo.

Mi concentración en el aparato normalmente no se rompe hasta que he acabado, pero incluso a pesar de mi atención absoluta veo la puerta del gimnasio abrirse y a un grupo de personas que cruza la entrada. Al frente hay una mujer con zapatos de tacón de aguja y un peinado afro perfecto. La reconozco al instante. Es Tamara Jackson, la directora de la Federación Olímpica de los Estados Unidos.

—Ha sido precioso, Audrey —dice, y todos nos quedamos paralizados, mirándola—, pero, por favor, baja de la barra. Esta competición ha terminado.

# capítulo ocho

Tamara Jackson, vestida con una chaqueta de traje blanca y una falda de tubo a conjunto, es, a la vez, la mayor fuente de intimidación e inspiración que he visto en toda mi vida.

Con un leve chasquido, la puerta del gimnasio se cierra detrás de nuestros entrenadores y el resto del personal de CNG, después de que ella, suavemente y con una reticencia mínima, los echara de la sala. El cavernoso gimnasio de entrenamiento está casi vacío. Plantada delante del potro, mis ojos van de la puerta a la directora de la USOF y esperan que ella comience.

—Señoritas —dice la señora Jackson, sonriendo de oreja a oreja, sus dientes brillantes contrastando con un pintalabios púrpura oscuro—. Primero de todo, quiero agradecerles los años de esfuerzo y dedicación que las han llevado hasta aquí. Cientos de miles de niñas sueñan con llegar justo a donde están ustedes ahora, pero solo unas pocas alcanzan el equipo olímpico.

Mi cabeza empieza a dar vueltas al oír lo que dice. Tiene buenas intenciones, estoy segura, está intentando suavizar lo que sea que tenga que decir ahora, pero ¿qué podría ser? Por el momento tenemos un falso escándalo de dopaje y una agresión sexual. ¿Qué es lo siguiente? ¿Asesinato? La mano de Emma busca la mía y la estrecha fuerte.

—Todas han trabajado tanto durante estos años y están muy unidas a sus entrenadores, hasta un punto que la mayoría de la gente nunca llegará a entender. Quizás incluso han pasado más tiempo con ellos que con sus familias, y por eso lo que tengo que decir a continuación es tan difícil. La USOF ha recibido informaciones preocupantes sobre la respuesta del CNG al comportamiento del entrenador Gibson y a su detención. Eso también se extiende a la conducta de sus entrenadores personales.

Me quedo sin aliento y, asustada, miro hacia la puerta por la que Pauline y los otros entrenadores han salido hace un momento. Entonces mis ojos se encuentran con los de Emma. Están abiertos de par en par, igual que su boca.

—¿A qué se refiere? —pregunta Chelsea.

—Obviamente, la investigación está abierta, pero lo que puedo decir es que cuando la atleta en cuestión...

—Dani —interrumpe Chelsea y la señora Jackson alza las cejas, pero asiente con la cabeza.

—Sí. Cuando las pruebas de la señorita Olivero se entregaron al señor Gibson, a pesar de que no había resultados positivos para ninguna sustancia ilegal, siguió el protocolo antidopaje que tenemos instaurado. Convocó una reunión del comité para revisar los resultados. Sus entrenadores y los oficiales del CNG presentes fueron parte del comité que firmó la suspensión de la señorita Olivero del equipo, a pesar de que no existían evidencias que apoyaran que había fallado una prueba de dopaje.

Mis rodillas empiezan a doblarse al oír a la señora Jackson y la bilis me sube a la garganta, ardiendo cuando me la vuelvo a tragar.

Nuestros entrenadores mintieron.

Pauline mintió.

No quiero creerlo, pero todo parece tan creíble. Desde el discurso de Gibby sobre mantener las cuestiones del CNG dentro del CNG hasta los nervios de Pauline durante mi entrevista con el FBI, pasando por la muestra de unidad de esta mañana antes de empezar.

La señora Jackson sigue hablando, me vuelvo a centrar en ella.

—La FO ha tomado la decisión sin precedentes de suspender

inmediatamente al CNG como organismo nacional de gobierno de este deporte, por lo menos hasta después de los Juegos Olímpicos. A partir de ahora, supervisaré su entrenamiento junto con un nuevo entrenador nombrado por la FO. Tengo toda la confianza del mundo en su capacidad como atletas y, aunque será difícil, sé que, como equipo, pueden superar esto. Es muy desafortunado que tengamos que tomar medidas tan extremas, pero, por favor, entiendan que no podemos permitir la complicidad por parte de aquellos cuyo único objetivo debería haber sido su bienestar. Sus actos no deben quedar impunes.

Tal vez estoy en *shock*. Tal vez todo me ha superado finalmente y mi cerebro no puede lidiar con ello, pero suelto:

—¿Podemos hablar con ellos? Me refiero a nuestros entrenadores. —Ella me clava en el suelo con su mirada—. Lo siento —susurro.

Su expresión se suaviza al instante.

—Lo siento, Audrey. El FBI nos ha aconsejado que no permitamos más contacto con los entrenadores por el momento.

Chelsea se aclara la garganta a mi lado.

—Entonces, ¿quién nos va a entrenar?

—Le presentaremos a su entrenadora cuando lleguemos a su nuevo centro de entrenamiento, pero tengan la seguridad de que no solo podrá prepararlas para su viaje olímpico, sino que está especialmente capacitada para gestionar el trauma que han sufrido ustedes estos últimos días. Recojan sus cosas, señoritas, nos vamos en quince minutos.

Todavía estoy metiendo cosas en la maleta cuando se abre mi puerta. Emma entra y la cierra. Por un momento el único sonido en la habitación es nuestra respiración, pero luego nuestros ojos se encuentran.

Algo en mi pecho se rompe y las lágrimas saltan a mis ojos sin invitación alguna. Suelto un sollozo ahogado. Cada gramo de tensión que cargo desde los últimos días, o tal vez incluso desde que volví a los Ensayos, sale a la superficie y se derrama en forma de lágrimas.

Mis piernas se pliegan y me siento en la cama, Emma cae a mi lado al instante. Me abraza y nos estrechamos fuerte. Ella es la única que puede verme así. Hemos pasado muchas cosas juntas y aún nos queda tanto por hacer.

Me separo después de un momento largo y unas cuantas risas incómodas.

—¿Qué vamos a hacer? —pregunto, secándome las lágrimas e intentando controlarme con las inhalaciones.

—Haremos lo que diga Tamara Jackson —responde inmediatamente, tan imperturbable como siempre—. Puede que sin Gibby, Liz... —así que *sí* se llama Liz— esté al mando del CNG, pero la directora de la USOF tiene más rango que ella. Debemos seguir el ejemplo de la señora Jackson y todo saldrá bien.

—¿Ah sí? —pregunto con una risa.

Entre la suspensión de Dani y después el arresto de Gibby y ahora... ¿qué está pasando exactamente ahora? ¿La USOF ha disuelto el CNG? Eso es lo que parece. Pero hay tanta certeza en la voz de Emma, tanta seguridad en sí misma. Tal vez si ella cree que esto es lo correcto, puedo dejar que lo crea por las dos.

—

—Ya te lo he dicho, mamá. Pauline no está con nosotros.

Necesito toda mi fuerza para no ahogarme con esas palabras y volver a llorar, por la traición, la confusión y la incredulidad que se abren paso por mis venas. «No queda tiempo para llorar por esto, Audrey, hay demasiado en juego. No pienses en que tu entrenadora, la mujer en la que has confiado toda tu vida, te ha traicionado a ti y a tus sueños. No pienses en que tal vez no fue solo una mentira. No pienses en cada momento en que te presionó demasiado o te dejó competir una vez más a pesar del dolor agonizante. No pienses en que tal vez con un entrenador diferente, tu espalda quizás no estaría tan mal, o que puede que la persona que se suponía que debía hacer lo mejor para ti, en lugar de eso hizo lo mejor para ella.»

Emma está sentada frente a mí. Éramos dos y nuestra entrenadora nos empujó a ambas con la misma fuerza. Mi cuerpo se rompió. El de Emma no. Y nunca se me ocurrió pensar que... tal vez eso no tendría por qué haber pasado. Todavía me parece imposible que Pauline haya podido hacer esto, pero obviamente no la conocía tanto como pensaba.

—¿Y dónde está? —pregunta mamá, su voz se vuelve un poco aguda.

Pauline la llamó después de que Gibby fuera arrestado y lo último de lo que se enteró es que hoy íbamos a competir, no sabía nada del viaje en coche por el sur de California. He tardado en contactar con ella porque estaba trabajando cuando pasó todo. Para cuando me ha devuelto la llamada, llevábamos dos horas y media conduciendo por la autopista de la costa del Pacífico y su nivel de ansiedad había llegado al máximo.

—No lo sé. ¿Tal vez en un vuelo de vuelta a Nueva York? Estoy con la señora Jackson de la USOF, la Federación Olímpica Americana. ¿Quieres hablar con ella? Te va a decir lo mismo que yo.

Me remuevo en el asiento. Nos encontramos en una furgoneta de lujo y estoy abrochada a lo que parece un asiento de avión de primera clase. El aire acondicionado bombea con fuerza, luchando y ganando una batalla contra el calor exterior, pero también hace que los asientos de cuero sean casi resbaladizos, cosa que es bastante infernal para mi espalda. Me retuerzo de un lado a otro tratando de aflojar la tensión.

—No —dice mamá, su voz resignada. Hace mucho tiempo que no se ocupa de nada relacionado con mi gimnasia. Empecé a viajar sin ella y sin papá cuando tenía doce años—. No te olvides de llamar cuando te hayas instalado.

—Lo haré. Lo prometeo.

—Te quiero —dice.

—Yo también te quiero. —Mi voz se quiebra cuando cuelgo la llamada, pero me vuelvo a tragar la emoción. Basta ya. De ahora en adelante me concentraré en llegar a las Olimpiadas y ganar el oro, y de todo lo demás me ocuparé más tarde. «Claro, Audrey, bastará con un par de décadas en terapia.»

—Audrey ni siquiera ha podido contarle a su madre adónde vamos. Esto es ridículo —dice Sierra, no directamente a la señora Jackson, pero sí hacia ella. Es la última aportación a la continua retransmisión que ha hecho durante este trayecto—. Es como si nos hubieran secuestrado.

—¿Nunca te cansas de oírte hablar? —dice Chelsea, que está claramente harta.

—Lo siento, Chels, no sabía que eras la única a la que se le permitía tener una opinión.

—Todas sabemos tu opinión. Llevas dejándola clara durante todo el viaje. Para ya.

Me inclino hacia adelante, estirando mi espalda, pero también acercándome un poco más a la señora Jackson, cuyo asiento está delante del mío.

—¿Falta mucho? —susurro, tratando de no alimentar al sabueso que tengo detrás.

Pasamos por San Diego hace unos minutos y cruzamos un puente. A menos que estemos en la frontera con Tijuana, estoy segura de que debemos estar cerca de donde vamos.

—Casi —dice la señora Jackson y me siento de nuevo, concentrándome en ignorar a Jaime, que, por supuesto, tiene que intervenir para respaldar las paridas de Sierra.

Unos minutos después, la furgoneta se para. La señora Jackson me ha dicho la verdad.

El conductor nos abre la puerta y nos recibe el sol brillante y el rugido del océano. El aire es salado y caliente, suspiro, contenta de estar fuera del alcance al aire acondicionado y su compresión muscular. El viento azota las hebras que se escapan del moño que me he hecho meticulosamente esta mañana y las aparto, entrecerrando los ojos contra el sol. ¿Dónde diablos estamos?

—¿Audrey? —Una voz que no esperaba ni en un millón de años suena a mi espalda—. ¿Qué demonios estás haciendo aquí?"

Me doy la vuelta y ahí está Leo Adams, vestido con un bañador y nada más, con una tabla de surf bajo el brazo y una amplia sonrisa.

Estamos en Coronado.

¿Y ese edificio que tengo detrás? Es el gimnasio de Janet Dorsey-Adams.

—¿Leo Adams, supongo? —pregunta la señora Jackson, mientras nos mira a los dos con un atisbo de algo que se parece sospechosamente a una sonrisa en sus rasgos generalmente pétreos—. ¿Tu madre está dentro? Necesito hablar con ella.

—Eh... claro —dice, me mira interrogante, pero me quedo boquiabierta. No me puedo creer que esté aquí o, más bien, que nosotras lo estemos—. ¿La está esperando?

—Hemos hablado por teléfono esta mañana —dice la señora Jackson y mis cejas se elevan hacia el cielo azul claro.

Eso no es exactamente un sí. ¿Vamos a colarnos en el gimnasio de Janet Dorsey-Adams? Solo me he topado con ella un par de veces y nunca nada más allá de un rápido saludo, pero, por su reputación, esto no parece el tipo de situación que le parecería bien.

Cuando aparece por la puerta principal, mis instintos se confirman. Es una mujer blanca, de no más de cuarenta años y de mi altura, parece que está lo suficientemente en forma como para hacer un ejercicio de suelo digno de medalla olímpica. Pero ahora, con los brazos cruzados sobre el pecho y una ceja alzada en desconfianza, estoy más aterrada que asombrada.

—¿Tamara? —pregunta, pero nos mira a nosotras y no a la señora Jackson—. ¿Qué está pasando?

—¿Supongo que sabes quiénes son estas chicas? —dice la señora Jackson, avanzando a zancadas con la mano extendida.

—Obviamente —responde la entrenadora Dorsey-Adams, con una mueca, ignorando la mano—, pero creía que había sido clara esta mañana... Oh, ya veo, has pensado en presionarme para que aceptara.

—Pues... —empieza la señora Jackson, pero luego vacila. El ceño fruncido de la entrenadora se profundiza—. ¿Hay algún sitio donde podamos hablar en privado?

—La verdad es que no —dice la entrenadora, dándose la vuelta y haciéndole un gesto a Leo, que está a mi lado, para que la siga.

Él no se mueve y algo en ese gesto, esa fracción de segundo de solidaridad, me da fuerzas.

—Espere, por favor —digo antes de pararme a pensarlo—. No tenemos... ningún otro sitio al que ir.

Me quedo sin aliento.

—Necesitamos una entrenadora —Chelsea termina y se coloca a mi otro lado.

La entrenadora nos mira a nosotras y después más allá, hacia Emma, Sierra y Jaime, que han estado calladas hasta ahora.

—¿Y vosotras tres? ¿También necesitáis entrenadora?

—Sí, señora —dicen Sierra y Jaime al unísono.

Mis ganas de poner los ojos en blanco pierden contra el miedo a dar mala impresión, pero no por mucho.

—Por favor —añade Emma al final por las tres, hay una urgencia en su voz que no estoy segura de haber oído antes.

—Mmm... —murmura, aparentemente poco impresionada con nuestros esfuerzos—. Tamara, entra y hablemos.

Desaparecen dentro del edificio. ¿Qué demonios? La señora Jackson le pidió que nos entrenara y dijo que no. ¿Cómo está pasando esto? ¿Cómo es que estamos aquí ahora mismo en vez de estar en el Centro de Entrenamiento compitiendo?

—Oye —dice Leo, alarga su mano hacia la mía, pero se echa atrás—. ¿Estás bien? Cuando me enteré de lo de Gibson... Sé que dijiste que estabas bien, pero...

Me balanceo sobre los talones y cruzo los brazos sobre el pecho, sin saber qué hacer con las manos.

—Sí, estoy bien. Al menos, creo que lo estoy.

Con la mano libre se frota la nuca.

—Lo... Lo siento mucho, por... todo. No me puedo creer que estés aquí ahora mismo.

—Yo tampoco —coincido, pero me muerdo el labio y aparto la vista.

Esto es tan surrealista. Está aquí, justo delante de mí, y quiero, no sé, abrazarlo o algo así, pero mis pies están clavados al suelo.

—Todavía no entiendo por qué tenemos que estar aquí —dice Sierra en voz baja—. Ni siquiera sabemos qué ha pasado.

Aparentemente, sigue en su cruzada para demostrar la inocencia de Gibby o, al menos, la culpabilidad de Dani, como si eso siguiera importando algo. Gibby ya no está. Nuestros entrenadores ya no están. Solo nos tenemos las unas a las otras.

Leo la ignora.

—Mira, no sé cómo le va a ir a esa señora con mi madre. A ver si puedo echaros un cable. —Se da la vuelta para marcharse, pero vacila. Su mano me roza el codo suavemente—. Me alegro mucho de que estés aquí.

Un escalofrío me recorre todo el cuerpo, pero intento que no se note.

—Yo también. —Lo digo con una pequeña sonrisa y siento que la tensión desaparece cuando él vuelve a sonreír.

Con eso, va hacia el gimnasio, apoyando su tabla de surf contra la pared antes de desaparecer por las puertas.

—Gracias a Dios que Leo está colgado de Audrey. Tendremos un gimnasio en el que entrenar —dice Sierra, y su voz es como uno faro en la niebla, rompe el pequeño trance en el que me había dejado Leo con su sonrisa.

—Tú es que no paras nunca, ¿o qué? —le espeto, sobre todo porque ha dado en el blanco.

Sierra me encara, pero Emma lo corta en seco.

—Estamos jodidas de todas formas. Janet Dorsey-Adams nunca ha entrenado a gimnastas de élite. No va a poder ayudarnos.

—Es medallista olímpica, entrenadora y psicóloga deportiva —apunta Chelsea—. Y sí, nunca ha entrenado a gimnastas de élite, pero ¿se te ocurre algún entrenador de élite que no le haya lamido el culo a Gibby hasta deshidratarse? Incluso los entrenadores de Sarah y Brooke trabajaron con él durante su proceso de calificación individual. La USOF no nos dejará entrenar con nadie que esté remotamente relacionado con él.

El rojo arde en las mejillas de Sierra.

—Entonces deberíamos tener la opción de trabajar con nuestros entrenadores —escupe—, sin importar lo que hayan hecho. Es ridículo que, semanas antes de las Olimpiadas, no se permita que la gente con la que hemos entrenado toda nuestra vida nos ayude. Necesitamos a nuestros entrenadores. No me importa lo que pasó con Gibby y Dani. Me importa una mierda. Ese no es el tema.

Eso es una mentira como una catedral. Le importa mucho, pero no creo que tenga nada que ver con nuestros entrenadores. Siente miedo de que Dani vuelva a ocupar su lugar. Dani merece estar aquí con nosotras, bueno... si resulta que nos quedamos aquí.

Pasan más de veinte minutos antes de que la señora Jackson salga del gimnasio, poniéndose unas gafas de sol.

—Señoritas, volvamos a la furgoneta.

—¿Ha dicho que sí? —pregunto, subiendo detrás de Emma.

—Se lo está pensando —dice con una sonrisa desde el asiento delantero—. De todos modos, necesitan descansar, así que la USOF ha alquilado una casa cerca de aquí.

—

—Me siento como si estuviera en uno de esos programas de decoración de casas. Qué pasada de sitio —dice Chelsea, y una sonrisa brilla en la cara de la señora Jackson. Al menos alguien está contento.

La casa es preciosa, eso es innegable. Está justo en la bahía de San Diego. El edificio de tres pisos es de color arena cálido con un techo de tejas rojas. Por dentro, es *chic* californiano total, con ventanas enormes que dan al agua y una decoración con un montón de blanco y de azul. Hay un porche enorme con hamacas y un muelle con *kayaks* y motos de agua para los huéspedes que no tienen que entrenar para las Olimpiadas.

—Vamos —dice Emma, mientras arrastramos las maletas por la escalera que hay junto al gran salón comedor con techos abovedados. Las maletas chocan con la escalera de forja, pero, en este momento, esta es la menor de mis preocupaciones.

¿Qué vamos a hacer si la madre de Leo decide no entrenarnos?

¿Esta es realmente la única opción de la FO?

Tiene que haber otro entrenador en alguna parte. La cara de Pauline aparece en mi mente y miro a Emma, pero aplasto la lenta y rastrera sensación de resentimiento que se ha asentado en un rincón de mi cerebro. No es el momento, ahora que siento que el mundo se ha puesto patas arriba en medio de una vertical y que estoy clavando las uñas en la mismísima tierra, intentado aguantar.

Sigo a Emma a una de las habitaciones. Tiene dos camas de matrimonio, las paredes azul claro y los edredones blancos y esponjosos son muy acogedores. Me pesan los ojos. Emma deja su equipaje al lado de una cama y luego de un salto se coloca encima, acomodándose entre las almohadas.

—Necesito una siesta.

Dejo mis maletas cerca de la puerta, sin molestarme en arrastrarlas hasta la habitación antes de ir directamente a la cama vacía y dejarme caer sobre ella con un pesado suspiro. El reloj de la mesa entre nosotras marca las doce del mediodía, pero es como si hubiera pasado un mes en las últimas cinco horas.

—¿Crees que las camas de la Villa Olímpica serán tan bonitas?

—Estoy en un punto en el que me llevaría un saco para dormir en el suelo con tal de que lleguemos a la Villa Olímpica —digo, con los ojos cerrados.

—¿Crees que no llegaremos?

—Es como si las Olimpiadas estuvieran a años de distancia. Nada de esto parece real.

—¿Ni siquiera Leo Adams? —pregunta, pero su voz empieza a desvanecerse.

—Especialmente él —murmuro, sin estar segura de si realmente lo digo en voz alta antes de que el mundo se vuelva negro.

—

—Rey, arriba. —La voz de Emma se adentra en mi sueño profundo y sus manos me despiertan.

—¿Qué? —me quejo, pero un grito del piso inferior me despeja por completo.

Se oyen combinaciones de palabrotas que no había escuchado jamás, salto de la cama y sigo a Emma, que ya ha hecho un *sprint* mortal hacia las escaleras.

—¡Estúpida zorra! ¡Cómo te atreves a dar la cara por aquí después de lo que has hecho! —grita Sierra grita, mientras llegamos a las escaleras.

La señora Jackson está de pie detrás de ella, cogiéndola de la cintura para evitar que se lance sobre Dani.

Por Dios.

Es Dani. Está cerca de la puerta, como si apenas hubiera dado un par de pasos dentro de la casa antes de que Sierra intentara atacarla.

Emma y yo, finalmente, llegamos abajo mientras la señora Jackson saca a Sierra de la habitación y se la lleva al porche. Todavía podemos verlas, pero al menos hay una pared de cristal grueso entre nosotras.

Una diminuta sonrisa se dibuja en la cara de Dani cuando dice:

—Hola, chicas. He vuelto.

Emma duda y yo también, pero Chelsea no. Ella da un paso y luego otro hacia ella y mi estómago se hunde cuando Dani se asusta, pero entonces Chelsea termina venciendo la distancia y envuelve a nuestra compañera en un abrazo.

—Estoy tan contenta de que hayas vuelto. Siento mucho lo que te hizo —dice Chelsea.

Hay un momento en el que Dani se pone rígida, mirándonos a Emma y a mí por encima del hombro de Chelsea, y entonces la tensión se disuelve y ella la abraza también, con los ojos cerrados.

No sé qué hacer. Emma todavía no se ha movido.

Dani ha vuelto y siento que es lo correcto. Sabemos que no se drogó, a pesar de los delirios de Sierra, y ahora ha vuelto, así que tal vez eso significa que todo va a salir bien. Tal vez nuestro equipo está por fin completo.

Entonces, mientras Chelsea se aleja, miro más allá, hacia donde Sierra sigue despotricando con Jaime y la señora Jackson está intentando calmarla, sin éxito.

Aunque, por otro lado, tal vez no.

—

Estoy en una hamaca mirando la bahía de San Diego mientras el caluroso sol de julio me calienta la piel. «Audrey Lee, ¿cuándo fue la última vez que fuiste así de vaga? Cuando te estabas recuperando de la cirugía, tal vez, pero eso fue vagancia forzada.»

¿Esto? Esto me hace sentir mal. Excepto porque realmente no tengo elección. Ahora mismo no tenemos acceso a un gimnasio. Puede que nunca tengamos acceso a él, y, al acabar el día, podríamos estar en otro autobús o en un avión buscando un nuevo hogar antes de los Juegos.

Somos el mejor grupo de gimnastas del mundo. No debería ser

tan difícil encontrar un sitio para entrenar y, sin embargo, aquí estamos. Nos merecemos más que esto. Necesitamos más que esto si queremos tener éxito en Tokio.

—¿Crees que a Sierra ya se le ha reventado un vaso sanguíneo? —le pregunto a Emma desde mi hamaca. Las hemos puesto a la sombra bajo el toldo del patio. La última cosa que cualquiera de los dos necesita es una quemadura solar. La gimnasia y la piel chamuscada no son una buena combinación.

—Lo superará —dice Emma, poniéndose otra capa de protector solar—. Está enfadada porque Dani ha vuelto. A ver, lo entiendo, pero Dani ha estado por delante de ella todo el año. Sierra es una profesional, ya entrará en razón.

—Puede.

O puede que decida no cesar en su enfado y que arrastre a Jaime con ella como hace siempre, y entonces harán que estas próximas semanas sean un infierno. Pero eso no voy a decirlo en voz alta.

—¿Crees que nos dirá lo que pasó realmente? —pregunto, inclinando la cabeza hacia el lugar en el que Dani y Chelsea están sentadas, sus piernas colgando del muelle sobre el agua.

—No quiero saberlo —dice ella, y yo le devuelvo la mirada.

Nunca le preguntaré a Dani sobre eso. Si quiere compartirlo, lo hará, pero no puedo creer que Emma no tenga la más mínima curiosidad. Pero ella es así. Las cosas nunca le molestan una vez que ha decidido que no lo harán.

Mi dolor de cabeza de la mañana casi ha desaparecido. ¿De verdad es solo de esta mañana? Puede que solo necesitara un poco de reposo y algo de sol. La vitamina D puede hacer maravillas, o eso me han dicho.

Me protejo los ojos del sol cuando Chelsea y Dani se levantan y caminan hacia nosotras, con sonrisas en la cara. Dani está exactamente como la recuerdo en los Ensayos Olímpicos. No es que esperase que estuviera diferente, pero, por alguna razón, ¿no es raro que esté igual que siempre? La verdad es que no lo sé.

—Mira quién ha vuelto —dice Chelsea, su mirada puesta detrás de mí.

Leo, esta vez con camiseta, aunque el añadido no disminuye su magnífico aspecto en absoluto, viene andando por la entrada de la casa. La camiseta blanca lisa resalta su piel tostada por el sol de la tarde.

Salto de la silla, quemándome un poco los pies descalzos al pasar de la madera del muelle al camino de piedras del patio. Emma, Dani y Chelsea vienen detrás de mí.

—¿Y bien? —pregunto, pegando saltitos con impaciencia cuando llega a nosotros.

—Pues... estáis dentro —dice, sonriendo tímidamente—. Va a traspasar a nuestras chicas júnior a otros gimnasios durante unas semanas. Tendréis las instalaciones para vosotras solas.

Grito desde lo más hondo de mi garganta y le salto encima. Sus brazos me rodean y su pecho vibra contra el mío en una risa profunda.

—Muchas gracias. No sé qué le dijiste, pero gracias.

—De nada —dice, dejándome en el suelo, pero sin soltarme. Sin embargo, hay algo en sus ojos, algo que no está del todo bien. No lo conozco lo suficiente como para estar segura, pero creo que podría ser arrepentimiento.

—¿Todo bien? —pregunto, confusa, inclinando la cabeza.

Sonríe, cualquier rastro de esa extraña emoción desaparece.

—Bueno, no diría que no a otro abrazo.

Eso puedo hacerlo. Abrazarlo es agradable y es algo a lo que definitivamente podría acostumbrarme.

Lo acerco de nuevo a mí, respirando el aroma de agua salada y un toque de tiza del gimnasio en el que entrenaremos hasta que nos vayamos a Tokio.

Tal vez ahora, finalmente, pueda empezar nuestro viaje olímpico.

# capítulo nueve

A la mañana siguiente, cuando me cuelgo de las barras, con mis protectores y mis palmas rozando ligeramente la fibra de vidrio cilíndrico, tengo que ahogar un sollozo de alegría. O quizás es solo el polvo de tiza que se me mete en la garganta. Sea como sea, poder entrenar es genial.

Aparte del poco ejercicio que logramos hacer ayer antes de que el mundo volviera a explosionar, siento que llevo meses sin hacer gimnasia. Noto un dolor agradable en los brazos cuando hago una vertical en la barra alta y aguantan todo mi peso. Cambio mi agarre haciendo una pirueta completa, luego me suelto para hacer la salida, mi cuerpo recto y apretado mientras hago un triple *twist*.

—Cuando te vi debutar con esa salida por la tele, me puse a aplaudir desde el sofá —dice Janet desde la colchoneta de aterrizaje—. Creativo, difícil y que destaca entre el resto. Además, tus *twists* son de primera.

Sonrío, frotando el cuero de mis protectores y alejándome de las barras asimétricas para que Emma pueda subirse a ellas.

—Aunque llegas medio segundo tarde y eso te cuesta al menos una décima.

—Hace un par de meses que tengo ese problema. Prefiero acabar la pirueta un pelín tarde en vez de sacrificar la vertical y no poder conectarla con la salida, ¿no?

—No, eres capaz de llegar a todo. Fue una buena estrategia por parte de tu entrenadora darte esa opción durante los Ensayos, pero, aunque no lo parezca, tenemos tiempo de afinar algunos detalles de aquí a Tokio. Te cuesta una décima, por lo menos, y una décima será la diferencia entre la plata y el oro en este aparato —dice mientras Emma hace su salida con doble plancha, que clava a la perfección. Ella no ha llegado tarde a la pirueta. Una décima.

—Entendido. —Me alejo para ponerme la tiza.

Mientras hundo mis manos en ella, mis ojos vagan por el tranquilo gimnasio. Normalmente debe de haber docenas de niños por aquí, júniores y clases de extraescolares entrando y saliendo del gimnasio todo el día, pero, fiel a su palabra, Janet los ha mandado a todos —ya que, por suerte, están en temporada baja de competición— a otros gimnasios para ayudarnos a prepararnos para Tokio.

Las instalaciones son bonitas, pero no son, precisamente, de última generación. Es mucho más pequeño que nuestro gimnasio local y no está lleno de pancartas que proclaman los éxitos del club. En vez de eso, hay murales pintados en las paredes, siluetas de colores brillantes con gimnastas saltando por los aires, dedos de los pies bien estirados, piernas completamente extendidas, posiciones perfectas. La pared del fondo es como una puerta de garaje, y ahora mismo está abierta para dejar entrar la brisa del océano.

Las seis estamos emparejadas, Emma y yo en asimétricas, Chelsea y Dani en barra, y Jaime y Sierra en salto de potro, las dos han vuelto a la posición de suplentes. Una vez acabemos con nuestros ejercicios, nos reuniremos para trabajar en suelo. Así es como se supone que debe de ser. Puede que no estemos en el centro de entrenamiento y que no tengamos a nuestros entrenadores, pero, al final y al cabo, la gimnasia sigue siendo gimnasia.

Leo se encuentra en una esquina, entrenando con una máquina para las piernas. Es sorprendente que esté aquí. También es supertentador. Tal vez excesivamente tentador considerando que su madre es ahora mi entrenadora.

«Ahora no es el momento, Audrey. Ahora mismo lo más importante en tu vida tiene que ser clavar la vertical postpirueta en la barra alta, y clavar los saltos de potro y las diagonales, y asegurarme de que los enlaces en la barra sean superfluidos y con el ritmo que toca. No importa nada más. Ni siquiera Leo Adams.»

Hago otro ejercicio de barras, esta vez, según el asentimiento de aprobación de Janet, la vertical previa a la salida ha sido mucho más más aceptable. De allí pasamos a la barra de equilibrio. La decisión ya no está en manos de Gibby, pero barra sigue siendo el aparato en el que debo mejorar mis resultados del campeonato nacional y los Ensayos.

El primer paso: solidificar mi serie de entrada, una rondada con plancha en un pie con dos planchas más seguidas. Una combinación rápida como el rayo que a simple vista parecerá tan fácil como si lo estuviera haciendo en el suelo.

Emma va primero, su ejercicio es sólido, como siempre. Todo en la gimnasia de Emma es sólido y siempre lo ha sido. Cuando éramos más jóvenes la gente solía echárselo en cara. Nunca era la gimnasta que te llamaba la atención, pero hacía ejercicios limpios y, si has visto gimnasia de élite alguna vez, sabrás que eso es poco común. Entonces, el año pasado, básicamente, Emma aplastó a todo el mundo con su gimnasia sólida y la adición de algunos elementos superdifíciles estratégicamente colocados. Así que, cuando llega el final de su ejercicio y se coloca a tres cuartos de la barra y se concentra en la salida, no me sorprende lo más mínimo cuando clava la rondada y doble mortal adelante con media pirueta.

—¡Bien! —vitoreo, y chocamos las palmas después de que salude.

Me acerco a la barra con un trozo de tiza para marcar algunas de mis posiciones.

Los comentarios de Janet resuenan en el silencioso gimnasio.

—Tienes una habilidad muy sólida, pero cuidado con el ritmo. Los jueces olímpicos quieren ver cómo fluye el ejercicio y como campeona mundial no te lo van a poner fácil. La dificultad técnica solo te lleva hasta donde te lleva, Emma. —Y luego, en voz más alta, para mí, añade—: Venga, Audrey, vamos a ver qué puedes hacer.

Sus palabras me llegan, pero en este momento son más bien un zumbido. Coloco el trampolín y lo pruebo, apoyándome sobre la barra para asegurarme de que está a la distancia correcta. Luego doy unos pasos hacia atrás hasta el final del pasillo de la barra.

Una respiración, dos respiraciones y estoy corriendo para hacer mi rondada con plancha. Mi primer pie toca la barra y luego el resto de mi cuerpo lo sigue antes de que mi otra pierna la toque. Mi equilibrio es sólido, y ni siquiera lo pienso antes de conectarlo con otra plancha en un pie y luego otra.

Bien.

Otra respiración y un par de saltos me llevan al lado opuesto de la barra y ha llegado la hora de mi segunda serie.

Se supone que es un giro de tres vueltas conectado directamente en una pirueta en «L», que es superdifícil porque mi pierna se mantiene levantada hacia el frente mientras giro, y de ahí hago un molino completo, donde alzo la pierna y la giro de arriba abajo y todo mi cuerpo la sigue al tiempo que realizo otro giro completo. Cada uno de estos movimientos por separado es difícil, pero juntos constituyen una de las combinaciones de barra más intrincadas del mundo.

Hago una exhalación lenta y voy, el triple giro, que se convierte en un doble cuando mis hombros se desequilibran, en la pirueta en «L», pero debo parar, no tengo la inercia lo bastante controlada como para conectarla con el molino, así que, o rompo el enlace o me caigo.

A estas alturas, que no se me note la decepción en la cara es puro instinto, algo que llevo practicando desde niña, pero, desde luego, no era lo que quería hacer. Hago una pausa de un segundo para recuperar el equilibrio por completo y hago el molino sin problemas.

—Vamos Rey, ya lo tienes. —Me llega la voz de Emma y me obliga a volver a concentrarme. Ahora viene otra combinación difícil y, de haber perdido el enlace anterior, este lo necesito.

Una rueda sin manos y vuelvo a perder el equilibrio. Me corrijo con una mueca, salto en *espagat* con tijera, cambiando las piernas en el aire y luego hago un mortal *auerback* extendido en plancha aterrizando sentada en la barra.

Maldita sea...

Todo tiene que ser perfecto.

Mi último elemento antes de la salida es uno que ya no hace casi nadie, un giro de vuelta y cuarto sobre mi espalda. Parece algo sacado del repertorio de un bailarín de *break dance* y normalmente consigue que el público se anime, pero ahora mismo aquí no hay multitud. Solo mi nueva entrenadora a la que, definitivamente, quería impresionar. Pues va a ser que no.

Estoy lista para la salida. Me coloco, con los brazos levantados por encima de la cabeza, y luego cuento con toques a la barra, uno-dos, uno-dos, manos-pies, manos-pies, en triple *twist* y aterrizo con un pequeño paso al lado.

Saludando, miro hacia arriba a través de un pelo suelto que se me ha escapado de la cola de caballo. La cara de Janet es severa, pero no poco amable.

—Vamos, Emma —le dice a mi mejor amiga, que me sonríe con fuerza al pasar. Cuando finalmente la alcanzo, Janet asiente con la cabeza, cruzando los brazos sobre su pecho—. Está bien, Audrey. Tenemos tiempo.

Asiento, pero la ignoro, repasando el ejercicio en mi cabeza, tratando de averiguar en qué me he equivocado.

La voz de Janet me saca de ahí.

—Sacúdetelo de encima —dice—, literalmente. Siempre que no estés contenta con un ejercicio o un elemento, sacude un poco la cabeza. Acéptalo y sigue adelante para que puedas volver a enfocarte y hacerlo mejor la próxima vez.

Mi ceño se va arrugando más con cada palabra. Es mi entrenadora y tengo que hacer lo que dice, pero, honestamente, suena a pura patraña. Sacudo la cabeza.

—Bien, ahora no te estreses. Como te he dicho, tenemos tiempo.

¿Qué no me estrese? Parpadeo con incredulidad.

No estoy segura de que un entrenador me haya dicho esto alguna vez y lo haya dicho en serio. El estrés es solo una parte del deporte y me gusta haber sido capaz de sobrevivir a sus ataques constantes. Como en el campamento de entrenamiento de los Mundiales de hace un par de años, cuando la última prueba de Gibby, antes de nombrar al equipo, fue hacernos competir hasta que alguien se cayera. No lo dijo en voz alta, pero todas sabíamos que la primera chica que fallara iba a perder su plaza en el equipo. En ese momento me sentí fuerte, por haber sobrevivido a las otras chicas, pero, pensándolo ahora, me parece increíblemente retorcido.

Terminamos con la barra, mis enlaces salen un poco mejor la segunda vez que lo hago, pero aun así no están lo suficientemente bien.

—Está bien —dice Emma, mientras tomamos un poco de agua. Para ella es fácil decirlo; ha clavado su ejercicio.

—Vale, todas al tatami de suelo —dice Janet, dirigiéndose hacia allí.

Nos alineamos frente a ella, las seis prestando atención. Ella resopla.

—Descansen, señoritas —ordena, con un sarcasmo pegajoso que gotea en cada palabra—. La sesión de esta mañana ha sido un éxito. Por lo que he visto, estáis todas muy bien preparadas físicamente, pero me preocupa vuestra salud mental y emocional. Lo que me gustaría ahora es que paséis el resto del día haciendo meditación y visualización.

—¿Qué? —decimos Sierra y yo al mismo tiempo y, simultáneamente, nos avergonzamos de nuestra falta de autocontrol.

—Ya me habéis oído. Meditación y visualización de ejercicios durante al menos una hora. Poned música si os hace falta, pero quiero que todas descanséis el cuerpo y trabajéis la mente. Imaginad el estadio olímpico, imaginad que os sentís cómodas en ese entorno. Haced que mentalmente sea un espacio seguro para vosotras y así, una vez que estéis allí físicamente, todo irá bien.

—¡Pero dijiste que nos entrenarías! —Busco el apoyo de las otras chicas, pero no hay ninguno. Los ojos de Emma están muy abiertos y sacude la cabeza una vez, obviamente quiere que pare—. Esto no es entrenamiento.

Janet sonríe.

—Sí que lo es.

No, no lo es. Es una tarde entera desperdiciada tirada en colchonetas, sintiendo los muelles debajo de mí, pero sin poder usarlos para hacer gimnasia. Este es probablemente el motivo por el que Janet no tiene ninguna gimnasta de élite en su gimnasio. Es entrenadora, sí, pero es obvio que antes que eso es psicóloga del deporte y que sí, que me parece genial priorizar la salud mental, pero esto es ridículo.

No es que la visualización no sea una herramienta valiosa. Llevo visualizando mis ejercicios desde antes de llegar a la élite, pero eso es un *añadido* al entrenamiento, no una sustitución.

Mi última sesión de entrenamiento real fue el día antes de venir a California y de eso hace más de dos días. No te tomas dos días libres seguidos antes de los Juegos Olímpicos. Y no es solo eso. Mi cuerpo está programado y anhela actividad. Saldría a correr, pero tenemos órdenes estrictas de no hacer nada físico ahora que el entrenamiento ha terminado y, aunque mi necesidad de entrenar es fuerte, mi instinto bien desarrollado de obedecer a alguien con el título de entrenador delante de su nombre está todavía más arraigado.

Hemos entrenado dos horas. Dos horas. Calentamiento, dos aparatos y luego un sermón sobre mejorar nuestras técnicas mentales que definitivamente me han dejado en el estado de ánimo perfecto para una tarde de reflexión y meditación.

Hago docenas de rotaciones en mi cabeza con mis auriculares de cancelación de ruido bloqueando todo lo que me rodea, pero hay un número limitado de veces que puedo imaginar mis ejercicios antes de que mi cerebro se cortocircuite. Ya sé cómo debe quedar cada elemento. Lo que pasa es que tengo que hacerlo.

Alguien me da un golpecito con el pie. Abro los ojos. Es Emma. No puedo oír nada de lo que dice a través de la música que suena en mis oídos, pero leerle los labios es fácil: «Vamos».

Ella también ha estado visualizando, pero está dando golpecitos con el pie en el suelo de pura agitación. Está tan inquieta como yo. Me siento y entrecierro los ojos al ver que el gimnasio está vacío.

Me quito los auriculares.

—¿Dónde está todo el mundo?

—Comiendo. Janet vio que estabas muy metida y no quiso molestarte. Me dijo que pusiera el temporizador veinte minutos más. El tiempo se ha acabado y me muero de hambre, vamos.

Me levanto de un salto y miro a mi alrededor para asegurarme de que estamos solas. No hay nadie más en el gimnasio, así que empiezo a correr y hago una rondada *flic-flac* y un doble mortal atrás, clavo la salida y saludo. Es una forma tonta de rebelarse, pero es algo.

—Menos mal que Janet no te ha visto.

—Sí, porque tiene sentido que nuestra entrenadora de gimnasia no quiera que hagamos gimnasia.

—Al menos tenemos entrenadora.

Tal vez es más fácil para ella escuchar lo que dice nuestra nueva entrenadora y hacerlo sin rechistar. Ella le hizo caso a Pauline y ahora es la favorita para ganar el general individual. Yo le hice caso a Pauline y... «¿Qué, Audrey? ¿Entraste en el equipo olímpico? Pobrecita. No puedes ser una desagradecida con eso, incluso si el resto es una auténtica mierda».

—No nos está entrenando, nos está psicoanalizando.

Emma se ríe.

—A ver, probablemente eso también nos hace bastante falta. Anda, vamos.

El gimnasio no está lejos de la casa, solo a unas pocas cuadras. El camino de vuelta es agradable y refrescante con una suave brisa que viene del océano. Apuesto a que sería aún más refrescante si tuviéramos el calor y sudor del entrenamiento. El aire nos sentaría genial contra la piel encendida y el pelo empapado de sudor.

En cuanto entramos por la puerta, se me hace la boca agua. Alguien está asando un filete, creo, o tal vez unas fajitas. Creo que también huelo pimientos y cebollas haciéndose al fuego.

—¿Qué? —me las arreglo para tartamudear cuando Chelsea baja las escaleras.

—¿Genial, no? —dice ella, sonriendo ampliamente—. Leo ha traído filetes. Mucho mejor que el pollo y las verduras al vapor, ¿no crees?

En mí, dos partes empiezan a batallar. La comida huele increíblemente bien, pero no ha sido un buen día. Ni siquiera ha sido un día regular. Ha sido un día de mierda y un filete no va a mejorarlo. Además, si no vamos a hacer sesiones dobles de entrenamiento diarias, entonces tengo que vigilar mucho lo que como. El CNG tenía un nutricionista que se encargaba de planificar las comidas antes de las competiciones importantes y, aunque el pollo y el pescado eran alimentos básicos constantes, el filete definitivamente no estaba nunca en el menú.

Emma y yo seguimos a Chelsea al patio donde Dani está poniendo la mesa. Leo está en la parrilla, con un delantal atado a la cintura.

—Si en ese delantal pone «Besa al cocinero» te juro que voy a hacerte una foto y no voy a permitir que se te olvide nunca —le digo.

Se vuelve hacia mí por un momento y abre la boca para responder, pero, en lugar de eso, sacude la cabeza y me regala una sonrisa.

Me paro en seco y parpadeo, pero ya se ha vuelto hacia la parrilla.

—¿Alguien puede llamar a Jaime y Sierra? —pregunta por encima de su hombro—. Esto está al punto.

Por un momento todas dudamos.

Sierra no ha sido precisamente la alegría de la huerta y Jaime tiende a reflejar sus estados de ánimo.

—Voy yo —dice Emma, finalmente.

Dani y Chelsea están sentadas en el extremo opuesto de la mesa, susurrando la una junto a la otra, y eso nos deja a Leo y a mí y esta tensión incómoda que hace que me pique la piel.

El impulso de llenar el silencio se enfrenta a un repentino deseo de huir. Literalmente. Quiero salir corriendo, tal vez deshacerme de este exceso de energía y bloquear esta extraña vibración que estoy recibiendo del primer chico por el que me he permitido tener sentimientos.

Finalmente les da la vuelta a los filetes que ha estado transfiriendo cuidadosamente a una bandeja y sus ojos parpadean detrás de mí, en dirección a la casa.

—Oye, Audrey...

—No pasa nada —le interrumpo, y me doy la vuelta.

Sus palabras y su tono son suficientemente claros y no necesito que me dé largas de manera sutil.

Emma vuelve con Sierra y Jaime, salvándome de lo que sea que Leo iba a decir a continuación. Todo el mundo se sienta y yo me pongo junto a Emma. Leo se desliza a mi lado. Toda esa zona de mi cuerpo cobra vida al tenerlo a pocos centímetros de mí, pero trato de ignorarlo mientras la tensión en el ambiente se expande más allá de nosotros dos, irradiando a todos los que estamos en la mesa. El breve respiro que hemos tenido en el entrenamiento la ha hecho empeorar de manera exponencial ahora que estamos todas sentadas en la misma mesa.

El silencio de Sierra es casi tan desagradable como sus desvaríos de ayer. Jaime tampoco quiere hablar porque, si Sierra no dice nada, no tiene a nadie a quien hacerle de eco. Chelsea y Dani siguen susurrando en su esquina de la mesa, pero no lo suficientemente alto para que nadie se una a ellas, y Leo, Emma y yo estamos atrapados en el medio, y ninguno de los tres tiene nada que decir.

—¿Quién quiere pimientos y cebollas para acompañar el filete? —dice Janet al cruzar las puertas corredizas.

Ni siquiera me había dado cuenta de que estaba en la casa. Se abre paso a través de la incomodidad, aunque solo un poco.

—Yo sí quiero —dice Leo, acercándole el plato a su madre.

—Gracias, yo también —me uno, y ella me sirve.

Todas aceptan las verduras con educación, pero todavía no hay conversación más allá de los silenciosos murmullos de Chelsea y Dani.

Janet se sienta al lado de su hijo y mira a la mesa.

—Sabéis que tenéis permiso para hablar durante las comidas, ¿no? El CNG no había prohibido las conversaciones en el centro de entrenamiento, ¿o sí?

—No —responde Chelsea—. Yo... eh... Creo que hay... Todas estamos todavía un poco... —No acaba la frase, pero gesticula a nuestro alrededor.

—No os preocupéis. Hay tiempo de sobra para ir aclimatándose durante las próximas semanas. Sé que esto no es lo que esperabais y que algunas ni siquiera esperabais estar aquí, pero os prometo que lo resolveremos todo antes de los Juegos.

La mesa se queda en silencio.

Janet lo vuelve a intentar.

—Tengo muchas ganas de ver vuestros ejercicios de suelo mañana, chicas. Audrey, ¿qué inspiración hay detrás del tuyo? Leo no ha dejado de hablarme de tu ejercicio desde que volvimos de los Ensayos.

Toda la mesa se queda muda, ni siquiera el chasquido de los tenedores y cuchillos llenan el silencio del momento mientras todas me miran a mí y después a Leo y luego vuelven a mirarme a mí.

—Cuidado, Leo —dice Sierra en voz baja, pero lo suficientemente alto para que lo oiga todo el mundo—. No vaya a ser que lo siguiente es que te acuse de violación y tengamos que volver al punto de partida.

Toda la mesa explota en protestas, menos Dani y yo. Estoy demasiado conmocionada como para decir algo, y ella se queda mirando en silencio antes de ponerse de pie, con la cara pálida, pero la boca firme. Luego se aleja, atraviesa las puertas corredizas y vuelve a la casa.

Chelsea se para a media maldición en dirección a Sierra y la sigue, alcanzándola cuando llegan a las escaleras.

Y me alegro, porque estoy harta. Todo mi cuerpo está vibrando por lo mucho que quiero pegarle un puñetazo a Sierra en la garganta. Necesito alejarme de lo ridícula que es esta situación.

—Audrey —me llama Emma suavemente cuando me escabullo entre ella y Leo, pero la ignoro, caminando, y luego trotando y después corriendo por el patio, salgo por la puerta principal hacia la noche de Coronado.

# capítulo diez

La puerta del gimnasio está abierta.

Ups.

Supongo que Emma y yo tendríamos que haberla cerrado al salir. Enciendo las luces y, con requinteo y un siseo, los fluorescentes cobran vida. El aire salado y limpio del exterior que tengo en mis pulmones cede ante el conocido y reconfortante aroma a polvo de tiza, limpiador de colchonetas y sudor.

Janet nos ha dicho que no entrenemos más hoy, pero Janet no tiene que competir en Tokio dentro de tres semanas. Y Janet tampoco tiene una espalda que se aguanta de una pieza gracias a las plegarias y la cortisona, así que Janet tendrá que superarlo.

Levanto los brazos, los balanceo, trato de calentarme. Noto la espalda tan bien cuando me estiro que casi me parece absurdo, pero es un falso positivo. Si fuera así sin la cortisona, la vida sería dulce.

Iría a las Olimpiadas y después tal vez a la universidad donde los ejercicios no causarían, ni por asomo, este nivel de impacto sobre mi cuerpo. Tendría cuatro años para competir con un equipo, ganar campeonatos nacionales, ir a fiestas, sacarme un título y seguir haciendo lo que me gusta. En cambio, tengo un reloj de cuenta atrás, no solo de mis sueños olímpicos, sino de la gimnasia, lo que más me gusta en este mundo. A la que pase este momento, se acabó. Con o sin medalla de oro olímpica. Y ahora mismo, todo apunta más al «sin».

Corriendo de un lado a otro del tatami, acelero hasta que mis piernas se han calentado y están listas, y luego me dirijo a la barra de equilibrio.

Empiezo facilito, para ir acostumbrándome. Me impulso para hacer una vertical y luego me balanceo hacia adelante hasta quedar sentada en la barra. Después vuelvo a la vertical antes de bajar y quedarme de piernas abiertas en *espagat*. Me incorporo y hago una serie acrobática hacia atrás y aprovecho el impulso para lanzar la pierna y hacer una plancha con recepción muy sólida, primero con un pie y después con el otro. Detrás de mí, la puerta se abre y se cierra, pero la ignoro. De todos modos, seguramente sea Emma.

No he calentado lo suficiente para hacer mi salida completa, pero una rondada a doble mortal atrás me resulta fácil y me sabe a gloria.

—Ha sido bonito.

Vale, pues no es Emma.

Leo está a un lado, con las manos en los bolsillos de sus pantalones cortos, meciéndose de los talones hasta la punta de los pies. A simple vista puede parecer despreocupado, pero sus ojos cuentan otra historia, me queman incluso a metros de distancia. La extraña distancia que sentía en la casa ya no existe. Este es el chico que recuerdo del hotel y del día que llegué a Coronado.

Se acerca lentamente, muy lentamente. Doy un paso hacia él y luego otro, acortando la distancia.

—¿Sabes que eres una gimnasta increíble?

—Mmmm.

Espero que entienda que lo que quiero ahora mismo no son los cumplidos, no cuando está tan cerca y escucho cómo su corazón retumba en su pecho y noto su aliento cálido en mi mejilla cuando se inclina hacia adelante.

Me pasa los labios por toda la barbilla, sus brazos me aprietan contra él. Baja la cabeza, pero se para justo antes de que el roce se convierta en beso, su aliento pesa en mis labios. No cierra la distancia. Estoy a punto de mover la cabeza para encontrarme con su boca cuando su voz resuena suavemente:

—Audrey, no... podemos.

Se me hace un nudo en el estómago que se retuerce en mi interior y logra que una vergüenza horrible salga a la superficie. Tal vez me he equivocado. Tal vez lo he interpretado todo mal. Me separo.

—Pero pensaba que... un momento, ¿por eso estabas tan raro antes? No quieres...

—¡No! —casi grita, con los ojos abiertos de puro pánico—. O sea que sí. Sí que quiero. Obviamente. No sé si sabes hasta qué punto quiero, pero cuando mi madre aceptó entrenarte, me dijo que quizás no era muy buena idea que... llegáramos a eso.

Señala el espacio que hay entre nosotros, esa fuerza invisible, pero palpable, que me enciende la piel cada vez que lo tengo cerca.

«Pues claro, Audrey. Por supuesto que no podéis ir por ahí. Es un conflicto de intereses enorme. Eres una imbécil. Y que Janet haya caído en eso antes que tú es, además, superhumillante.»

—Me siento como una idiota. Dios. Y encima tu madre te lo ha advertido como si... *lo supiera.*

—No es que yo haya sido especialmente sutil al respecto —confiesa—. Lo que ha dicho antes es verdad. No he dejado de hablar de ti desde que volvimos.

—Eso no ayuda.

Leo suelta una risa avergonzada, frotándose la nuca.

—Sí, lo siento. Pero es que... esto es una mierda. No quiero alejarme de ti, pero estoy bastante seguro de que es lo que tengo que hacer.

—Tienes razón.

Nos quedamos en silencio, dejando que el tiempo pase, como si eso pudiera solucionarnos este problema. A ver, tarde o temprano, pasará, supongo, pero si hace un segundo parecía que las Olimpiadas estaban a la vuelta de la esquina, ahora parece que están a años luz.

—¿Sabes que le gustas? —dice, finalmente.

—¿A tu madre?

La verdad es que no tenía claro si le gustaba o no, pero estoy segura de que llevarle la contraria en el entrenamiento y luego marcharme en plena comida que había planeado para nosotras no me ha hecho ganar puntos con ella.

—Cree que eres auténtica, como de la vieja escuela.

—En gimnasia eso suele significar que quizás habría sido bastante buena hace veinte años, pero no ahora.

—Nop —replica, sus ojos brillan, divertidos—. No conoces a mi madre. Es un cumplido. Le gustas.

—¿Sí?

Puede que no esté de acuerdo con sus métodos de entrenamiento, pero, a ver, que le gustes a una medallista olímpica mola bastante.

—Uf, ¿puedes dejar de hacer eso?

De repente parece superincómodo, se menea de un lado a otro.

—¿Hacer qué?

—Poner cara excitada porque le gustes a mi madre —dice, con la nariz arrugada.

—Vaya, ¿estás celoso? —pregunto, riendo.

Él pone los ojos en blanco y yo me carcajeo un poco más.

—¿Celoso? —pregunta—. De mi madre, no, pero de tus sueños, quizás un poco... Ahora mismo son mucho más importantes que yo y no me perdonaría si me interpusiera en tu camino.

Me dejo caer hacia adelante, apoyando la cabeza en su hombro. Todavía huele a los filetes que ha asado para comer, pero no quiero pensar en eso ahora, en lo que nos hemos dejado en esa casa.

—Los sueños están sobrevalorados. Trabajas y trabajas y trabajas y después se acaban.

—Los finales también son comienzos.

—Vaya —le digo, levantando la cabeza—. ¿Eso es de un póster inspirador con una foto de alguien cruzando la línea de meta?

—De hecho, sale un tío en la cima de una montaña. Venga, Rey —dice con voz pícara—, que ya sabes que las metas te las llevas *de calle*.

Una risa burbujea de mi pecho sin permiso.

—Oh, Dios mío, no. ¿En serio? Es malísimo.

Intento apartarme para castigarle por lo cutre que ha sido ese juego de palabras, pero él no me suelta.

—Pero ¿qué dices? Las cimas de las montañas son el sumun del arte inspiracional.

—Para —protesto, riéndome más.

—¿No te gustan los juegos de palabras? —pregunta con una voz horrorizada—. Pues hasta aquí hemos llegado. Fue bonito mientras duró, pero hemos llegado al final del camino, hemos alcanzado el punto más alto y no vale la pena seguir si no puedes aceptar mis juegos de palabras, Audrey Lee.

—Odio los juegos de palabras y odio que no podamos estar juntos ahora, pero quizás después de las Olimpiadas, podríamos tener una conversación muy seria sobre este tema.

—¿Sí? —Él sonríe—. Eso suena bien.

—Sí. —Me aparto y mi cerebro vuelve al equipo y al desastre de proporciones épicas del que he huido—. Creo que deberíamos volver a casa.

—Probablemente. Mi madre desterró a tus compañeras a sus habitaciones para lo que queda de día y luego me mandó ir a buscarte.

—¿Y has dejado que nos quedemos aquí tanto rato? Seguro que piensa que nos estamos enrollando o algo así. Es mi entrenadora. No puedo dejar que piense que...

—Ya es tarde —dice encogiéndose de hombros con tanta parsimonia que entrecierro los ojos de pura irritación.

—¡Leo!

—Vale, vamos —dice y, a pesar de que me sonríe, noto que, en su mente, está poniendo los ojos en blanco.

—Los *snowboarders* siempre estáis tan jodidamente tranquilos pase lo que pase. —Desenredo nuestros dedos para salir del gimnasio, asegurándome de que no pueda ver mi sonrisa.

—No sabía que las gimnastas decían palabrotas —confiesa detrás de mí, entre risas.

Llego a la puerta, pero me freno y le miro por encima del hombro, sigue de pie junto a la barra.

—Hay muchas cosas que no sabes de mí.

Con un par de zancadas me alcanza y alarga la mano para abrirme la puerta.

—Qué ganas de saberlas todas.

En el camino de vuelta a casa, las cosas cambian. Pasamos de caminar juntos, con nuestras manos rozándose una y otra vez, a estar a medio metro de distancia. Es desagradable, casi peligroso, como si estuviéramos de espaldas a un tornado y creyéramos que ignorarlo es la manera de evitar que nos golpee.

Se detiene al final de la entrada.

—Pues hasta aquí.

—Sí —coincido, pero no lo miro a los ojos porque estoy segura de que si lo hago renegaré de todo lo que he dicho antes y no puedo arriesgarme. No puedo arriesgarme a poner en peligro todo por lo que llevo trabajando toda la vida, ni por Leo ni por nadie.

Con una exhalación profunda, me separo de él, voy a la puerta principal y entro en la casa, negándome a mirar por encima del hombro para comprobar si sigue ahí.

—Bienvenida de nuevo —dice Janet cuando cruzo la puerta. Ella y la señora Jackson están sentadas en el sofá—. Has ido al gimnasio.

—Sí. ¿Puedo...? —Señalo el piso de arriba.

—En un momento —dice la señora Jackson, haciendo un gesto hacia uno de los sillones. Dudo sobre sentarme encima del lino blanco cuando estoy cubierta de tiza del entrenamiento de esta mañana, pero me coloco con cuidado en el borde del sillón y cruzo las manos sobre mi regazo.

—Audrey —empieza Janet, mirando primero a la señora Jackson y después volviendo a mí—. Sé que esto puede ser incómodo, pero tenemos que hablar de ti y de mi hijo...

—No, no pasa nada. —Hago acopio de mi valor—. Leo y yo hemos hablamos y hemos decidido... No... Pues no estar juntos, porque ahora eres mi entrenadora y...

Esto es casi tan vergonzoso como lo que ha pasado antes, pero reprimo las ganas de volver a huir.

—Creo que eso es lo más prudente —dice la señora Jackson—. No queremos ningún atisbo de favoritismo o comportamientos impropios. Después de todo lo que ha pasado no podemos permitirnos ni el más mínimo indicio de escándalo.

Janet decide coger el relevo entonces.

—Quiero recalcarte cómo de importante es que mantengáis las distancias en mi gimnasio.

—Lo entiendo.

—No estoy segura de que lo entienda del todo —añade la señora Jackson—. No tenemos mucho tiempo y, sinceramente, no nos quedan más opciones, Audrey. Aunque nada de esto sea culpa suya, todo el mundo tiene a la entrenadora Dorsey-Adams como una jueza imparcial. Dicho esto, si usted decide no alejarse de Leo mientras esté aquí, me temo que las consecuencias podrían ser muy severas.

—¿Severas? —repito.

—Si hay quejas sobre favoritismos y cosas por el estilo —sigue la señora Jackson—, no tendremos muchas alternativas para gestionar la situación.

—¿Me echaríais del equipo? —pregunto, mirando de una a la otra—. ¿Por que me guste un chico?

—No es tan simple. Este equipo ya está fracturado y me preocupa que cualquier discordia adicional pueda ser la gota que colme el vaso. Así que, si resulta que alguna atleta contribuye a crear un ambiente negativo, se la sacará del equipo al momento. También hemos informado de estas consecuencias a sus compañeras de equipo, en particular las que ya han expresado su descontento ante la situación actual.

Se refiere a Sierra y a su actitud de mierda. Bueno, algo es algo.

—Por si la hace sentir mejor, quiero que sepa que no es la única que hace sacrificios. La entrenadora de la señorita Olivero ha accedido a mantenerse al margen de este proceso. No tuvo nada que ver con los sucesos que llevaron a la suspensión de Dani, pero ha optado por ayudarnos a evitar incluso la percepción de parcialidad o de un conflicto de intereses.

Pues vaya mierda. A ver, la verdad es que entrenar todas con la misma persona es lo más justo. ¿Pero que la entrenadora de Dani tenga que quedarse fuera para que nadie pueda decir que Dani tiene ventaja? Es muy bestia y un sacrificio mucho mayor que alejarme del chico que me gusta hasta después de las Olimpiadas.

—Audrey —dice Janet—. Ya he hablado de esto con Leo, pero quiero asegurarme de que usted lo entiende. Nada de conversaciones privadas, nada de colarse en el gimnasio después de horas, nada... —duda— nada físico.

—Entendido —digo, rápidamente. Necesitando que esta conversación se acabe ahora mismo—. ¿Puedo retirarme?

Asienten con la cabeza y yo me voy escaleras arriba.

—Hey —dice Emma cuando me cuelo por la puerta—. Por favor, dime que tú y Leo os habéis enrollado porque sería genial que algo bueno haya salido de la mierda de hoy.

—No ha pasado nada —contesto yo atropelladamente, esperando que no me pida detalles. No estoy de humor para repetir toda la vergüenza que acabo de pasar.

—Pues menuda manera de aprovechar el tiempo a solas, Rey.

Ignoro su sarcasmo y empiezo a reunir las cosas para la ducha. Lo único que quiero ahora es ponerme debajo de un chorro de agua caliente hasta que se me despegue todo este día de encima.

—Sierra se soltó después de que te fueras —dice, continuando la conversación sin mí—. Cree que Dani falsificó su segunda prueba de dopaje y que deberían suspenderla.

—¿Qué? —pregunto, dejando caer las cosas sobre mi cama—. La USOF reexaminó a Dani. ¿Cómo iba Dani a falsificar esos resultados?

—No lo sé, pero, a ver, tampoco es imposible. Hay drogas que, si ha pasado cierto tiempo, ya no aparecen.

—Venga ya. —Mi irritación de antes revive—. Sierra se está engañando a sí misma. Solo quiere recuperar su puesto en el equipo y lo entiendo, pero es que atacó a Dani cuando llegó aquí. Es de locos.

—Ahí se pasó un poco —admite Emma, sentada en el borde de su cama—, pero no creo que esté del todo equivocada.

Pestañeo con incredulidad.

—¿No crees a Dani?

Exploto por dentro. ¿Pero qué demonios? ¿Cree que el FBI arresta a la gente por diversión?

—No he dicho eso.

—No has dicho *nada* —respondo—. Pero es lo que haces siempre, ¿no? Te sientas a un lado y finges que no puedes nada hacer sobre esta tormenta de mierda que tienes encima, ¿verdad? ¿Han suspendido a Dani? No es para tanto, ¡que traigan a la suplente! ¿Arrestan a Gibby por agresión sexual? No pasa nada, ¡tú solo concéntrate! ¿Pauline nos traiciona? Pues nada, ya conseguiremos a otro entrenador. Sierra suelta falacias y teorías conspiratorias sobre Dani y sobre mí, que soy tu mejor amiga, y tú del palo «¿quizás tiene algo de razón?». ¿Hay algo que te importe una mierda?

Los ojos azules de Emma se me clavan.

—¿Qué se supone que tenía que decir? «Sierra, no seas cruel con Audrey.» Eso es superincómodo y, en cuanto a lo otro, Dani ni siquiera nos ha contado su versión de la historia, así que, ¿cómo se supone que voy a defenderla? Quizás ella y Gibby *sí* que se estaban enrollando. Quizás para ella esto no era para tanto.

—No estás hablando en serio.

—Bueno, según tú, sea como sea, me la resbala, ¿no? —dice, sacudiendo la cabeza con tanta fuerza que su pelo rojo se suelta de su moño.

Y de repente es como si un abismo se hubiera abierto partiendo la habitación por la mitad, yo a un lado, Emma al otro.

—Emma...

—No. ¡Que te jodan!

Sale por la puerta antes de que pueda responder, dando un portazo, pero no tengo ni idea de que le habría dicho y tampoco tengo ni idea de lo que acaba de pasar, de verdad.

Nunca nos hemos peleado así.

Nunca.

En parte es culpa mía. Debo admitirlo. Le he soltado encima mis frustraciones sobre Leo y bueno, sobre todo. Pero no toda la culpa es mía. Tengo razón sobre algunas cosas, especialmente sobre Dani.

Unos pasos en el pasillo me sacan de mi ensoñación. Dani y Chelsea se dirigen a su habitación al final del pasillo, están hablando bajito. No oigo lo que dicen, pero tienen las cabezas pegadas y ríen un poco.

—Hola, Rey —dice Dani y Chelsea sonríe.

—Hola —digo mientras las veo desaparecer hacia su habitación.

Mi enfado con Emma desaparece cuando una luz se enciende en mi cabeza. Es la primera palabra que le he dicho a Dani desde que ha regresado. Incluso con todo lo que ha pasado, no he pensado mucho en esa noche después de los Ensayos. Y entonces me di cuenta... Como ha dicho Emma, Dani no me ha contado su versión de la historia, pero, yo no le he dicho que la creo o que la apoyo o nada por el estilo.

Mañana hablaré con ella.

En serio, es lo mínimo, que puedo hacer.

# capítulo once

Odio el salto de potro. Lo odio con todas mis fuerzas. Odio que menos de un segundo de gimnasia determine una cuarta parte de mi puntuación total. Odio que mi espalda no pueda aguantar más de un *twist* y medio. Odio que el elemento más difícil del que soy capaz físicamente tenga una salida a ciegas y que, por lo tanto, sea más difícil de clavar que los dobles *twists* que otras chicas se sacan de la manga como si nada.

Odio especialmente que cuando Emma hace su salto de doble *twist* y medio, su puntuación de dificultad esté tan lejos de la mía que no tengo ni posibilidades.

—Odio el salto —me quejo y Chelsea, a mi lado, resopla, recuperando el aliento después de haber ejecutado un doble y medio casi perfecto.

—Odio las asimétricas —dice, pero no es lo mismo.

Hace cuatro años su nivel de asimétricas era suficientemente alto como para mantenerla en contención de la general individual. Unos años antes, incluso llegó a la final de barras asimétricas en un Mundial.

Su flaqueza con las barras era solo un bache en el camino.

Mi flaqueza con el salto de potro es una carretera cortada.

Y la superioridad de Emma en salto es muy molesta.

Pasa volando junto a nosotras y se lanza a hacer un doble *twist* y medio casi perfecto, clavando la salida y saludando antes de irse con Sierra y Jaime.

—¡Vamos allá, Dani, venga! —dice Janet con una palmada junto al potro mientras Dani se coloca al final del pasillo.

—Sí, Dani, no la cagues —canturrea Jaime en voz baja. Sierra sonríe y Jaime prácticamente brilla ante la aprobación de su líder.

Janet está demasiado lejos para escucharlo, pero Dani lo ha oído. Da un paso vacilante y duda un poco. Al momento, sacude la cabeza, se repone y se lanza. Doce zancadas la llevan al potro y de ahí, a una rondada *flic-flac* y a un doble *twist* y medio alto y preciso. La recepción es casi perfecta, solo hay un ligero meneo de pies. Saluda de frente y luego se vuelve hacia Emma, Jaime y Sierra y saluda también en su dirección. Si Janet nota que Dani solo levanta los dedos corazón, no dice nada al respecto.

El arrepentimiento de no haberla defendido antes se me clava dentro.

—Buen salto. —Alzo el puño para que lo golpee cuando se acerca a Chelsea y a mí... Se lo piensa, mira a Chelsea sorprendida, pero después choca su puño cubierta de tiza contra el mío.

—Gracias —dice Dani, como si no estuviera segura de mis intenciones. No la culpo.

—El saludo me ha gustado especialmente —digo.

Chelsea tapa su risa con una tos. Dani sonríe, pero al momento deja de hacerlo.

—No estaba segura de si te gustaría.

—Pues sí —la interrumpo. He sido una compañera de equipo de mierda y no quiero empeorar la situación haciéndole creer que es culpa suya—. Mira, yo te creo y siento no habértelo dicho antes.

Chelsea extiende su brazo para rodear los hombros de Dani y aprieta.

—¿Ves? No estás sola.

Dani sorbe un poco la nariz y desvía la mirada, tiene los ojos húmedos. Mierda, no quería hacerla llorar.

Emma, Jaime y Sierra siguen al otro lado del potro hablando demasiado bajo para que se las oiga, pero de repente es superobvio que se ha trazado una línea de batalla, y he quedado en el bando contrario de Emma.

Janet se acerca y frunce el ceño ante las lágrimas que flotan en los ojos de Dani.

—Dani, ¿por qué no haces una pausa rápida para ir al baño? —susurra, de espaldas a las otras chicas, asegurándose de que no la escuchen.

No me esperaba eso. Me dan ganas de abrazarla. Es amable de verdad y no tiene nada que ver ni con el entrenamiento, ni con las Olimpiadas, ni con cualquier otra cosa, solo quiere asegurarse de que Dani está bien. Me estrujo el cerebro para pensar en la última vez que vi a un entrenador comportarse así y la única respuesta que obtengo es que nunca. Nunca. Ni siquiera a Pauline. Los lloros son comunes en los entrenamientos, la frustración te desborda, el cansancio se apodera de ti, pero incluso Pauline solía alejarse y nos ignoraba hasta que nos calmábamos.

Dani asiente con la cabeza, se seca las mejillas rápidamente y se va.

—Audrey, quiero un *twist* y medio limpio y Chelsea, vamos a ver tus dos saltos.

Janet se vuelve hacia las otras chicas.

—Señoritas, a calentar.

Se van hacia la colchoneta de suelo, Sierra va delante con cara de engreída y Jaime sonríe. Es tan raro ver a Emma ir detrás de ellas. ¿Cómo se pone de su lado? Odio que estemos divididas y odio no ver la manera de arreglarlo.

—Vamos —dice Chelsea, devolviéndome a la realidad—. Estás a punto de clavar el *twist* y medio. Si sacas las manos del potro un poco más rápido te saldrá.

Eso. Salto de potro. Vamos, Audrey, concéntrate en el salto y no en el drama. Hago una inhalación y exhalación rápida, muevo la cabeza y el drama desaparece.

Pues quizás lo de sacudir la cabeza de Janet funciona de verdad.

—¡Vamos, Rey! —grita Janet desde el potro donde me ha ajustado el tram.

Da una palmada fuerte y no puedo evitar notar que tenemos la atención del otro trío, a pesar de que deberían estar calentando.

Janet sigue el curso de mis ojos.

—¡Chicas, vamos! —grita, y eso las moviliza.

—Acuérdate de bloquear más rápido —dice Chelsea a mis espaldas, devolviendo mi atención a la tarea en cuestión.

Salgo corriendo hacia una rotonda, *flic-flac*, suelto el potro rápido, hago una pirueta y media, me abro y aterrizo; clavado. Este ha estado bien y no he sentido ni un pinchazo en la espalda.

—Excelente —dice Janet con un firme asentimiento de aprobación—. Bebe un poco de agua antes de unirte a las demás para el calentamiento de suelo.

Me alejo y le enseño el pulgar a Chelsea por el consejo. La verdad es que ha sido el mejor salto que he hecho en mucho tiempo.

—Audrey —me llama Janet—. ¿Por qué no vas a ver a Dani?

Giro en dirección contraria, me dirijo al baño, quitándome las muñequeras. Las uso para el potro, pero no las necesito para suelo. Estoy a mitad de camino del baño cuando alguien aparece a mi lado y mi corazón da un pequeño vuelco por la proximidad.

—Buen salto —dice Leo, con una voz baja y un poco ronca.

—Gracias —susurro.

No pierde el paso mientras se inclina ligeramente hacia mí, el dorso de su mano se desliza suavemente sobre la mía, enviando una ola de escalofríos por todo mi cuerpo, y luego se va, su zancada es más larga y pone los ojos en la bicicleta estática que hay en la esquina más alejada del gimnasio.

No ha sido más que un segundo, pero mi ritmo cardíaco no disminuye mientras sigo avanzando, miro sutilmente a mi alrededor para ver si alguien lo ha notado. Por mucho que me guste la sensación, no podemos hacer este tipo de cosas si quiero mantener mi cordura o mi puesto en el equipo.

Abro la puerta del baño y me encuentro a Dani agarrando el lavamanos y mirándose al espejo, y cualquier miedo que tenga sobre lo de Leo se desvanece. Esto es mucho más importante. Tiene las mejillas cubiertas de lágrimas, el maquillaje estropeado y hay pañuelos de papel por todas partes. Su reflejo me regala una sonrisa triste.

—Janet quiere que nos preparemos para suelo y si pudieras asegurarte de que Emma nota cómo le pisas los talones para el oro en individual, sería ideal.

Dani resopla.

—Sí, fijo que eso va a pasar.

—¿Qué? En los Ensayos acabaste solo dos décimas por detrás de ella y el segundo día le ganaste. Es posible.

—Anda ya, esa noche los jueces repartían puntos como si fueran caramelos, Rey. Lo que no me puedo creer es que estéis peleadas. Es casi un desafío a las leyes del universo.

—La verdad es que sí, ella está... no sé. Nunca la he visto así. Tiene que ser la presión. —Es como si el problema se fuera desenredando con cada palabra—. Pero, honestamente, creo que te tiene miedo.

La idea no se me había ocurrido hasta que lo he dicho. El mundo entero espera que Emma gane la competición individual, especialmente la propia Emma. Se suponía que su única rival iba a ser Irina Kareva, pero el ascenso del último año de Dani ha sido meteórico y nos ha dejado a todos a cuadros. Y puede que, a pesar de la atención mediática durante los Ensayos, la propia Dani no sea consciente de la poca distancia que hay entre ellas.

—Pero la verdad es que hay que ser bastante tonta para pelearte con tu mejor amiga justo antes de las Olimpiadas. —Hay algo en su voz, como si se sintiera culpable—. Lo siento si...

—Ni se te ocurra —la interrumpo—. Te creo. Si Emma piensa que ponerse del lado de esas harpías la va a acercar a la medalla de oro, eso es cosa suya. Pero yo sé que estás diciendo la verdad.

—Jolines, Rey —dice Dani, riéndose a través de una nueva cascada de lágrimas—. Eres buena gente.

Sonrío, sintiendo cómo se acerca mi propio llanto, pero me fuerzo en frenarlo. Tenemos que salir.

—Tú también eres buena gente.

—Vamos, seguro que tu novio se muere por ver otra vez tu ejercicio de suelo en directo.

Está cambiando de tema, pero me parece bien, sobre todo por las medias lunas oscuras que tiene bajo sus ojos.

No he dormido mucho estos últimos días, pero seguro que ella apenas ha dormido desde los Ensayos y además está lidiando con todo eso y todavía sigue haciendo una gimnasia increíble.

Si ella puede hacerlo, entonces yo también.

—No es mi novio —le respondo mientras la sigo fuera del baño—. No podemos, mmm... estar juntos ahora.

—Jo, vaya mierda —dice, mirándome con simpatía mientras caminamos hacia el tatami. Las otras chicas están practicando sus diagonales y nos unimos a Chelsea en una de las esquinas mientras espera que Sierra acabe su pase. Le doy la espalda al rincón del gimnasio en el que Leo está entrenando.

—Pues sí.

—

Me pongo de puntillas y me lanzo a una rondada *flic-flac* doble *twist* y medio *twist* frontal. Es mi diagonal más difícil y la clavo tan bien que, al acabar, puedo levantar la pierna en arabesca para darle floritura. Termino con un saludo y una sonrisa de satisfacción. Me ha salido.

—Muy bien —dice Emma cuando paso por su lado. Tal vez haya un poco de arrepentimiento en la suavidad de su tono, pero sinceramente ahora no tengo ánimos para lidiar con esto, no después de ver cómo de alterada estaba Dani.

—Gracias —murmuro y me coloco detrás, a su espalda, rebotando sobre las puntas de los pies mientras ella sale disparada hacia la otra esquina, hace un triple *twist* perfecto.

—A ver, señoritas —dice Janet, dando una palmada—. Vamos a hacer la rotación en el orden en el que probablemente competiremos en Tokio, pero primero las suplentes. ¿Jaime?

Con solo apretar un botón, la música de Jaime se propaga a través de los altavoces del gimnasio. Es la *Danza de Zorba*, retocada para empezar a la velocidad del rayo y que así pueda hacer su diagonal más difícil justo en el *crescendo* de la música, antes de disminuir la velocidad a medio ejercicio para sus secuencias coreográficas y algunos movimientos que se parecen a los de la canción original.

Siempre me ha parecido que era una elección musical un poco rara para Jaime, porque ella no tiene nada de griega, pero se las apaña para hacer el ejercicio bastante bien a pesar de algunos meneos y saltitos en las salidas de las diagonales. Se cae en la doble pirueta, lo que le hará bajar la nota de dificultad, por no hablar de la nota de ejecución.

Acaba el ejercicio con un doble mortal atrás y después saluda. Sierra y Emma aplauden y vitorean a viva voz y da un poco de vergüenza ajena porque el ejercicio ha sido bastante mediocre. Aunque yo no soy quién para decir nada, nuestros ejercicios están bastante igualados a nivel de dificultad. Chelsea y yo nos miramos antes de aplaudir de la manera más educada posible.

Janet llama a Jaime.

—Buen trabajo. Excelente altura en las diagonales. Vale, Sierra, te toca.

Parpadeo al ver que no le hace comentarios. Ha habido muchos errores en el ejercicio de Jaime: las recepciones, no acabar las rotaciones. Oh, seguro que es otro enfoque de estos de psicología deportiva de Janet: refuerzo positivo. Supongo que Jaime sabe lo que ha hecho mal. Siempre sabemos lo que hacemos mal.

La música de Sierra cobra vida, es un tema de *Los Siete Magníficos*. Su familia tiene un rancho y desde pequeña sus músicas siempre han sido una especie de homenaje al Viejo Oeste. Desde luego tiene un toque épico, pero no estoy de humor para ser generosa. Sonrío un poco cuando le resbala el talón durante la pirueta en «L» y cuando no llega al *espagat* no en uno, si no en dos de sus saltos. Los elementos coreográficos no son su fuerte. Sin embargo, las diagonales sí, y clava un ejercicio cargado con una doble plancha, un triple *twist*, y un mortal y medio a doble mortal con media pirueta y un doble mortal atrás con pirueta para rematar el final.

—¡Así, Sierra! ¡Brutal! —Jaime aplaude cuando ella aterriza el *full* con un salto hacia atrás.

—Buen trabajo, Sierra —dice Janet, uniéndose al aplauso—. Mañana trabajaremos las piruetas, pero lo has vendido muy bien. Se percibe que tienes una conexión emocional con el ejercicio.

Sierra asiente, y vuelve corriendo hacia Emma y Jaime con una gran sonrisa en la cara.

Me dirijo hacia el tatami y le hago un gesto a Janet para que sea que estoy lista para empezar.

—Audrey —dice Janet, antes de darle al botón de *play*—, haz solo la coreografía, nada de diagonales.

—Pero, entrenadora. —La propia palabra me silencia. Entrenadora. Ahora es mi entrenadora, pero nunca he llamado a nadie así, nadie que no fuera Pauline. Mientras el silencio se extiende, Janet avanza hacia mi esquina del tatami.

—Solo la coreografía, Audrey, por favor —repite en voz baja, y yo asiento, tragándome otra queja.

Pone *Moon River* y yo hago todo lo posible por concentrarme en mi coreografía, un vals sobre suelo con una pareja imaginaria que tiene giros y piruetas de *ballet* que no solo añaden dificultad, sino que sirven de transición entre la coreografía y los elementos de gimnasia. La mayoría de gimnastas hacen el elemento más difícil que pueden ejecutar sin caerse, pero Pauline y yo nos esforzamos mucho para introducir elementos originales y creativos que resalten mi danza y, al mismo tiempo, me suban dificultad. Y parece que esto es algo que Janet aprecia, porque asiente con la cabeza al ritmo de mi ejercicio.

Alejo mis pensamientos de ambas entrenadoras, antiguas y actuales, y me preparo para una falsa diagonal, corriendo a través del tatami. Salto un poco para imitar la recepción antes de volver a mi coreografía. Esta vez es una serie de saltos a través del suelo, uniéndolos al baile y, finalmente, mi última diagonal, antes de acabar con los brazos levantados y la cabeza inclinada hacia atrás.

Los aplausos estallan y se elevan hasta los altos techos del gimnasio. Ha sido un buen pase, pero sin las diagonales no tiene sentido. Les sonrío a Chelsea y a Dani, que me esperan en nuestro rincón. Dani me ofrece una botella de agua para cuando haya recuperado el aliento. Chelsea es la siguiente, y sigue el ejercicio al son de *Down in the Valley*, de Otis Redding, aunque han quitado la voz de Otis por culpa de la estúpida normativa que impide hacer canciones con letra. Según ella, era la canción favorita de su abuelo, pero casa a la perfección con su ejercicio de suelo desenfrenado. Mi mirada vuela a través del gimnasio hacia Leo, ya que la necesidad de cogerle la mano, bajarlo de la bici estática en la que está montado y bailar al son de esta música es casi abrumadora, así que miro hacia otro lado y me concentro en la poderosa, aunque un poco descontrolada, diagonal de Chelsea.

—Suave, Chelsea —corrige Janet, mientras hace una doble plancha y casi rebota fuera de los límites de la colchoneta. Ella se estabiliza y sigue con el ejercicio.

Chelsea acaba con una floritura de brazos y un giro pícaro de todo el cuerpo al son de los acordes del piano. Si alguien puede ver este ejercicio sin sonreír es que no es humano. Es lo más opuesto a la filosofía de gimnasia tradicional que existe, pero Chelsea lo ejecuta con maestría y ¿quién es el valiente que va a discutirle a la campeona olímpica actual sobre su elección de música de suelo?

Emma es la siguiente y su ejercicio del *Hoedown* de Copland tiene un estilo similar al de Sierra, pero la gimnasia de Emma está muy por encima. Sus diagonales son altas y limpias con unas recepciones estelares y una coreografía impecable. Casi puedo escuchar al público olímpico aplaudiendo mientras completa su ejercicio en la final individual, animándola a conseguir el oro mientras termina bailando por el suelo tocando un violín imaginario antes de desplomarse en la colchoneta por un agotamiento fingido. Es un ejercicio espectacular y nunca me he permitido odiarla por ello, pero verla correr hacia Sierra y Jaime en busca de abrazos y felicitaciones hace que el odio sea superfácil de liberar.

—Dani, te toca —anuncia Janet por última vez ese día.

Ya no me hago ilusiones. Esta mañana hemos practicado salto y suelo y estoy segura de que, una vez Dani haga su última diagonal, nos pasaremos el resto del día visualizando.

Es una de las mejores gimnastas de suelo del mundo y se nota. Incluso antes de ser una de las mejores aspirantes al general individual, ya era espectacular en suelo. Su carisma, sus diagonales y su experiencia en danza impregnan cada paso de su ejercicio, además de expresar con cada nota musical, incluso en las diagonales. Su música de suelo hace dos años que es un remix instrumental de canciones de *El Gran Showman*, pero a pesar del tiempo que hace, en directo sigue siendo impresionante.

Cuando le falta poco para terminar, la señora Jackson entra por la puerta. Como de costumbre, va más vestida para una comida de negocios que para un gimnasio, y aplaude con nosotras cuando Dani clava el triple *twist* con el que acaba el ejercicio.

Dani corre hacia nosotras y Chelsea y yo le damos abrazos y puños que chocar. Por encima del hombro de Dani, Emma me mira fijamente, pero yo pongo los ojos en blanco. Trata a Dani como si fuera una leprosa y se pone del lado de Sierra y Jaime, ¿y se supone que soy yo la que tiene que sentirse mal? No, ni hablar.

—Precioso, Dani —dice la señora Jackson, acercándose hacia el tatami—. Lamento interrumpir su sesión de entrenamiento, pero, por favor, acérquense, tengo que hacerles un comunicado.

Quiero decirle que no se preocupe, que seguro que Janet estaba a punto de decir que ya habíamos acabado por hoy, pero me da que probablemente pasarme de chulita con la directora de la USOF no es una gran idea.

Nos colocamos en semicírculo a su alrededor, pero la división es obvia, tres a un lado, tres al otro. Su boca se retuerce en una mueca de desaprobación, pero sacude la cabeza y dice:

—Esperaba poder evitar esto, pero, después de consultarlo con la junta directiva de la USOF, se han verbalizado preocupaciones, que creo que todos compartimos, sobre las decisiones que se tomaron antes de que nos hiciéramos cargo de la situación y sobre los posibles conflictos de intereses de la situación actual. Por lo tanto, han tomado la decisión unánime de organizar otra competición para determinar qué atletas representarán a los Estados Unidos en Tokio.

—Estuvimos meses entrenando para llegar a los Ensayos al nivel máximo —dice Chelsea, su voz es firme, pero respetuosa—. ¿Sabe que yo podía haber calificado para individual? Podría haber hecho lo mismo que Sarah y Brooke, pero quería ayudar a este equipo a ganar el oro. ¿Y ahora puedo perder mi puesto por algo de lo que no tenemos culpa?

La señora Jackson levanta las manos en señal de súplica.

—Entiendo su frustración, señorita Cameron, pero la decisión está tomada. Le sugiero que concentre sus energías en la competición que tiene por delante.

Chelsea asiente, pero mantiene los brazos cruzados sobre el pecho. Está muy claro lo que piensa de esa sugerencia.

La señora Jackson alza una ceja.

—El equipo será determinado por un grupo de jueces que hemos traído y sus puntuaciones serán definitivas. Las chicas que obtengan las mejores puntuaciones en los cuatro eventos para el equipo serán las seleccionadas, no necesariamente a las mejores gimnastas individuales. Obviamente, sabemos que, independientemente del resultado, ustedes representarán Estados Unidos con honor y dignidad. ¿Queda claro?

—Sí, señora —decimos todas a la vez, una respuesta instintiva al haber estado bajo el mandato de Gibby.

Se va tan rápido como llega, y nos miramos entre nosotras y después a Janet. Todas sabemos lo que ha pasado, aunque nadie se atreva a decirlo en voz alta.

—Podemos hacerlo —digo yo, y tanto Chelsea como Dani asienten rápidamente. A unos metros de distancia las otras están casi en un corrillo y puede que estén diciendo lo mismo.

Janet se aclara la garganta y todas nos ponemos en guardia.

—Vale, chicas. Buen entrenamiento. Quiero que estéis mentalmente preparadas para el entrenamiento de mañana, así que, por favor, dedicad el resto de la sesión a visualizar o meditar. Repasad vuestros puntos flojos de los entrenamientos de ayer y hoy. Mañana nos centraremos en trabajarlos.

Empezamos a dispersarnos, pero nos vuelve a llamar. ¿Y ahora qué? ¿Una nueva técnica de meditación? ¿Nos comunicará que, a partir de este momento, solo practicaremos un evento al día?

—Y otra cosa, señoritas. Si vosotras seis sois incapaces de usar la maldita cabeza para ver que pelearos de esta manera no os va a ayudar en nada a ganar el oro, por favor, hacédmelo saber para que pueda dimitir. No tengo ningún interés en pasarme las próximas semanas viendo una guerra civil. Superadlo o largaos de mi gimnasio.

# capítulo doce

Ha habido casi una semana entera de paz.

El entrenamiento ha ido como la seda. Hemos empezado a trabajar conjuntamente para preparar cada aparato como le gusta a cada una, poniendo tiza en las barras, moviendo colchonetas, colocando *minitrams*, y ejecutando las rotaciones de ejercicios como una máquina bien engrasada. Es exactamente lo que tendremos que hacer en Tokio, donde solo contaremos con Janet, en lugar de con el cuadro de entrenadores del que siempre hemos podido echar mano en las competiciones internacionales. Como mínimo, organizar la logística de quién hace qué y cuándo ha sido una buena distracción.

Deberían mandar a Janet Dorsey-Adams a todos los rincones del mundo desolados por la guerra para negociar el cese de hostilidades con un par de palabras y una ceja arqueada.

Cuando me levanto de la cama la mañana de nuestro segundo Ensayo para el equipo olímpico, me siento en el suelo y empiezo a estirar, asegurándome de que se me suelta la espalda de la rigidez después de toda la noche durmiendo.

A medida que mi rango de movimiento va aumentando, me abro completamente de piernas y mis brazos se extienden más allá de mis dedos de los pies. Emma se da la vuelta con un gruñido y luego se desliza fuera de la cama, procurando no tropezar conmigo o, lo que sería mucho peor, hacer contacto visual conmigo y tener que decirme una sola palabra.

Se mete en el baño y termina de ducharse cuando yo he acabado de estirar.

Entonces intercambiamos posiciones para que pueda prepararse y marcharse a desayunar antes de que yo vuelva a salir.

La rutina no nos deja mucho tiempo para hablar las cosas, pero, a la vez, hace que los silencios incómodos, tanto aquí como en el gimnasio, sean mínimos. La verdad es que es un poco triste. Dudo que hubiéramos alcanzado este nivel de perfección en el arte de evitarnos la una a la otra si no nos conociéramos tanto.

Le dedico un tiempo extra a mi maquillaje. Nuestros maillots son de un rojo metalizado brillante y quiero que mis labios vayan a juego, añadiendo también un delineado de ojos de gato para resaltar. Cuando me estoy secando el pintalabios, Dani se apoya en el marco de la puerta.

—¿Lista? —pregunta.

—¿Qué más da? —se queja Chelsea detrás de ella—. Necesito cafeína y no puedo esperarme a que Rey consiga la raya de ojos perfecta.

—Ya me la he hecho, pesada. —Cierro el pintalabios y lo meto en el bolsillo delantero de mi mochila de competición—. ¿Te he hecho esperar alguna vez en toda la semana?

—No, eso es lo que más rabia me da —dice Chelsea, rodeándome los hombros con un brazo —. Tu dominio del maquillaje es magia negra.

—Me vas a maquillar en Tokio —dice Dani.

Me paro en seco.

—Si voy.

—Vas a ir —dice Chelsea con un bufido—. He hecho los números de los Nacionales y el Ensayo un millón de veces. Gibby es un abusador de mierda que se merece que unos pumas le devoren los testículos.

—Cuervos —interrumpe Dani, y se encoge de hombros cuando la miramos—. Sería más lento.

—Pues cuervos —dice Chelsea—. Pero Dani, Emma, tú y yo... Nuestros resultados fueron la mejor combinación para la competición por equipos y nada va a cambiar eso.

«A menos que me caiga», digo en mi cabeza, pero no lo verbalizo.

—Tienes razón. Sé que tienes razón.

—Bien, ahora, por favor, cafeína, ya mismo, antes de que me desmaye.

Estamos a medio de camino cuando los veo. Los agentes Farley y Kingston, con sus trajes negros, hablando con la señora Jackson.

La agente Kingston está hablando con su voz suave.

—Señora Jackson, solo estamos intentando averiguar la verdad. Creo que eso es algo que puede apreciar.

—Por supuesto que sí, y hemos cooperado en todo a lo largo de esta investigación, pero ahora *no* es el momento. Discúlpeme por no querer que pasen el mal trago de un interrogatorio del FBI antes de la competición más importante de sus vidas.

—¿Qué está pasando? —pregunta Dani, dando los últimos pasos de una sola zancada.

El agente Farley se vuelve hacia ella.

—Dani, me alegro mucho de verla aquí.

—Gracias —dice, pero no se va a dejar disuadir—. ¿Qué está pasando?

—Necesitamos hablar contigo y con tus compañeras de equipo otra vez —dice la agente Kingston.

Dani se aparta de ellos, casi inclinándose hacia mí y Chelsea, mientras llegamos al final de las escaleras.

—Pero ya os lo conté. Os lo conté todo y dijisteis que me creíais.

La agente Kingston se estremece, como si las palabras de Dani la hubieran abofeteado.

—La creemos, Dani, pero...

Antes incluso de que acabe la frase, un sollozo desgarra la garganta de Dani. Ella sale corriendo hacia el muelle. Pasa a toda velocidad por las puertas de cristal que dan a la bahía y luego desaparece de nuestra vista.

—¡Dani! ¡Dani, espera! —dice Chelsea, pisándole los talones.

Yo voy justo detrás de ella, pero al dejar mi bolsa en la puerta, oigo a la señora Jackson:

—Pueden hablar con ellas, pero después de la competición. Por ahora ya han hecho suficiente daño.

Al cruzar la puerta, sigo el camino que Dani y Chelsea han tomado entre la neblina matutina. El muelle todavía está húmedo de la noche anterior y el aire es un poco frío. Tiemblo a pesar del chándal que llevo encima del maillot de competición. Están al final del muelle, arremangándose los pantalones mientras se sientan y dejan que los pies cuelguen sobre el agua.

Dudo un segundo, meciéndome sobre mis talones. ¿Debería estar aquí? Hasta hace dos semanas apenas conocía a Dani, pero...

—No te quedes ahí parada, Rey, ven aquí —dice Chelsea por encima de su hombro, e inclina su cabeza hacia Dani.

Me quito las zapatillas y me subo los pantalones hasta las rodillas. Me siento en el borde del muelle. El agua en mis tobillos está fría y la mano de Dani está caliente cuando la cojo con la mía, un reflejo de lo que Chelsea ha hecho con su otra mano.

—Por lo visto, mi palabra no vale lo suficiente —consigue soltar. Me estrecha la mano con fuerza—. Se lo dije todo. Les dije cómo... cómo me estuvo haciendo eso durante todo un año. Me decía que necesitaba más de mí, que lo que le estaba dando no era suficiente, pero que creía que yo podía conseguirlo, que podía demostrarle que era lo bastante buena. Me mandaba mensajes para que supiera que me estaba observando. Yo solo... deseaba tanto llegar al equipo. Os juro que la primera vez que vino a mi habitación... pensé que quería hablarme de gimnasia. Ni siquiera se me pasó por la cabeza que fuese raro. ¿Cómo pude ser tan estúpida?

—No fuiste estúpida —susurra Chelsea—. Yo también lo habría pensado.

—Todas lo habríamos hecho —añado yo—. Él estaba... estaba al mando de todo. Cuándo comíamos, entrenábamos, dormíamos. Todo.

Dani se ríe, y es un sonido hueco que me provoca más escalofríos que el aire.

—Eso, dormir. ¿Sabéis que me dio una habitación individual durante los Mundiales del año pasado? Sabía por qué y no dije nada. No le pedí a nadie compartir. Me quedé allí esperando como una idiota.

—No lo eres —decimos Chelsea y yo a la vez y, cuando Dani se ríe, suena un poco más fuerte que antes.

—¿Sabéis lo que pasó en el Ensayo? Fui tan tonta. Pensé: «Ahora estoy en el equipo. Ya no puede tocarme. ¿Qué va a hacer, echarme a patadas?». Y eso fue lo que hizo. —Se para y coge aire—. Supongo que debería dar las gracias de que la cagara lo suficiente como para que lo pillaran, pero ahora medio mundo cree que he hecho tram pas. Bien mirado, la mitad de este equipo cree que he hecho trampas, que los resultados de la prueba no valen para nada y que estoy haciendo esto para vengarme de él.

—Son idiotas —digo.

Dani se ríe.

—Tiene razón —dice Chelsea, asintiendo—. Lo son y tú eres una gimnasta increíble, y vas a ir a las Olimpiadas y allí vas a dominar.

—¿Señoritas? —La señora Jackson nos llama desde la casa. Se acerca y el chasquido de sus omnipresentes tacones de aguja es el tic-tac de una cuenta atrás—. Sé que es difícil —dice, deteniéndose detrás nuestro—, pero las demás se han ido al gimnasio y tenemos un horario que cumplir.

Dani se sorbe los mocos y nos suelta las manos, secándose las lágrimas que corrían por sus mejillas sin que yo las hubiera visto.

—Estamos listas para ir.

—¿Estás segura? —murmuro cuando nos levantamos. La tela

de nailon de mis pantalones de chándal se desliza hasta mis tobillos, pegándose a mi piel húmeda.

Dani asiente, endereza sus hombros, sus ojos brillan con determinación.

—Sí.

—

Janet ya está en el gimnasio con los jueces que nos evaluarán durante la competición de esta mañana. Emma, Sierra y Jaime están estirando en el suelo y echándose unas risas como si no tuvieran ninguna preocupación, como si Dani no acabara de recibir un golpe emocional en el estómago, como si hoy fuera solo un entrenamiento más y no la competición que determinará el resto de nuestras vidas. Un viaje a Tokio como miembro del mejor equipo del mundo, el favorito para ganar la medalla de oro por equipos, o como suplente, condenada a ver cómo otras cumplen tu sueño. Mi enfado con Emma resurge. Debe ser bonito poder ignorar todo esto.

Las cámaras están montadas cerca de cada uno de los aparatos, hay focos colgados del techo y camarógrafos vestidos de negro. Todo tiene que estar perfecto, como la señora Jackson lleva repitiendo una y otra vez toda la semana. Nuestras actuaciones tienen que estar disponibles para que el mundo las vea. Las chicas que mejor lo hagan hoy, formarán parte del equipo. Ni más ni menos.

Chelsea, Dani, y yo vamos hacia el suelo, que rodeamos trotando rápidamente, haciendo círculos con los brazos, calentando. Cuando nos paramos a unos metros de las demás, Leo se acerca y se agacha para atarse los cordones de los zapatos. Con tantas cámaras alrededor, no quiere arriesgarse.

—¿Está bien? —susurra, sin levantar la vista de su zapatilla.

—Sí.

Sus ojos parpadean hacia Emma y los otras dos antes de mirarme a mí.

—¿Estás bien?

—Sí.

—Bien.

Se pone de pie e, inmediatamente, se va hacia el pequeño conjunto de gradas contra la pared. Nosotras nos unimos al calentamiento de equipo que lideran Chelsea y Sierra, todavía no hemos nombrado a la capitana del equipo, pero si tuviéramos que votar hoy tengo bastante claro que los votos se repartirían en dos bandos.

Finalmente, Janet da una palmada y corremos hacia ella.

—Muy bien, señoritas, hoy orden olímpico: salto de potro, barras, barra de equilibrio y suelo. Pero antes de empezar, quiero decir que todas habéis trabajado extremadamente duro estas últimas semanas en las peores circunstancias imaginables. No dejéis que los resultados de hoy, sin importar los que sean, cambien lo que sabéis que es verdad. Os merecéis estar aquí. Todas os lo merecéis.

Hay una suavidad en su voz, una calidez que no había sentido nunca dirigida hacia mí antes de una competición y es... maravilloso, pero entonces Janet endereza sus hombros y el momento pasa.

—Vale, vamos allá. EE. UU. a la de tres. Uno, dos, tres...

—¡EE. UU.! —gritamos todas a la vez.

—Empecemos —Janet asiente con la cabeza a los jueces que se sientan al lado del potro.

Los reconozco gracias a tantos años de competiciones, pero ninguno de ellos estuvo en los Nacionales o en el Ensayo. Una mirada fresca puede ser algo bueno, pero ¿quién sabe? Por lo que sé, podrían ser del Club de Fans Oficial de Sierra Montgomery. Yo tengo que salir y demostrar que soy mejor que ella.

Corremos por el tatami hasta el final del pasillo del potro y empezamos a calentar. La sensación es agradable, familiar, incluso siendo la primera competición en la que Gibby no está al mando, Pauline no me entrena y Emma no me apoya.

«Uff, Audrey, no vayas por ahí.»

Sacudo la cabeza, literalmente. Odio admitirlo, pero Janet tenía razón. Sacudir físicamente un pensamiento negativo funciona. No puedo pensar en todas las cosas que han ido mal hasta ahora. No puedo pensar en nada más que en los cuatro ejercicios que decidirán el resto de mi carrera en gimnasia o sin gimnasia.

—¡Bienvenidos, damas y caballeros, a un evento único en la historia de nuestro deporte!

Mi cabeza da un latigazo. Hay una cabina de comentaristas en la esquina del gimnasio y no puedo creer que no la haya visto hasta ahora. El logo de la cadena de televisión está estampado en el frente y dos periodistas que reconozco de nuestras competiciones más importantes están sentados dentro con auriculares y micrófonos. El gimnasio permanece prácticamente vacío. Cada palabra se oye alta y clara mientras hacemos nuestros saltos de calentamiento.

El comentarista continúa su monólogo de apertura:

—Estamos en directo desde el campamento de entrenamiento olímpico donde, después de días de aislamiento tras la detención del entrenador del equipo, Christopher Gibson, estas jóvenes atletas competirán por el derecho a representar a Estados Unidos en los Juegos Olímpicos.

No, esto no nos va a distraer ni un poquito.

El bullicio de los estadios es una cosa, todos los ruidos se mezclan y acaban convertidos en sonido de fondo. ¿Una narración constante sobre lo que se supone que es una pequeña competición a puerta cerrada? Eso es harina de otro costal.

—Empezarán con el salto del potro, un aparato donde Chelsea Cameron, la actual campeona olímpica, podrá sacar ventaja, ¿verdad, Cindy?

—Sí, Jim, pero este grupo de atletas está muy igualado. Ya te aviso ahora mismo, veremos cómo la clasificación va cambiando una y otra vez antes de que acabe la competición.

Un pitido suena en el gimnasio, y supongo que es el sonido para marcar el final de los calentamientos. Al ser la saltadora más floja, yo voy la primera.

El gimnasio está en silencio, así que los susurros de la cabina de retransmisión se oyen perfectamente.

—Audrey Lee no es la mejor saltadora del equipo, así que tendrá que maximizar cada décima de punto en el *twist* y medio que va a realizar. Las otras chicas harán o un doble *twist* o un doble *twist* y medio, el Amanar.

Cierro los ojos un momento y visualizo un salto perfecto y luego corro, una docena de zancadas, un saltito para la rondada, *flic-flac* sobre el potro, bloqueo rápido y un *twist* y medio con un pequeño pasito hacia un lado. Lo he sobregirado un poco.

—Una ligera sobrerotación, pero ha sido un buen salto —dice Cindy, y yo hago una mueca antes de quitarme el esparadrapo de las muñecas. Para las barras me las ato de otra manera porque necesito más sujeción.

Los jueces usan un tablero de la vieja escuela para las puntuaciones y yo asiento con la cabeza cuando aparece un 14.2 y se muestra en todo el gimnasio. Me parece bastante correcto. Es lo que Gibby esperaba de mi salto, especialmente si no podía hacer el doble. Solía decirlo como si fuera un defecto de carácter que mi cuerpo fuera a romperse si añadía ese medio giro de rotación. Mi mente vuelve al Ensayo, a la sala de preparación física, y sus palabras me pitan en los oídos, eso de que necesitaba que le diera más para entrar en el equipo. Como si no me estuviera esforzando lo suficiente.

Sacudo la cabeza. «Concéntrate, Audrey, concéntrate.» Miro el marcador que está en la esquina, junto a los comentaristas, y es agradable ver mi nombre arriba del todo.

—Un buen comienzo para Audrey Lee, pero, si el resto de competidoras clavan sus saltos, será la puntuación más baja del día —dice Jim.

«Argh. ¿En serio?»

El problema es que tiene razón. Durante unos instantes mi nombre está al lado del número uno, hasta que Jaime y Sierra, de manera poética, sacan la misma puntuación por sus dobles *twist*, un 14.5 para cada una que me empuja hasta el tercer puesto.

Ahora salen los pesos pesados. Nuestro equipo tiene tres saltos Amanar, una de las razones por las que somos el mejor equipo del mundo. Nadie puede igualar la ventaja que sacaremos si clavamos tres buenos Amanars durante la primera rotación.

Pam. Pam. Pam. Tres saltos, tres fantásticas puntuaciones y el marcador está tal y como esperaba después del primer aparato.

| | |
|---|---|
| 1. Chelsea Cameron | 15.0 |
| 2. Emma Sadowsky | 14.9 |
| 3. Dani Olivero | 14.8 |
| 4. Sierra Montgomery | 14.5 |
| 4. Jaime Pederson | 14.5 |
| 6. Audrey Lee | 14.2 |

Tengo que recuperar terreno, pero ahora tocan las asimétricas y aquí es donde debería pasar por delante de Jaime y de Sierra. Si lo clavo, claro. En gimnasia nada está garantizado, ni siquiera en tu mejor aparato.

La voz de Jim, el comentarista, corta el aire mientras nos dirigimos hacia las barras.

—Nuestra primera competidora será Chelsea Cameron, cuyo nivel en este aparato se ha deteriorado de manera significativa desde que ganó ese oro individual hace cuatro años.

—La verdad es que nunca han sido su fuerte —interviene Cindy.

—No hay nada como un buen voto de confianza antes de ir a por ello —dice Chelsea mientras nos reunimos todas alrededor de la tiza para ajustar nuestros protectores, al tiempo que Janet prepara las barras según nuestras especificaciones.

—Chelsea Cameron, campeona olímpica, ¿pierde la concentración por culpa de un par de periodistas estúpidos?... Lo dudo —dice Dani.

Chelsea sonríe antes de chocar los puños cubiertos de tiza.

No creo que esté nerviosa, no realmente, pero sus barras nunca son geniales, y esta vez no es la excepción. Una caída, una pérdida brutal de posición en su transición de la barra alta a la baja, y al menos tres impulsos vacíos durante el ejercicio para recuperar el ritmo.

Dani arrastra a Chelsea a un abrazo cuando esta se abre camino hacia nosotras y espero mi turno antes de abrazarla fuerte. Entender a nivel mental que ya no eres la gimnasta que fuiste es una cosa. Yo misma puedo dar fe. Pero que sean tus habilidades las que te lo demuestren es otra.

Se levanta la placa con la puntuación, un 12.5, y me estremezco. No es injusto, pero es horrible.

—Salto y suelo. Con eso lo recuperas —le susurra Dani antes de dirigirse ella hacia las asimétricas.

Su ejercicio de barras es supersólido. Es una de las principales razones por las que este último año ha sido capaz de cerrar la brecha que había entre Emma y ella. Dani es tan fuerte como para haber sido capaz de aparcar todo lo que ha pasado antes de que empezara la competición. Me aprieto las protecciones y balanceo mis brazos mientras ella desmonta.

—¡Bien! —grito.

—Hecho —responde antes de que Chelsea la abrace.

—Ha sido increíble —le dice Chelsea a su compañera de cuarto y, como los jueces están de acuerdo, le dan un 14.8.

Su compañera de cuarto. Esa expresión desencadena algo en mi cabeza. Ahora Dani tiene compañera de cuarto. No como el año pasado en los Mundiales, cuando Gibby la obligó a estar en una habitación. No puedo ni imaginar lo que debió sentir estando sentada sola en una habitación, sabiendo que no habría nadie que lo parase, sabiendo que decir algo podría costarle los sueños de toda una vida. Mi estómago se encoge y puedo sentir la bilis quemándome la garganta al pensarlo.

«No, ahora no, Audrey. Concéntrate en lo que tienes que hacer.»

—¡Y un magnífico ejercicio de Emma Sadowsky! —La voz de Jim me saca de mi cabeza, cosa que agradezco.

Si Emma ha terminado con las barras significa que me he perdido el ejercicio de Jaime. Aunque no tengo ni idea de cómo lo ha hecho, debo prepararme para mi propio ejercicio. Si quiero tener alguna oportunidad, necesito hacer una clavada de la hostia en barras y sacarle una ventaja a Jamie que no pueda remontar con la barra y el suelo.

Una rápida mirada al marcador me dice que el ejercicio de Jaime ha sido decente, pero aparece el 14.6 de Emma, que la impulsa en la clasificación.

Sierra está ahora en las barras y ella es mi rival principal. Puede que sea una zorra, pero es una zorra que puede dominar en barras.

—Y una buena transición entre la barra baja y la alta, piernas pegadas y dedos de los pies en punta, y ahora salida, doble mortal atrás con pirueta y un paso en la recepción —dice Jim desde la cabina.

Ha sido un buen ejercicio. Una muy buen ejercicio. Voy a tener que ir más allá. Aquí necesito ganar distancia.

Me ahorro tener que aplaudir educadamente su ejercicio porque me estoy preparando las barras, pero miro con el rabillo del ojo y veo un 15.0 en la placa de puntuación. Maldita sea, hoy quería ser la única que llegara al 15 en barras, pero supongo que tendré que conformarme con ser la que mejor las trabaje.

Sonrío antes de dirigirme a los jueces y saludar. Espero que me estén observando de cerca porque estoy a punto de comerme mi ejercicio con patatas.

Treinta segundos más tarde, después de acabar con mi plancha con triple *twist*, requiero toda mi fuerza para no gritar de emoción cuando levanto las manos para saludar.

Así es como se supone que es la gimnasia, como si fueras invencible y nada pudiera detenerte. Por eso amo este deporte, la sensación de mis dedos de los pies clavados en la colchoneta y mis brazos en el aire después de haber desafiado a los jueces a encontrar un solo error en este ejercicio. A ver, seguro que lo encuentran, pero se lo he puesto mucho más difícil que de costumbre.

Cuando paso por la cabina, deshaciéndome las protecciones, Jim lo expresa mejor de lo que yo podría hacerlo:

—¡Este ha sido uno de los mejores ejercicios de barras que verán *jamás* por parte de Audrey Lee! Increíble postura en el aire, extensión completa, pies en punta, y es que parece que vuele en sus transiciones y en las sueltas. Mucha gente la daba por descartada cuando no pudo competir en los Mundiales el año pasado, pero se ha abierto camino para volver en plena forma y ¡mira la clasificaciones, Cindy!

—Audrey Lee ha sacado un 15.3 en barras asimétricas y, aunque Dani Olivero ostenta una ventaja de una décima sobre el resto de competidoras, tenemos un empate a tres bandas para el segundo puesto cuando llegamos al ecuador de la competición.

—Sabíamos que iba a estar muy reñido, ¡pero es que parece que cualquiera podría llevárselo!

| | |
|---|---|
| 1. Daniela Olivero | 29.6 |
| 2. Audrey Lee | 29.5 |
| 2. Sierra Montgomery | 29.5 |
| 2. Emma Sadowsky | 29.5 |
| 5. Jaime Pederson | 29.0 |
| 6. Chelsea Cameron | 27.5 |

—Ha sido brutal —dice Chelsea.

Chocamos puño, la tiza sale volando al contacto. Entonces Dani alza ambas manos.

—Menuda pasada, Rey.

—Buen trabajo —dice Emma, dándome palmaditas en el hombro mientras Jaime y Sierra sonríen de manera forzada. Aguantar el teatrillo empieza a ser difícil ahora que el resultado depende solo de dos aparatos. Un desliz y nuestros sueños están muertos.

Y, por supuesto, ahora vamos hacia la barra de equilibrio.

# capítulo trece

Bajo de la barra, acabo mi calentamiento para que Emma pueda probar algunos elementos antes de que nos toque competir.

—Un poco de paciencia, Audrey —dice Janet cuando la paso al salir de las colchonetas—. Deja que los elementos fluyan. No los fuerces.

Asiento con la cabeza, acepto su corrección y luego cojo mi botella de agua. Tengo un poco de margen gracias a mi ejercicio de asimétricas, pero necesito clavar la barra.

Jim vuelve a su retransmisión cuando acabamos los calentamientos.

—Aquí es donde veremos cómo Emma Sadowsky y Dani Olivero les sacan delantera a las demás y, tal vez, cómo Jaime Pederson da un salto para colarse entre las cuatro primeras.

Me molesta un poco que ni siquiera me mencione, pero honestamente, quizás es mejor así. Me encantaría dejarlo callado otra vez, como cuando se ha anunciado mi puntuación de barras.

La pobre Chelsea tiene que salir la primera. No debe avergonzarse por ser más especialista, sobre todo porque ya ha ganado el oro olímpico. No tiene que demostrar nada, pero aquí está, en la barra y luchando por sacar combinaciones que hagan que su puntuación técnica sea competitiva. Desmonta con un doble mortal atrás y luego saluda sacudiendo la cabeza en descontento.

Las voces de Jim y Cathy zumban en mi cabeza, pero las apago cuando Dani comienza su ejercicio. Cerrando los ojos, visualizo mis elementos como he hecho docenas de veces durante esta última semana. Dejo que mis brazos se mezan a mi alrededor, imitando los movimientos que haré cuando sea mi turno, tratando de activar al máximo mi memoria muscular. Cuanto más cómodo sea en el suelo, más fácil será cuando solo tenga diez centímetros de espacio para trabajar. Unos quejidos de la pequeña multitud rompen mi trance, pero sin el ruido de unos pies, o un cuerpo, golpeando la colchoneta, deduzco que Dani ha tenido un pequeño percance, pero no una caída. Abro los ojos a tiempo para su salida de con una rondada y un doble mortal con pirueta. Lo clava desafiante, claramente enfadada por el error que ha cometido.

Saca un 14.3.

No es una puntuación pésima, pero definitivamente no es su mejor marca.

—Lo recuperarás en suelo —le dice Chelsea, ofreciéndole un puño. Yo también saco el mío para lo que se está convirtiendo rápidamente en una tradición para nosotras.

—¡Vamos, Sierra! —grita Jaime, mientras su mejor amiga saluda a los jueces.

Cierro los ojos de nuevo y lo repaso todo una vez más, lentamente y luego otra vez al ritmo que los jueces esperan en un buen ejercicio. Los elementos son importantes, pero también lo es el ritmo. Para cuando los abro, Sierra ha acabado su ejercicio y Emma está en la barra, haciendo sus enlaces con bastante facilidad. Miro el marcador. Sierra ha sacado un 14.6. No está mal.

Soy la siguiente, así que me acerco a la barra.

—Vamos, Emma, tú puedes —lo digo más por costumbre que por otra cosa, cuando se prepara para la salida, con dos *flic-flac* y un doble mortal adelante con pirueta.

Tiene que pegar un gran bote para frenar después de darle más energía de la cuenta a la recepción, pero con esa combinación en particular mejor darle de más que de menos.

—Todo tuyo, Rey —dice Emma cuando nos cruzamos.

Debe haberme oído animarla mientras estaba ahí arriba, es una ofrenda de paz minúscula, pero se abre entre la incomodidad y la animosidad de los últimos días.

Janet me prepara el tram y yo lo pruebo, asegurándome de que está a la distancia exacta de la barra. Espero la puntuación de Emma, meciéndome sobre los talones y manteniendo mi respiración calmada y uniforme. Entonces los jueces le dan vuelta al marcador. Es un 14.7, justo lo que lleva sacando todo el año.

«Vale. Me toca a mí.»

Entrecierro los ojos, me enfoco en el trampolín, me imagino golpeándolo a la velocidad justa para aterrizar suavemente sobre la barra, luego exhalo y voy.

Reboto en el tram, arriba y giro, y caigo sobre la barra. Mis pies están firmes, así que inmediatamente lo conecto con dos planchas con recepción con un pie. Saludo para demostrar control y sigo con el resto de mi coreografía para prepararme para la siguiente sección. No dudo antes de hacer la triple pirueta que, de nuevo acaba en doble y donde pierdo el centro, doblándome hacia adelante, para mantener el equilibrio. Una de mis manos busca instintivamente la barra para detener la inercia, pero soy capaz de apartarla a tiempo y recuperar mi centro de gravedad, me quedo quieta durante dos tiempos, esto ha sido un error gordo.

Pero por lo menos no me he caído.

Exhalo y alzo la barbilla, un diminuto reconocimiento para esta pequeña victoria. El resto del ejercicio pasa volando con solo un par de sacudidas y antes de que me dé cuenta, me preparo para la salida y cuento en mi cabeza, y me lanzo a mi doble mortal atrás *flic-flac* y cierro bien mis brazos para el triple *twist*. Le falta un poco de rotación, que acabo en la colchoneta, pero ha sido una buena recepción, casi lo he clavado.

Me aparto, tratando de despejarme la cabeza y entonces lo noto.

Un pinchazo en mi espalda.

«Joder.»

Estaba allí, pero al momento desaparece. No ha pasado tanto tiempo desde mi última inyección de cortisona. No puede dejar de hacer efecto tan pronto. Fue la recepción. Me quedé un poco corta en la recepción, por eso me ha dolido, y no estoy acostumbrada después de encontrarme tan bien gracias a la medicina.

Eso es todo.

Estoy bien.

Todo va a salir bien.

—Qué manera de salvarlo —dice Dani, tirando de mí para abrazarme cuando salgo de la colchoneta para esperar mi puntuación.

Aún falta el ejercicio de Jaime en esta ronda, así que tengo la oportunidad concentrarme un poco antes de pasar a suelo, el último aparato del día y el minuto y medio de gimnasia que decidirá mi destino. Tengo que despejarme. Sin distracciones, sin dolor. Solas yo y mi ejercicio de suelo.

—Jolín, va a estar muy reñido —dice Chelsea cuando sale mi puntuación, un 14.3.

Tiene sentido. Probablemente me he ganado medio punto en deducciones con esa casi caída. Un 14.8 habría solidificado mi puesto. ¿Y ahora? Ahora no tengo ni idea de cómo va a acabar esto.

Me duele la espalda mientras busco cinta adhesiva en mi bolsa. Me siento y me pongo la cinta en los tobillos, con cuidado de no apretar demasiado mi piel mientras Jaime se prepara.

—¡Vamos, Jaime! —grita Sierra, y todos aplaudimos mientras saluda y empieza

En realidad, no debería mirar, pero no puedo evitarlo.

Ella es la que ahora tiene la presión de clavar el ejercicio.

Y lo hace. Bueno, lo hace bastante. Así, así. Hay alguna pifia aquí y allá, pero nada importante. Pero en barra, una colección de nadas importantes puede convertirse rápidamente en una puntuación de mierda.

Esperamos.

—No ha sido nada espectacular —dice Chelsea entre dientes, sentándose a mi lado para envolverse los tobillos.

—Lo sé —digo, me levanto y pruebo la cinta flexionando mis pies y poniéndome de puntillas.

—¡Uau! —Jim, el comentarista, grita conmocionado, su voz se extiende lo suficiente como para alcanzarnos desde el otro lado del gimnasio—. Solo un 14.6 para Jaime Pederson en barra y aunque para cualquier otra persona sería una buena puntuación, no es lo que buscaba en su mejor aparato.

| | |
|---|---|
| 1. Emma Sadowsky | 44.3 |
| 2. Sierra Montgomery | 44.1 |
| 3.. Daniela Olivero | 43.9 |
| 4. Audrey Lee | 43.8 |
| 5. Jaime Pederson | 43.6 |
| 6. Chelsea Cameron | 40.5 |

No hay tiempo para pensar en lo que todo esto significa. Estoy en cuarto puesto en el último aparato, pero el suelo es un punto fuerte de todas las demás y mi punto flojo.

Salgo la primera y *Moon River* resuena a través de los altavoces del gimnasio, pero en mi cabeza la Filarmónica de Londres le está poniendo todo el corazón a la interpretación y yo soy una bailarina en el escenario cautivando al público mientras bailo todo mi ejercicio. Después de días de hacer el ejercicio sin diagonales, mis músculos vibran cuando se les presenta la oportunidad no solo de bailar, sino también de dar volteretas por el escenario. Cada diagonal tiene más potencia de la que recuerdo haber logrado jamás, tanto que reboto un poco en casi todas mis recepciones. Me va a costar preciadas décimas, pero en parte, no me importa. Sé que este ejercicio es precioso, y los jueces también lo saben. Eso ayudará cuando les toque los puntos sobre las íes.

Estoy en última diagonal, un simple doble mortal atrás que

aterrizo perfectamente, pecho fuera, rodillas flexionadas, pero no demasiado, y levanto los brazos en el aire para saludar al momento, lo hago demasiado rápido y noto un tirón en la espalda.

La música se está acabando y me las arreglo para hacer mi pose final a pesar del latigazo de dolor. No ha sido intenso, igual que el de antes, pero está ahí. Se ha ido, pero eso no ha sido casualidad. La cortisona está dejando de hacer efecto.

Trato de respirar mientras las chicas me rodean para chocar manos, puños, y un incómodo abrazo lateral de Sierra, donde gira la cabeza completamente en la otra dirección, como si no pudiera soportar mirarme. La verdad es que el sentimiento es bastante mutuo. Solía envidiar a Sierra por su piel cremosa, sus ojos azules y su pelo rubio que no se movía de sitio por nada, pero ¿ahora? Su cara me da ganas de pegarle un puñetazo. Fuerte.

La puntuación tarda más que en los otros eventos, hay más cosas que mirar en un ejercicio de suelo que en cualquier otro aparato, pero después de un minuto, cuando mi aliento por fin ha recuperado a un ritmo normal, sale un 14.0, seguido por mi puntuación total.

57.8.

Justo donde quedé en el Ensayo.

La última vez fue suficiente como para meterme en el equipo, pero ahora... Quién sabe.

Me dejo caer en una de las sillas y me retuerzo ante la sacudida que el abrupto contacto envía a través de mi espalda.

«Con cuidado, Audrey», me recuerdo a mí misma.

—Disculpe —llamo a un preparado de la USOF—, ¿puede traerme un poco de hielo?

—¿Estás bien? —me pregunta Dani, sentándose a mi lado. Ella tiene que matar el tiempo. Es la última en esta rotación.

—Sí —le digo, ni siquiera soy capaz de decir algo más que eso.

Dani extiende la mano y me coge la mía mientras el técnico llega para envolverme el torso con hielo y de golpe vuelo a esta mañana en el muelle, estrechando su mano mientras hablaba sobre Gibby y lo que le hizo, a lo que tuvo que sobrevivir. Ahora ya no tengo por qué apartarlo de mi mente.

Chelsea hace un buen ejercicio y saca un 13.9, poniéndose con 54.4, casi cuatro puntos por debajo de mí. Inhalo y exhalo profundamente mientras ella se sienta a mi otro lado ayudándome a sostener la bolsa de hielo en la espalda, mientras el preparador físico se apresura a atármela. Estoy sentada entre estas chicas, me protegen como Chelsea y yo hemos hecho con Dani y el zumbido en mi mente finalmente se ralentiza.

Siento como si me faltara algo, como si mi mente quisiera completar un puzle, pero no logro concentrarme. No cuando todo por lo que he trabajado mi vida entera está en juego. Ahora mismo, tengo que preocuparme por esto. Lo que sea que esté pasando en el mundo, puede esperar un rato.

Jaime sale y saca un 14.1, se queda con un total de 57.1. Ni siquiera se acerca a mi puntuación. Voy a quedar cuarta. Empiezo a hacer cálculos en mi cabeza porque no importa si acabo cuarta si mis puntuaciones de asimétricas y de barra se combinan con las de las demás para obtener la mejor puntuación total para el equipo.

—Vas a estallar —dice Chelsea, mientras Dani nos deja para empezar a calentar—. Casi puedo ver el humo saliéndote de las orejas. Deja las mates y mira.

Sigo su consejo. Al fin y al cabo, es una campeona olímpica. Ella sabe qué es lo mejor. Le toca a Sierra y durante un minuto y medio nos lleva al Viejo Oeste. Sus recepciones son un poco bruscas y su sonrisa parece postiza, y falla la conexión entre la música y el ejercicio. Se ha dejado llevar por la presión.

La verdad es que es un pena. Bueno, en realidad no.

Todas estamos pasando por lo mismo y si ella no puede con la presión aquí y ahora, tampoco podrá con ella en Tokio. Los jueces están rasgando en sus papeles, marcando deducciones y, cuando Sierra termina, su puntuación es exactamente igual que la mía.

Mi mente se adormece igual que mi espalda con esa monstruosa bolsa de hielo pegada. Emma y Dani salen al suelo, y mis ojos miran, pero en realidad no veo ninguno de los ejercicios. Soy vagamente consciente de que ambas me superan en puntuación y, cuando miro los resultados finales, todavía no entiendo qué quiere decir.

| | |
|---|---|
| 1. Daniela Olivero | 58.5 |
| 1. Emma Sadowsky | 58.5 |
| 3. Sierra Montgomery | 58.3 |
| 4. Audrey Lee | 57.8 |
| 5. Jaime Pederson | 57.1 |
| 6. Chelsea Cameron | 54.4 |

Dani y Chelsea me han envuelto en un abrazo grupal, pero me liberan bastante rápido. Ambas han hecho lo que tenían que hacer, mientras que yo me las he apañado para meter la pata lo suficiente como para no tener ni idea de si este es el mejor o el peor día de mi vida.

Emma se acerca y me abraza fuerte. Probablemente es solo para las cámaras. Ella va a formar parte del equipo, obviamente, pero está claro que por lo tensa que está en el abrazo no esperaba que Dani cerrara distancias, no realmente, pero ahí están ambas en lo más alto de la clasificación con la misma puntuación exacta.

Jaime y Sierra no se acercan ni por asomo. Jamie tiene la cabeza enterrada en sus manos y solloza incontrolablemente. Sierra mira fijamente hacia el vacío. No la culpo. Me ha ganado en la general, pero eso no es lo que importa realmente.

La señora Jackson y Janet todavía tienen que hacer números para encontrar a las cuatro gimnastas que se combinarán para obtener la mejor puntuación en la final por equipos, y eso va a llevar más de un minuto.

La espera es interminable, pero probablemente no lo es tanto como nos lo parece a nosotras, finalmente la señora Jackson coge un micrófono.

—Esta competición ha estado muy disputada y una demostración del joven talento que tenemos hoy aquí entre nosotros. Quiero agradecer a cada una de las atletas por sus esfuerzos en unas circunstancias tan difíciles. Dicho esto, las puntuaciones están muy igualadas. Tanto, de hecho, que tres combinaciones diferentes de gimnastas producen exactamente la misma puntuación. Por lo tanto, hemos tenido que pasar a un desempate que ha sido unánime entre nuestros jueces, la entrenadora Dorsey-Adams y yo misma.

Un murmullo llena en el gimnasio. ¿Un desempate? ¿Qué demonios? ¿De verdad está tan igualado?

La señora Jackson sigue hablando:

—Se ha acordado priorizar a las atletas con un mayor historial de competición internacional y con más probabilidades de competir para más medallas individuales. Por lo tanto, las cuatro atletas que representarán a Estados Unidos en la competición por equipos son Daniela Olivero, Emma Sadowsky, Audrey Lee y Chelsea Cameron. Jaime Pederson y Sierra Montgomery seguirán siendo nuestras suplentes, preparadas para sustituirlas si fuera necesario, cosa que nos hace sentir el mismo orgullo. Gracias, señoritas, por una competición verdaderamente inspiradora y bien luchada frente a tanta adversidad. ¡Felicidades!

Lo he hecho.

Voy a las Olimpiadas.

# capítulo catorce

Esta vez no hay fiesta, ni padres, patrocinadores o entrenadores brindando con champán, solo la mesa de la cocina en la casa alquilada y dos agentes del FBI haciendo preguntas mientras la señora Jackson se queda a un lado observando.

—Entonces, así celebráis que habéis entrado en el equipo olímpico, ¿no?

Me siento en la silla que está enfrente de los agentes Farley y Kingston.

—Enhorabuena —dice la agente Kingston con voz suave—. Y lamentamos mucho tener que hacerte pasar por esto otra vez.

—No pasa nada —les aseguro—. Quiero ayudar, pero es que... ya se lo he contado todo.

El agente Farley asiente.

—No estoy seguro de haberte hecho entonces las preguntas adecuadas, Audrey.

—La noche de los Ensayos del equipo olímpico, ¿te envío Christopher Gibson este mensaje de texto? —pregunta la agente Kingston y después lee un papel—. «Esta noche lo celebramos, pero recuerda lo que te dije.»

—Así fue.

—Ahora, por favor, haz memoria, Audrey, ¿a qué se refería? Sus palabras exactas, si te acuerdas.

Repaso mentalmente aquella noche y empiezo a hablar.

—Estaba en la sala de entrenadores y él se acercó a mí, pero no se atrevía a mirarme. Entonces, dijo algo sobre que Emma y yo queríamos estar juntas en el equipo y que... que ella estaba cumpliendo con su parte del trato, pero que necesitaba más de mí de lo que yo le había dado hasta ese momento.

—¿Y qué pensaste que quería decir con eso?

—Que quería que mejorase en la barra de equilibrios.

—¿Te dijo eso explícitamente?

Dudo y trato de recordar.

—No, él... Creo que no.

—¿Alguna cosa más?

—Solo que me estaba apoyando para que mejorase.

—¿Fue esa la última vez que hablaste con él?

—No, al día siguiente se acercó a casa para hablar conmigo y con mis padres, para felicitarnos.

La agente Kingston mira con dureza a su compañero y después se dirige a mí.

—¿Tus padres estuvieron presentes en esa conversación?

—Sí, él los felicitó y después dijo algo sobre el campo de entrenamiento, que estaba emocionado por empezar... Un momento, ¿por qué me preguntan esto? —pregunto yo, pero en cuanto lo hago, la cruda verdad empieza a asentarse a mi alrededor, todo se vuelve cristalino en un instante, pero de alguna manera a la vez también es lo más confuso que he tenido que entender jamás.

—Intentamos establecer un patrón, Audrey —dice el agente Farley—, sobre cómo manejaba a sus víctimas, sobre cómo las preparaba. Es lo que llamamos el «comportamiento previo al abuso». Normalmente el sujeto suele ganarse la confianza de su objetivo o, como en el caso de Gibson, hace uso de una posición de autoridad sobre las gimnastas.

Desde hacía años, Christopher Gibson había sido, el entrenador, un hombre al que respetar, temer y obedecer sin hacer preguntas, porque el único camino hacia el oro olímpico pasaba por su aprobación y por caerle bien. En las últimas semanas, yo había comprendido, al menos en teoría, que todo aquello era una fachada, una tapadera para el enfermizo abuso que le infligía a mi compañera. Y ahora ya sé la repugnante verdad.

También iba a abusar de mí.

—¿Puedes confirmarnos que te asignó una habitación para ti sola en el centro de entrenamiento cuando llegasteis allí? —pregunta con delicadeza la agente Kingston interrumpiéndome los pensamientos.

—Así es. Me pareció raro, porque normalmente Emma y yo... Un momento, Dani dijo que le hizo lo mismo a ella el año pasado en el Mundial, que le dio una habitación para ella sola, para poder... hacerle... lo que iba a...

—Puede ser. Concuerda con algunos rasgos anteriores de comportamiento para que la ocasión se presentara sola, así que sí, me temo que cabe esa posibilidad. Lo siento.

Me sorbo los mocos y me limpio con rapidez una ridícula lágrima que se me ha escapado de un ojo.

—No, no pasa nada. No llegó a ocurrir y eso es lo que importa. ¿Es así como establecía un vínculo emocional con las chicas?

—Varias jóvenes han confirmado este comportamiento y otras cosas previas a los abusos.

—¿Varias? Entonces, ¿no fue solo a Dani?

Los agentes no responden, pero sé que es cierto.

—¿Cuánto tiempo lo ha estado haciendo?

—Por lo que nosotros sabemos, un poco más de dos décadas.

Me parece que el corazón me pesa como una tonelada, cada latido me supone un esfuerzo físico ante la verdad de lo que le ha ocurrido a mi amiga y quién sabe a cuántas más.

—¿Veinte años? ¿Es una broma?

—Por desgracia, no —confirma el agente Farley—. ¿Querrías declarar todo esto en un juicio, Audrey?

—Sí, claro, lo que necesiten. Quiero asegurarme de que se pudra en la cárcel.

La agente Kingston sonríe tristemente.

—Gracias, Audrey. Por ahora, eso es todo.

La silla produce un molesto chirrido cuando la retiro hacia atrás para levantarme, limpiándome de nuevo las lágrimas. ¿Por qué demonios estoy llorando? Nunca llegó a pasarme nada. «Jesús, Audrey, compórtate.»

El salón está vacío cuando salgo de la cocina con la señora Jackson. Suavemente, me pone una mano en el hombro.

—Lo siento —susurra, pero antes de que pueda contestarle, me adelanta y sube las escaleras, seguramente para buscar a Emma, que es la siguiente en el programa.

Chelsea y Dani también se encuentran, pero no estoy segura de estar preparada para enfrentarme a Dani. No sé si seré capaz de mirarla sin ponerme a llorar. Ella ni siquiera lo sabe, pero me salvó de pasar por lo mismo y yo no sé cómo sentirme al respecto. ¿Tengo que estar agradecida de que abusara de ella, de que la eligiera a ella antes que a mí?

Los pies se me siguen moviendo y me trasladan desde el salón, a través de la puerta delantera, hasta el cálido aire de la playa. Aquí, las noches son perfectas, la brisa salina, la luna brillante, el suave entrechocar de olas apenas unas calles más allá. Pero soy insensible a todo esto. ¿Cómo puede ser este el mismo mundo en el que yo existía hace unos minutos? Todo parece totalmente distinto.

Mi teléfono vibra un par de veces, mensajes de Sarah y de Brooke en nuestro grupo de chat recién estrenado.

*¡¡ENHORABUENA!!*
*¡¡NOS VEMOS EN TOKIO!!*

Me estremezco y guardo el móvil en el bolsillo. Que me den la enhorabuena no está bien. Nada parece estar bien.

Empiezo a sentir un hormigueo en las puntas de los dedos y se me acelera el corazón, respiro de forma entrecortada mientras el mundo parece estrecharse a mi alrededor. Solo me he sentido así una vez antes, cuando el doctor Gupta me diagnosticó que el dolor de la espalda era crónico y que tendría que dejar la gimnasia por completo.

Todo se me está viniendo encima de repente y necesito no estar aquí, no tener que volver a entrar en esa casa para enfrentarme a Dani o a Emma o a cualquiera. Salgo disparada, cruzo el patio delantero y salgo a la acera, corro con todas mis fuerzas por la calle. Corro como si algo me persiguiera, aunque nunca podría dejarlo atrás, da igual lo largas que fueran mis zancadas y lo rápidos que fueran mis pies.

No tengo ni idea de adónde voy. Lo único que me resulta familiar es el paseo desde la casa hasta el gimnasio y hace rato que lo pasé de largo, pero oigo el rugido de las olas en la distancia y me dirijo hacia ese sonido. Corro hasta que la pulsación en las sienes y el ardor del pecho son insoportables y entonces derrapo hasta detenerme al borde de la playa, el sol empieza a ponerse a lo lejos.

Me doblo por la cintura y trato de dominar la respiración, pero es imposible. Se me cierra la garganta, me sube bilis del estómago y no puedo controlar los espasmos que me hacen vomitar sobre la acera.

Apenas tengo algo en el estómago y las náuseas no duran mucho, pero me quedo inclinada hacia delante para tratar de equilibrar la respiración tal como Janet me enseñó.

—¿Audrey? —pregunta una voz en la que se entremezclan la preocupación y muchas preguntas.

Es Leo.

Es superembarazoso, pero no hay nada que pueda hacer. Levanto una mano para mantenerlo a distancia durante un instante mientras me limpio temblando las lágrimas involuntarias y después me paso el antebrazo por la boca. Me levanto con cuidado, inhalando y exhalando, soltando el aire con lentitud deliberada.

Cuando me giro hacia él, lo veo en pantalón corto y camiseta, con una vieja mochila colgada de un hombro y una tabla de surf bajo el otro brazo. Aún tiene el pelo empapado, le caen diminutos riachuelos por el cuello mojándole la camiseta.

—Hola —digo al fin, sabiendo que no tiene sentido hacerme la dura.

Rebusca en la mochila y me ofrece una botella de agua. La cojo sin decir una palabra, me enjuago la boca y escupo. Doy otro sorbo que esta vez sí me trago para suavizar la ardiente garganta.

—¿Estás bien? —me pregunta cuando se la devuelvo.

—Creo que... Creo que puede que no —consigo decir mientras noto que se me acelera de nuevo el corazón.

Me estudia con atención un largo momento.

—Venga —me dice, señalando la playa con la barbilla por encima de su hombro.

No dudo. Automáticamente lo sigo. Cuando alarga una mano hacia a mí, la estrecho y dejo que me acerque a él, nuestros hombros se rozan y él desliza la palma de la mano contra la mía, las yemas de sus dedos tocan los callos de las mías, después entrelaza los dedos con los míos y me aprieta con suavidad, tirando de mí para acercarme más a él mientras caminamos.

Lo he echado de menos, cosa que es una tontería porque, para empezar, nunca lo he tenido, pero así es como me siento, como si hubiera encontrado algo que había perdido.

Hay una verja un poco más adelante y cuando llegamos a ella, Leo asiente con la cabeza al chico que hay dentro, quien la abre para dejarnos pasar. Hacen un rápido choque de manos, golpeándose y separándolas como hacen los chicos a veces, y después la cierra detrás de nosotros y se gira de nuevo hacia la calle.

—Qué fácil —murmuro medio riéndome, y la sensación me parece normal, como si no acabase de saber que podría haber sido la siguiente víctima de un agresor sexual en serie, como si paseara por la playa con un chico, como si todo fuera bien.

¿Lo bastante bien como para arriesgar tu puesto en el equipo, Audrey?

Aparto de mí ese pensamiento. Nadie sabe que estamos aquí, llevo el pelo suelto y no estoy vestida con los leotardos. Soy virtualmente irreconocible. Además, ¿de qué sirve tener un puesto en el equipo cuando estoy hecha polvo emocionalmente? Necesito respirar, aunque sea solo durante un rato, y estar con Leo me ayuda.

—Es la playa de Del —me informa haciendo una seña hacia el enorme edificio blanco, el hotel Del Coronado, que se eleva cerca de nosotros, los capiteles del tejado rojo se difuminan contra el cielo del anochecer enmarcado de luces blancas que titilan en la distancia.

Hay unas cuantas personas paseando, la mayoría son parejas que caminan cerca de la orilla y también hay una familia a unos metros de ellos con una fogata en la que tuestan malvaviscos con galleta y chocolate, pero cuando él deja la tabla de surf y después se quita la toalla de los hombros y la extiende sobre la arena, la sensación de intimidad es total, como si ese pequeño pedazo de playa fuera solo nuestro.

Quitándome las sandalias, me siento mirando hacia el agua, las olas siguen llegando de ningún sitio, al parecer.

—¿Te gustaría hablar de ello? —me pregunta acomodándose a mi lado.

—Me han pedido que declare en un juicio. Supongo que, al final, les he dicho que lo haría.

—Bien —dice, aunque se le nota que no sabe lo que eso significa, pero no me presiona; podría besarlo por eso.

—Ellos creen que tal vez... que es posible que él estuviera preparándome a mí para ser su siguiente víctima o algo así. Dicen que su comportamiento coincidía con lo que había hecho las veces anteriores.

Entonces cae el silencio y vuelven las lágrimas, lentamente me emborronan la vista antes de rodarme por las mejillas, una detrás de otra. Parpadeo para hacer que se vayan, pero solo consigo que caigan más.

Leo se gira y me mira a los ojos manteniendo la mirada durante un largo momento.

—¿Puedo? —pregunta mientras separa un brazo del cuerpo y yo asiento y prácticamente caigo sobre su hombro permitiendo que ese brazo me rodee con fuerza un instante antes de que el otro brazo se una a él.

Entierro la cabeza en la calidez de su cuello, inhalo el perfume de su piel, una pizca de sal y de jabón y de tiza de gimnasio de la competición de hace un rato, y después él me abraza con más fuerza.

Ya ni siquiera estoy llorando, pero no quiero abandonar sus brazos y esa sensación me aterra, no sé por qué. Las cosas buenas son aterradoras. Como saltar de un avión, o de un acantilado al mar, o como lanzarse a hacer un triple mortal con pirueta en la barra, esa carrera emocionante y peligrosa que he anhelado hacer toda mi vida. Y es peligroso. Mucho más peligroso que estar sentada al lado de un chico, aunque ahora mismo esto es lo único que me hace falta.

Se me revuelve el estómago ante este pensamiento y me aparto. Él me deja. Todavía no lo he procesado todo, aún no. No estoy segura de poderlo hacer hasta después de las Olimpiadas, hasta después de saber cómo termina todo. Y terminará. Algún día, todo esto solo será un recuerdo.

¿Y qué es lo que quieres recordar de esto, Audrey? ¿Lágrimas, un abrazo extraño y que te apartaste cuando no querías hacerlo?

—¿Me prometes una cosa? —me dice cuando nos levantamos sacudiéndonos la arena—. No permitas que ese capullo te lo estropee todo. Te vas a las Olimpiadas, Rey. Tu sueño se está haciendo realidad y eso es algo que la mayoría de gente no consigue. Disfrútalo.

Asintiendo, alargo una mano y le cojo suavemente la camiseta.

—Puede que deba empezar ahora mismo.

Levanta las cejas preguntándome, sin decir una palabra, cómo pienso hacerlo, pero yo me limito a sonreír y me alejo de él corriendo a toda velocidad hacia el agua. La brisa marina me lanza el pelo hacia la cara, pero no permito que eso me detenga, me quito la camiseta y la tiro sobre la arena, me paro un momento al borde del agua para sacarme los pantalones cortos de algodón. Por detrás de mí, oigo las pisadas de él corriendo hacia el agua, pero yo ya estoy con el agua helada hasta los muslos cuando me alcanza. Con los brazos me coge por la cintura y ambos nos lanzamos contra una ola.

Emergemos juntos, riendo. Tengo el pelo aplastado contra los ojos y la boca, y él se ríe un poco mientras me lo aparta de la cara para que pueda verlo de nuevo. Ya no lleva la camiseta, abandonada en la orilla igual que mi ropa.

—Eres increíble, ¿lo sabes? —susurra.

—Tú también.

Con un beso, le rozo la mandíbula, que es la parte más alta de él que puedo alcanzar sin su ayuda. Siento que tiembla ante el contacto y sonrío antes de apartarme de él.

—¿Frío? —me pregunta, frotándome las manos por los brazos, se le enganchan un poco los dedos en la tira del sujetador, pero los escalofríos que me estremecen se deben a eso solo a medias.

—Ay, Dios mío, sí —confieso, me castañetean los dientes.

—Las chicas de la Costa Este, con vuestros océanos cálidos, os creéis que podéis lanzaros sin más al Pacífico de noche —anuncia riéndose antes de cogerme de la mano para llevarme fuera del agua.

Cuando por fin llegamos a tierra seca, levanto la mirada hacia él, gotas de agua salada aún caen formando riachuelos por sus hombros y pecho. Su sonrisa es cálida y auténtica, tal vez también un poco tímida cuando me lleva hacia la toalla, la coge del suelo y me envuelve con ella fuertemente por los hombros.

Agarro mi camiseta y mis pantalones con una mano y él me coge de la otra para volver a la realidad, pero todavía no estoy preparada.

—¡Espera! —Tiro de su mano para detenerlo. Él para de inmediato y me mira con la preocupación bailándole en los ojos verdes—. Gracias. Esto ha sido… Esto ha sido perfecto.

No dice nada, no con palabras. Solo me mira, atrapa mis ojos con los suyos y hay algo en ellos, algo que me aterra como antes. Al final, aparta la mirada y se aclara la garganta.

—Venga, te acompaño de vuelta.

El camino de regreso parece más corto que mi desesperada huida de la casa y en poco tiempo la vemos alzarse en la distancia. Me entran las dudas conforme nos acercamos. Me alegro de haberme encontrado a Leo esta noche, pero la realidad se impone y esa cautela que lancé al viento no hace mucho regresa con una venganza. Tengo que entrar sin que nadie me vea y él tiene que marcharse.

Dejo caer la toalla que todavía me envolvía y me pongo los pantalones cortos y la camiseta. Después me vuelvo para mirar a Leo, cuyos ojos se posan rápidamente en los míos. Demasiado rápidamente. Le sonrío, pero lo dejo correr.

—Deberías… —dejo la frase en el aire.

—Sí —me dice, dudando apenas un segundo.

Veo que su mirada se fija en mis labios durante un breve instante, pero después se aparta, da un paso atrás y después otro hasta desaparecer más allá del borde del edificio.

Paso de largo, escabulléndome por el lateral de la casa hasta la parte de atrás, donde la dársena se alinea con la rocosa costa de la bahía.

Hay dos bultos en un extremo de la dársena. A la débil luz de los apliques exteriores no puedo distinguirlos, pero entonces resuena en la noche una risa chirriante y ese es un sonido que reconocería en cualquier sitio. Sierra y Jaime.

Con un suspiro, comienzo a avanzar y, mientras me voy acercando, tengo que andar de puntillas entre latas de cerveza barata y media botella de vodka. La necesidad de ponerles mala cara es casi sofocante, pero no creo que yo hubiese reaccionado de forma diferente de estar en su lugar. Perderse las Olimpiadas, no una, sino dos veces. Un sueño muerto sin tener ni idea de qué vendrá después.

Debería ayudarlas a entrar en la casa antes de que se hagan daño.

—¿Audrey? —farfulla Sierra—. ¿Es esa Audrey Lee, la olímpica? Ay, Dios mío, ¿me firmas un autógrafo?

Jaime se ríe cuando la cojo y me pongo su brazo por encima de mis hombros. Me giro hacia Sierra, que se apoya totalmente contra la casa, manteniéndose apenas en pie. Coloco a Jaime a mi lado y escupe un mechón de mi pelo que se le ha metido en la boca.

—Puaj, ¿por qué tienes el pelo mojado? —pregunta, pero su mente inundada de alcohol no espera respuesta, de modo que atravesamos la cristalera corredera, entramos en el salón que, gracias a Dios, está a oscuras, y subimos las escaleras.

—Audrey Lee, ella va a las Olimpiadas —va murmurando Sierra para sí misma.

—Shhh —chista Jaime mientras me debato por ayudarla a subir las escaleras, esperando que Sierra nos siga—. Que no nos pillen.

—¿Por qué no? —replica Sierra levantando mucho la voz—. ¿Qué nos harían? ¿Echarnos del equipo? Ni siquiera estamos en él.

En el piso de arriba hay luz, pero no se escucha ningún ruido en las habitaciones. Sierra y Jaime están al final del pasillo. Todavía no he estado en su cuarto, pero se parece mucho al que comparto con Emma —con el mismo edredón blanco y esponjoso de motivos náuticos, aunque aquí las paredes están adornadas con pintura verde que simula espuma de mar.

Con cuidado me quito el brazo de Jaime de los hombros y la siento en su cama.

Sierra entra tambaleándose en el cuarto.

—Mira, Jaime, Audrey es perfecta, por eso la han elegido a ella en vez de a mí. Nos odia y, aun así, nos ha ayudado.

Quiero corregirla, decirle que no las odio, pero ahora mismo no sería del todo cierto.

Jaime vuelve a reírse, se recuesta sobre el colchón y aprovecho para desatarle las zapatillas.

—No tiene gracia, zorra —espeta Sierra, pero se hace un ovillo sobre su cama—. Deberíamos haber dicho algo el año pasado. Nada de esto habría pasado.

—¿El año pasado? —pregunto, acercándome para quitarle las sandalias a Sierra.

—Sí, cuando vimos a Gibby y a esa guarra en el mundial —explica Sierra arrastrando las palabras, pero haciéndose entender perfectamente bien.

—¿Gibby y Dani? —pregunto con dureza, levantando la voz, aunque enseguida vuelvo a bajarla hasta convertirla en un susurro—. ¿Visteis a Gibby y a Dani el año pasado en el mundial?

—Sí, en la sala de entrenadores, ella estaba de rodillas asegurándose de que él no contase lo de que se dopaba. Lo sé.

La última parte es una estupidez. Dani no se dopaba, la USOF y el FBI ya lo han demostrado. Por eso arrestaron a Gibby en primer lugar, por falsificar los resultados, pero me esfuerzo por entender lo que Sierra acaba de revelarme.

—¿Visteis a Dani y a Gibby juntos en el mundial el año pasado y no habéis dicho nada? ¿No se lo habéis contado al FBI?

Sierra pone los ojos en blanco y después se queja. Supongo que el mundo le da vueltas.

—¿A ti qué te importa? Jódete, Audrey Lee —me grazna sin ningún sentido y yo quiero zarandearla, despertarla, tirarle café bien fuerte por la garganta hasta que se despeje y me cuente todo lo que sabe, pero en lugar de eso veo cómo cae sobre la almohada.

Jaime ronca levemente detrás de mí, pero me quedo mirando fijamente a Sierra. Tiene la boca abierta, pero la respiración se está volviendo lenta y regular. Se está durmiendo.

¿Qué demonios se supone que tengo que hacer?

No me duermo. En mi habitación, entro y salgo de la inconsciencia, pero dormir no es la palabra que usaría para describirlo.

No dejo de pensar en Gibby y en Dani y en que hay dos testigos oculares del abuso al que la sometió. Voy a contárselo a los del FBI, a la señora Jackson y a Janet. Lo primero que haré por la mañana será contarles lo que Sierra me ha dicho esta noche y ellos harán lo correcto. Tienen que hacerlo.

¡Pum!

Abro los ojos de golpe por el ruido y me siento en la cama. El corazón me golpea con fuerza las costillas mientras la habitación se va enfocando. La luz del sol entra por la ventana. Es por la mañana.

La puerta se ha cerrado de golpe, de ahí el ruido.

Echo un vistazo a mi alrededor, la cama de Emma está vacía excepto por un montón de fundas nórdicas y Sierra está a los pies de mi cama con los ojos inyectados en sangre, la piel pálida con un leve tono verde, pero claramente sobria.

—¿Cuánto te conté? —me pregunta, con los brazos cruzados sobre el estómago, como si estuviera conteniendo el vómito.

—Todo —contesto entornando los ojos.

Se queda mirándome durante mucho rato, su respiración es lenta y regular.

—Entonces, se lo contaré todo —afirma por fin.

Una oleada de alivio me recorre el cuerpo. Va a hacer lo correcto.

—Con una condición.

O tal vez no.

—Dios no permita que por una vez hagas lo correcto sin más.

—Cállate, he echado cuentas. Nuestras calificaciones están empatadas. Tú y yo somos intercambiables y, dejémoslo claro, la única razón por la que te han elegido es porque te estás tirando a Leo.

—Yo *no* me estoy tirando a Leo y me han elegido porque voy a ganar el oro en la barra —contesto con los dientes apretados.

—Lo que tú digas —replica restándole importancia—. Quieres que haga lo correcto, ¿verdad? Que les diga lo que vi.

—Sí.

—Si tanto lo quieres, entonces me cederás tu puesto.

—Quieres que yo... ¿qué? —pregunto, sabiendo que jamás en la vida haré lo que ella está sugiriendo.

Llevo trabajando toda mi vida para esto, ¿cómo habría de renunciar a ello solo porque Sierra sea una furcia mentirosa?

—Piénsalo —dice encogiéndose de hombros—. Es un intercambio sencillo, tú por mí. Dices que tu espalda está empeorando y que ya no puedes soportar el dolor.

—Yo les contaré lo que visteis.

—Y yo diré que no es verdad. Nunca se sostendrá en un juicio, pero ¿una testigo ocular que lo vio hace un año, mucho antes de que lo acusaran? Lo encerrarán durante mucho tiempo. Puedes estar segura.

Y de repente, al escuchar esas palabras, al saber que eso aseguraría la acusación contra Gibby, todo se vuelve muy sencillo.

Dani me salvó a mí y ahora yo la salvaré a ella.

—Vale —me escucho decir—. Vale, lo haré.

Sierra se ilumina inmediatamente, una sonrisa le llena la cara.

—Pensaba que lo harías. Los agentes están aquí ahora mismo. Deberías ir a decirle a la señora Jackson que te retiras y, cuando lo hayas hecho, iré a decirles «lo mucho que me asustaba» contarlo hasta ahora.

Trago saliva con dificultad y asiento. Si voy a hacerlo, debo hacerlo ya, como cuando te arrancas una tirita, antes de cambiar de opinión. Es lo correcto. Voy a hacer lo correcto y eso me costará todo.

Insensible, sigo a Sierra fuera del cuarto y por las escaleras.

Voy solo unos pasos por detrás de ella, mirándome los pies para asegurarme de no tropezar. Me tiemblan las manos, así que me aferro a la barandilla, pero casi doy un traspiés cuando Sierra grita:

—¿Qué has hecho, zorra estúpida?

No sé qué me imagino, pero me abrazo a mí misma esperando que venga a por mí, pero en lugar de eso, ella tiene los ojos fijos delante de sí, hacia el salón. Emma, Chelsea y Dani están sentadas en el sofá, Janet y la señora Jackson están a su lado.

Jaime, no obstante, está al pie de las escaleras con los agentes Farley y Kingston, tiene también un tono verdoso en la piel de la noche anterior y los ojos inyectados de sangre y llenos de furia.

—¡Estoy harta! —brama—. Te crees muy lista haciendo un trato con Audrey, su puesto por tu testimonio. ¿Y qué? ¿Tú te vas a Tokio y yo me quedo aquí mirando? Yo también los vi juntos y tú dijiste que no debíamos contárselo a nadie. Dijiste que no había nada que nosotras pudiéramos hacer, que solo nos meteríamos en problemas o conseguiríamos que las siguientes fuéramos nosotras. Todo es culpa tuya. No debí hacerte caso. Debería haber contado la verdad entonces y ahora lo he hecho y adivina, Sierra. ¡Tú pierdes!

—¡Basta! —dice con firmeza el agente Farley por fin, haciéndose con el control de la estancia.

—Señora Jackson, vamos a necesitar que usted, Sierra y Jaime vengan con nosotros.

Desaparecen en la cocina y en ese momento lo sucedido me golpea como una patada en el pecho.

Jaime ha delatado a Gibby y, en cierta forma, a Sierra. Les ha contado a los agentes lo que vio en el mundial. El FBI tiene la información que necesita, la que confirma la historia de Dani. Gibby irá a la cárcel, ¿y yo? Voy a competir con el equipo de Estados Unidos en los Juegos Olímpicos.

Consigo terminar de bajar las escaleras, me siento entre las chicas y miro a mi alrededor, asimilando los rostros de todas, pero la amplia sonrisa de Dani es lo que me sobrepasa. El llanto llega intenso y rápido. Seguramente estoy asustándolas a todas, pero no puedo parar, el pecho se me hincha por el esfuerzo de tratar de respirar bien.

—Oye, oye, ya está. Respira —dice Chelsea, que de repente está a mi lado. Me rodea los hombros con el brazo y me aprieta en un abrazo. Es mucho más pequeña que yo, pero me aferro a ella, porque, si no, podría caerme—. Ya está.

—No tengo que hacerlo —consigo articular entre sollozos.

—Ya está —dice, y me aprieta con más fuerza.

Y así es. Ya está. Por fin, ya está.

# capítulo quince

Estamos muy orgullosos de ti, cariño —dice mi padre, y se le pixela toda la cara en la pantalla, sobre todo cuando mi madre se apretuja a su lado.

Ella me mira con una sonrisa enorme de satisfacción en el rostro, pero, luego, se oculta tras la revista que lleva entre las manos. Una semana después de que se anunciara de forma oficial a los miembros del equipo, otra vez, tuvimos que pasar un día con los medios de comunicación, además de un montón de sesiones fotográficas para publicidad previa al comienzo de los Juegos. La joya de la corona de todas aquellas largas horas delante de una cámara es la edición especial olímpica de la revista *Sports Illustrated*: las cuatro en la portada, los rostros de las gimnastas estadounidenses, tan diversas como el país al que representamos. Ya era hora. Cuando era pequeña, casi ninguna de las gimnastas se parecía a nosotras. Pero ahora, allí estábamos, tres mujeres que no somos blancas en primera plana, y estoy superorgullosa de ello.

—Tu primera portada en una revista. He comprado todos los ejemplares que tenían en la tienda y les he dicho a mis alumnos que les subiré la nota si encuentran más.

—Estoy segura de que al decano le encanta tu iniciativa —digo, e intento contener la vergüenza que siento al saber que varios universitarios arrasarán los quioscos para conseguir mejorar las notas de sus redacciones de Lengua.

—Y tanto —responde mi madre, bajando la revista, y vuelvo a

verle la cara, pero esta vez la sonrisa que se le dibuja en el rostro es de suficiencia—. Me ha pedido que le firmes un ejemplar.

—Eres una estrella —dice mi padre—. Y, hablando de estrellas, el agente de Emma nos llamó ayer. Lleva toda la semana contestando llamadas sobre ti.

—Uf, no será para una tontería, ¿no? No quiero que mi cara salga...

—No sé —me corta mi padre—, ¿la marca Adidas sigue siendo guay? Porque yo creo que sigue siendo guay...

—¿Estás de coña? —chillo. Aaron Judge trabaja con Adidas. Podría tener el mismo patrocinador que Aaron Judge y que un montón de superestrellas más. ¿Pero qué narices está pasando?

—¡Hola, Emma! —saluda mi padre. Veo cómo la susodicha los saluda con la mano en el reflejo de la pantalla de mi portátil.

—Hola, señor y señora Lee.

—Hola, cielo —responde mi madre—. Anoche cenamos con tus padres. Nos morimos de ganar de veros a las dos en Tokio.

—Y yo a vosotros —contesta Emma.

—Bueno, mejor cortamos, Rey. Debéis descansar. Mañana tenéis un vuelo muy largo.

Doce horas. En un avión. Con Emma.

Sí, sin duda será un vuelo muy largo.

—Buenas noches, chicos. ¡Os quiero!

Su imagen se queda congelada y cierro el portátil.

—Así que nuestros padres todavía quedan para cenar sin nosotras —se ríe, pero con voz chillona y en un tono de lo más falso.

—Sí. —No hemos hablado desde que enviaron a Sierra y a Jaime de vuelta a casa, a Oklahoma. La señora Jackson nos mandó la lista olímpica oficial y, como son suplentes, no pueden viajar con el equipo, pues Brooke y Sarah estarán en Tokio para sustituirnos si fuera necesario—. Emma, yo...

—La señora Jackson ha dicho que debemos bajar las maletas. —Mientras habla, mantiene la mirada clavada en su equipaje.

—Em...

—Cinco minutos —me corta, mientras sale de la habitación con las maletas, sin mirar atrás.

Ni siquiera sé qué pensaba decirle. Echo de menos a mi mejor amiga pero, aunque no podamos recuperar la relación, todavía quiero saber por qué se puso del lado de Sierra y Jaime, por qué no creyó en Dani.

Echo un vistazo debajo de la cama, donde guardo mi propio ejemplar de la revista, cuya portada me devuelve la mirada. Chelsea y yo estamos en los extremos, y Dani y Emma en el medio. Están una a espaldas de la otra, con los brazos cruzados a la altura del pecho, y con una expresión de dureza en los ojos. ¿Podría haber sido todo a causa de su rivalidad? ¿Eso bastaba para que Emma no creyese en la palabra de Dani?

—¡Audrey! Venga, vamos —me grita Chelsea desde el piso de abajo—. ¡Te necesitamos!

Meto la revista en mi bolsa de mano; después, saco mis dos enormes maletas a rastras de la habitación y bajo las escaleras con cuidado.

Dani y Chelsea están esperando, con expectación. Emma está junto a ellas, pero sigue sin mirarme, ni siquiera cuando bajo los últimos escalones y me quedo de pie junto a ellas.

—Señoritas, sin duda hemos vivido una gran experiencia, pero todavía tenemos que encargarnos de una última cosa antes de marcharnos al aeropuerto —dice la señora Jackson, mientras entra en la habitación con Janet. Lleva cuatro trocitos de papel en una mano, y cuatro bolis en la otra—. Necesitamos una capitana. Será una votación secreta, escribís el nombre en el papel y lo metéis. —Mira a su alrededor y, después, coge el gorro de lana que llevaba Leo; en cuanto quedan libres de su jaula, los rizos del muchacho rebotan con fuerza— ... aquí.

Desvío la mirada hacia Chelsea. Es la opción más evidente. Ya ha ido a los Juegos y sabe exactamente a qué nos vamos a enfrentar.

La señora Jackson nos da los trocitos de papel y, con cuidado, escribo el nombre de Chelsea; después, le sonrió cuando lo meto en el gorro. En realidad ya es nuestra capitana, así que está bien hacerlo oficial.

La señora Jackson mete la mano en el gorro, lee los cuatro trozos de papel y, después, levanta la mirada.

—Bueno, 3 a 1. Felicidades, Audrey.

¿Qué? ¿Va en serio?

Chelsea y Dani me estrechan en un abrazo, una a cada lado, y yo se los devuelvo, demasiado aturdida como para hacer otra cosa. Emma me sonríe y, después, hace ademán de coger su maleta y llevarla fuera para que el conductor la meta en la furgoneta.

Dejo de mirarla solo para ver que la señora Jackson me está analizando con mucha atención, con una ceja arqueada con interés, como si fuese un espécimen que le suscita fascinación.

Por fin, las chicas me sueltan y me vuelvo hacia Chelsea.

—Tendrías que ser tú, no es la primera vez que vas a los Juegos. Te lo mereces.

Dani pone los ojos en blanco.

—Chelsea te ha votado a ti.

—Pero porque uno no puede votarse a sí mismo.

—¿Te piensas que esta de aquí tendría problemas en votarse a sí misma si pensase que es la persona más indicada para el puesto?

Chelsea se encoge de hombros, y se mesa un mechón de pelo que se le ha escapado del moño.

—A veces, ser un líder es saber cuándo tú no eres lo más importante, sino que lo más importante es lo mejor para el equipo.

—Solo hice lo que habría hecho cualquiera —replico.

—No —resopla Dani—, cualquiera habría fingido no haber oído lo que dijo Sierra.

—No podría haber hecho eso.

—Exacto —responde Chelsea—, eso estamos diciendo. Tú, tú no podrías haberlo hecho.

Quiero discutir un poco más sobre el tema, pero entonces tendría que confesarlo todo. Tendría que contarles cómo Gibby me estaba preparando para ser su próxima víctima, y cómo el testimonio de Dani fue lo que me salvó, y cómo una mezcla de culpa, miedo, gratitud y amistad se materializó en mi voluntad por renunciar al sueño de toda mi vida con tal de asegurarme de que ese hombre se pudría en la cárcel el resto de su vida. Y no estoy preparada para hacerlo. Leo lo sabe y, por el momento, ya es mucho. Así que, en vez de contárselo, me encojo de hombros y me rindo.

Dani se echa a reír.

—¿Lo ves? Tenemos razón.

—Venga, capi —dice Chelsea por encima del hombro, mientras arrastra su maleta por la puerta principal—. ¡Tokio nos espera!

La marcha de Coronado es agridulce, sobre todo cuando veo cómo el sol sale a lo lejos, dotando al mundo de un matiz dorado mientras pasamos el puente a toda velocidad hacia San Diego. Cuando llegamos a Coronado, todas estábamos conmocionadas y tristes, y con algo más que un poco de miedo. Sin contar con mi recién adquirida capitanía, ahora ya no estaba conmocionada; pocas cosas hay en el mundo que puedan conmocionarme ahora. ¿Y la tristeza? Todavía permanece, pero es diferente, se ha acallado, se ha convertido en una especie de ruido de fondo. ¿Y el miedo? Bueno, se ha transformado por completo. Ha pasado del miedo a que se hubiese acabado para siempre mi sueño de ir a las Olimpiadas al miedo de ser la única que puede controlar el final de todo esto... La verdad, no sé qué me asusta más.

Ante este pensamiento, me trago el pánico, tal y como había apartado a un lado el dolor de espalda. Esto es lo que quiero. Es por lo que he trabajado durante toda mi vida y nada, ni siquiera la magnitud del hecho en sí, evitará que cumpla mis sueños.

La furgoneta frena junto al bordillo en la puerta de Salidas y nos guían por la muchedumbre de personas hacia el control de seguridad.

—Señoritas —dice la señora Jackson, mientras nos tiende nuestras tarjetas de embarque—, os veré en un par de días.

Se detiene y, por un momento, parece que va a añadir algo más, pero no lo hace. Extiende la mano y la estrecha con la de Janet; después, nos da un rápido apretón en los hombros y un besito en la mejilla. Soy la última y, cuando se aleja, veo cómo Leo rompe el abrazo con su madre.

Janet nos mira varias veces, con los labios apretados en una línea recta, la misma expresión que pone cada vez que hago un pequeño fallo en la conexión antes de bajarme de las barras.

—Mamá, un minuto, solo eso —dice Leo, suplicándole con la mirada—. Hemos hecho lo que nos pediste y creo que nos hemos ganado el derecho a despedirnos.

—Audrey, estaremos en la cola. Reúnete allí con nosotras —me dice la mujer, antes de lanzarle a Leo una mirada elocuente y alejarse con Chelsea, Dani y Emma tras ella.

—Bueno... —dice Leo, inclinándose hacia atrás—. Es el momento.

—Sí... —asiento. No se me ocurre nada que decirle. Me ha estado apoyando durante uno de los peores momentos de mi vida y no sé cómo se le puede agradecer eso a alguien.

—Audrey —me llama, con aquel tono de voz tan sonoro que pone cada vez que se toma algo en serio—, gracias.

—¿Cómo? —consigo articular—. Yo soy quien debería...

—No —replica—. Me refiero a que, después de haberte visto estas últimas semanas, de haber visto lo mucho que lo ansías, y lo duro que trabajas, quiero regresar y volver a intentarlo. Me has inspirado, Audrey Lee, mucho más que cualquier otra persona que haya conocido antes.

Sigo sin saber qué decirle, pero no tengo ni la menor duda de qué quiero hacer. Quiero ponerme de puntillas, cogerle de la sudadera que lleva y acercarlo a mí. Pero no puedo hacer eso, así que doy un paso hacia adelante y le envuelvo la cintura con los brazos, en un fuerte abrazo. Durante unos valiosos segundos, apoyo la cabeza en el pecho de Leo y él me devuelve el abrazo, y me estrecha entre sus brazos con dulzura. Si no me alejo pronto, lo que se supone que no es más que una despedida demasiado amistosa se convertirá en algo completamente distinto, así que deshago el abrazo y me alejo un par de pasos.

Miro hacia arriba: la comprensión en su mirada es evidente y esbozo una sonrisa tensa.

—Cuando vuelva de Tokio, vamos a tener esa conversación.

—¿Esa que es superseria?

—Ajá.

Ante mi respuesta, traga saliva con fuerza y se aleja un poco más, pegando los brazos a los costados, como si así evitase que se acercaran a mí de nuevo.

—Debo irme —digo mientras intento esquivar su mirada. Está siendo mucho más difícil de lo que me había imaginado.

—Ve y machácalas —dice con voz áspera.

Me alejo y no miro atrás. No me cuesta mucho encontrar a las demás en la cola del control de seguridad.

—Ahí ha habido mucha tensión —dice Dani, y me da un golpecito con el hombro.

Parece que Chelsea está a punto de explotar, pero niego con la cabeza y, después, me vuelvo hacia Janet.

—Muchas gracias —susurro, en voz queda.

La entrenadora asiente y se centra en su equipaje. Emma está delante de nosotras, mirando el móvil como si fuese lo más fascinante que hubiese visto en su vida.

Alguien de la Federación Olímpica, seguramente la señora Jackson, habría presentido que aquella era una gran oportunidad para conseguir buena publicidad, y habría filtrado que íbamos a tomar aquel vuelo porque, al llegar, la puerta de embarque está ataviada de arriba abajo con adornos de los Estados Unidos y nuestras fotos están pegadas cerca de la puerta. Justo debajo de ellas cuelga una pancarta que reza «Buena suerte, Emma, Dani, Chelsea y Audrey», escrito con pintura dorada.

Además, mientras esperamos al avión, por los altavoces de la puerta de embarque suena en bucle música muy patriótica. Es como si repitiesen cada canción que mencionase a nuestro país, desde el *Party in the USA*, de Miley Cyrus, hasta el *America*, de Simon & Garfunkel, al menos dos veces antes de que nos llamen para embarcar.

Janet ha pedido que seamos las últimas en subir al avión. Cuanto menos tiempo pasemos sentadas en él, mejor, aunque solo sean unos quince o veinte minutos menos, sobre todo para mí y mi espalda. Aguantar el vuelo es casi una parte de nuestro entrenamiento: si no lo hacemos bien, podría afectar mucho a nuestro rendimiento.

La clave está en dormir casi todo el viaje. Si lo conseguimos, llegaremos más o menos a media tarde con la sensación de que nuestro día acaba de comenzar, aunque un poco más tarde que de normal. Tenemos que engañar a nuestros cuerpos y hacerles creer que un vuelo de doce horas con diecisiete horas de diferencia horaria es, pues eso, lo más normal del mundo.

La USOF no ha reparado en gastos. Nos acompañan hasta la parte delantera del avión, hasta los asientos para dormir que se reclinan por completo. Ya había viajado antes en primera clase, pero no tenía nada que ver con esto.

Emma está en el asiento frente al mío y sonrío. Siempre nos sentamos juntas cuando viajamos hacia las grandes competiciones internacionales y estará bien hacerlo una última vez.

Quizá no sea más que la simple nostalgia de la situación, pero, cuando estamos a punto de sentarnos, me vuelvo hacia ella y le digo:

—Gracias, Em.

Me mira, con los ojos como platos, y es evidente que está sorprendida.

—¿Por?

—Por votarme para que fuese capitana. Fue... un detalle por tu parte.

—Te lo mereces —dice, se encoge de hombros y se pasa la mano por la mata de pelo pelirroja. Y, después, sonríe; una pícara sonrisa que conozco y que hacía mucho tiempo que no veía—. Además, necesitarás algo para consolarte después de ganar la medalla de plata en barras.

Se me escapa una fuerte carcajada y una señora un par de filas por delante de nosotras me lanza una mirada asesina; parece demasiado bien vestida como para estar a punto de pasarse doce horas sentada en un avión.

—Señoritas —nos llama Janet desde el otro lado del pasillo—, sentaos e intentad descansar un poco.

—

Consigo dormirme, o algo parecido, pero más que dormir como un tronco me zambullo en uno de esos raros momentos de duermevela, en los que estás dormida y despierta a la vez.

El vuelo se pasa en una nube borrosa a cámara lenta de bebidas, de comida que nos dejan y después se llevan y de un par de viajes al baño. Para cuando llego a la conclusión de que quizá habría sido mejor tomarme una pastilla para dormir, ya hemos pasado más de la mitad del viaje. Estoy agotada, se me está empezando a agarrotar la espalda y cada débil ronquido de Emma hace que me tiemble el ojo.

Doce horas en el avión, una hora en la cola de aduanas y casi una hora más entre el tráfico hasta la Villa Olímpica, y estoy sintiendo cada segundo que pasa. El dolor que puede aparecer un día o dos después de una inyección de cortisona (sobre todo si no te mueves mucho), está empezando a asomar esa fea cabeza suya justo donde me la inyectaron. Me siento como si alguien me estuviese dando martillazos en la parte baja de la espalda y el resto de mi ser no pareciese entender que es la tarde de hoy y que no está en mitad de la noche de ayer. Me pesan tanto los párpados del sueño que me planteo dejar caer todo mi cuerpo contra el suelo. Y, aunque solo llevemos un par de horas en el país, todo el tiempo que me he pasado explicando que en realidad no soy japonesa y que no hablo japonés ha sido una forma superdivertida de empezar los Juegos.

—Dejad las maletas, tenéis un poco de tiempo para descansar —nos dice Janet mientras uno de los representantes de las Olimpiadas nos acompaña a nuestra habitación, enfrente de la del equipo masculino de gimnasia, cuya música ya está rebotando contra las paredes—. Pero, recordad, tenemos una sesión de entrenamiento en un par de horas.

Entro a la habitación compartida justo detrás de Emma. No es tan glamurosa como la que teníamos en la casa alquilada de Coronado, pero como estamos en la Villa Olímpica, en la de verdad, pues lo dejo pasar de buena gana. Hay dos camas individuales idénticas con unos edredones de colores brillantes, adornados con el logo de los Juegos Olímpicos, y dos almohadas que parecen bastante mullidas. Ay, lo que daría por echar una siesta ahora mismo, pero no hay tiempo y, además, confundiría aún más a mi reloj biológico.

El único problema es que el aire acondicionado lucha contra el calor del exterior y hace un frío de locos en la habitación. El edificio es una torre de muchos pisos erigida en el agua y nuestra habitación da a otros edificios y a la enorme extensión de la bahía de Tokio, que se distingue azul, a lo lejos. Estamos a más de ocho mil kilómetros de la bahía de San Diego, de la que nos despedimos aquella misma mañana, pero me recuerda mucho más a Nueva York, justo donde los puentes conectan Queens y Brooklyn con la ciudad. El agua está turbia, pero eso no hace más que acrecentar la sensación de que estoy en casa.

Acordarme de mi casa me hace pensar en mis padres. Los llamaría, pero ahora mismo están montados en un avión de camino aquí.

—Parece que estemos en casa —dice Emma, acercándose por detrás.

—¿A que sí? —asiento, y está bien volver a hablar con ella—. Em, oye, siento...

Pero me corta.

—No, yo lo siento. Tenías razón, debería haberos defendido a ti y a Dani y no debería haber...

—No, pero cada una procesamos las cosas de forma diferente, y no debería haberte hecho sentir mal por cómo lo estabas superando. Pagué contigo la frustración que sentía por otros temas y no fue justo.

—¿Otros temas, como tener que alejarte de Leo Adams?

—¿Cómo te has enterado? —pregunto, sorprendida.

—Por favor, Rey, puede que nos hayamos peleado, pero sigo siendo la persona que mejor te conoce en todo el mundo.

—No era solo eso.

—Lo sé —dice—, te entiendo.

No termino de comprender qué me está diciendo, pero no tengo tiempo para preguntarle.

—¡Ya hemos llegado! —Dos voces emergen de la zona común, justo detrás de la puerta de nuestra habitación. Emma y yo damos un salto y casi nos chocamos con la puerta antes de salir por ella entre risas. Sarah y Brooke han llegado, las dos últimas piezas del Equipo Femenino de Gimnasia de los Estados Unidos, arrastrando sus maletas. Ya están abrazando a Dani y Chels, y se vuelven hacia nosotras.

—Bueno, a ver, ¿qué nos hemos perdido? —pregunta Sarah, mientras tira de mí para abrazarme.

Emma me mira y, después, observa a Dani y Chelsea. De pronto, a Dani le da una risa tonta, que acaba convirtiéndose en un buen ataque de risa. Las carcajadas son contagiosas y todas nos empezamos a desternillar mientras las dos recién llegadas nos miran como si hubiésemos perdido la cabeza.

Ya está.

Por fin, estamos todas juntas, y los Juegos Olímpicos pueden empezar.

# capítulo dieciséis

La Ceremonia de Apertura de los Juegos es esta noche, pero no vamos a llegar a tiempo.

En vez de dirigirnos hacia el Estadio Olímpico con el resto de nuestros compañeros gimnastas, vamos hacia al Centro de Gimnasia Ariake, con su tradicional tejado de cedro y unos bancos de madera para sentarnos. Tras casi una semana trabajando todo el día en un gimnasio de entrenamiento, ha llegado el momento de tomarnos las cosas en serio. No es el recinto más grande en el que he estado, pero sin duda es el más importante de mi vida y el pulso se me acelera un poco más cuando rotamos por los cuatro aparatos. Hoy los doce mil asientos están casi vacíos, solo han venido los medios de comunicación y un par de equipos más que están aquí para observar nuestras rotaciones por los podios de entrenamiento.

Dicho así puede sonar como que practicamos de pie en los podios donde nos darían las medallas, saludando al público, pero en realidad lo que hacíamos era practicar en las plataformas de entrenamiento donde habían montado el potro, las barras, la barra de equilibrio y el suelo para conseguir que la gente pudiese verlo mejor desde las tribunas. Es algo a lo que estamos acostumbradas; todas las competiciones importantes de los Estados Unidos se llevan a cabo en esas plataformas y también las tenemos en los Mundiales, pero siempre es agradable poder practicar un poco en la pista antes de la verdadera competición, y palpar el equipo, sobre todo si tenemos en cuenta que estar en un podio como ese puede hacer que rebotes un poco de más y, por lo tanto, es mucho más complicado controlar el movimiento.

Siendo honesta, cambiaría un millón de Ceremonias de Apertura por el entrenamiento que tuvimos aquel día. Fue la perfección absoluta. En este momento, somos una máquina bien engrasada y eso se lo debemos a Janet. Estoy aquí, en los Juegos, por todos esos entrenamientos de una única sesión al día contra los que me rebelé cuando llegamos a Coronado. Estoy bien de salud (relativamente hablando), y eso es lo que importa.

Un voluntario de las Olimpiadas con un cartel con las siglas EE. UU. escritas en él nos guía fuera del estadio y nos lleva por un pasillo muy mal iluminado, que lleva al gimnasio de entrenamiento y a los vestuarios.

—Habéis estado fantásticas, señoritas. —Una voz resuena contra las paredes de cemento del pasillo. La señora Jackson sale de entre las sombras mirándonos, con una sonrisa en el rostro. En vez del traje de falda y los zapatos de tacón de aguja que lleva siempre, viste un chándal blanco elegante con las siglas EE. UU. en la solapa y unas zapatillas blancas a juego. Que la señora Jackson esté aquí con nosotras es otra señal más de que la última semana ha sido solo eso, entrenamiento. Las cosas están a punto de ponerse serias, muy serias.

—¿Puedo robarte a Dani y a Audrey un segundo? —pregunta.

—Tenemos la rueda de prensa en diez minutos —le recuerda Janet.

—Estarán contigo para entonces —promete la señora Jackson.

—¿Qué ocurre? —pregunto, y abandono la fila mientras el resto de mis compañeras siguen a Janet por el pasillo para el que será nuestro primero encuentro con los medios de comunicación desde que aterrizamos en Tokio.

—Quería advertiros, a las dos. No puedo controlar a los medios internacionales tal y como hacía en casa, y me han llegado rumores de que nuestras suplentes han estado hablando con la prensa.

Dani, les hemos pedido que tengan delicadeza contigo y tus circunstancias, pero no podemos hacer mucho más que eso.

—No pasa nada —responde Dani, pero la sonrisa que dibuja al contestar es un poco temblorosa. Extiendo la mano, se la cojo y le doy un suave estrujón.

—Estoy contigo.

—Gracias, capi.

La señora Jackson nos mira con las cejas arqueadas y, después, centra toda su atención en mí.

—Audrey, ¿recuerdas que te dije que debías mantenerte alejada de Leo Adams?

Arrugo la nariz y me preparo para lo que sea que vaya a decirme tras esa pregunta.

—Sí.

La señora Jackson suspira, negando con la cabeza.

—¿Hay alguna razón para pensar que los medios de comunicación informen de lo contrario?

Cojo con más fuerza la mano de Dani y ella me devuelve el apretón.

—¿Me despedí de él en el aeropuerto con un abrazo? —me aventuro, aunque soy consciente de que no se refiere a eso.

Mi mente retrocede en el tiempo a aquella noche en la playa, acurrucados bien cerquita en la arena, corriendo hacia el agua tras dejar nuestra ropa en la orilla. Soy una pedazo de idiota.

—¿Alguna otra razón? —insiste, frunciendo los labios como si me estuviese desafiando a negar la realidad.

Pero no es así.

—Fue justo después de la segunda competición, después de hablar con los agentes del FBI; estaba flipando y necesitaba hablar con alguien y... estaba allí, ¿sabe? —Mi voz se pone cada vez más aguda y hablo cada vez más rápido a medida que el miedo disminuye—. Y, además, no creo que esté bien que alguien me diga con quién puedo pasar el tiempo, sobre todo después de lo que ha ocurrido con las últimas personas que estaban al mando. Tenemos derecho a tomar nuestras propias decisiones. Tengo ese derecho.

La señora Jackson arquea una ceja, pero responde:

—Estoy de acuerdo. Quizá me haya precipitado un poco al pedirte que evitaras cualquier contacto con Leo.

«Joder, ¿funcionó?»

Si no la conociese, habría dicho que el sonido que sale de su boca es un mero resoplido, pero estoy muy segura de que Tamara Jackson jamás habría hecho algo tan indecoroso.

—Dales respuestas sencillas y sin desviarte del tema, y ya está —dice, y nos da permiso para marcharnos.

Chelsea y Emma nos tiran los chándales a la cabeza en cuanto atravesamos la puerta del vestuario. Todavía me estoy subiendo la cremallera de la chaqueta cuando salimos hacia la sala de conferencia, apenas un minuto después.

Hay un gran estrado y filas y filas de periodistas sentados frente a nosotras, con las cámaras de vídeo ocupando el fondo de la zona dispuesta para la prensa; tienen las lucecitas rojas encendidas, listas para grabar toda la sesión. Las sillas que están en el estrado llevan nuestros nombres pegados con cinta adhesiva a la parte de atrás, y además hay unas tarjetitas encima de la mesa, para que todo el mundo sepa quiénes somos.

Comienzan las preguntas a poco, y la mayoría quiere saber cómo nos hemos sentido durante el entrenamiento en los podios, si nos gusta la Villa Olímpica, qué pensamos de la inminente competición y, al final, una pregunta que se nos clava en el pecho con todo su peso.

—¿Cómo os encontráis al venir a los Juegos Olímpicos sin vuestros entrenadores personales?

El rostro de Pauline se me aparece en la mente: la larga coleta rubia, esos ojos azul glacial... y el momento en el que la vi por última vez, desapareciendo tras cerrarse la puerta del Centro de entrenamiento de Gibby. Mi mirada se cruza con la de Emma durante un segundo. Está un poco más blanca que de normal. Lo más probable es que se esté preguntando lo mismo que yo: ¿hasta dónde sabría Pauline de las cosas que hacía Gibby, de las pruebas antidopaje, de lo que le hizo a Dani?

Chelsea es la primera en recomponerse tras la pregunta.

—Trabajar con Janet Dorsey-Adams ha sido una experiencia increíble y estamos muy agradecidas de que nos diese una mano cuando la necesitábamos.

—Y, Audrey, ¿qué tienes que decir de las conjeturas que afirman que la entrenadora Dorsey-Adams tuvo un conflicto de intereses al elegir al equipo teniendo en cuenta la relación que mantienes con su hijo?

Me enderezo en la silla y hago todo lo que puedo por dar cualquier respuesta vaga y aburrida que hubiese oído responder a un atleta en una rueda de prensa o entrevista.

—Todo el mundo vio la elección en directo por televisión. La señora Jackson y la entrenadora Dorsey-Adams explicaron por qué escogieron al equipo que está aquí y su criterio de selección no difirió del que se ha seguido en el pasado: rendimiento, experiencia, y posible éxito como equipo y como competidoras a nivel individual. No tengo nada más que añadir.

Un murmullo de contrariedad recorre la multitud de periodistas, y nos hacen otra pregunta.

—Dani —Todas nos ponemos tensas al escuchar su hombre—, ¿qué tienes que decirles a los escépticos que están allí fuera que creen que tus acusaciones contra el entrenador Gibson son una forma de encubrir una historia de abuso de drogas para mejorar tu rendimiento?

Un silencio incómodo se adueña de la sala mientras Dani parpadea y se remueve un poco hacia adelante, estirando la mano para recolocar el micrófono. Pero, antes de que pueda hablar, Emma se inclina hacia su propio micrófono y carraspea.

—Ya contesto yo —dice, y todas volvemos la cabeza hacia ella.

Está justo sentada a mi lado y, cuando empieza a hablar, me coge de la mano bajo la mesa, un gesto invisible a ojos de la multitud que tenemos frente a nosotras—. Dani no... —titubea y le aprieto un poco la mano—. Dani nunca haría trampas. Sus pruebas jamás dieron positivo y la Federación Olímpica ha demostrado su inocencia, como la de todas nosotras. Agentes del FBI en persona detuvieron al hombre que afirmó que Dani había hecho trampas. Y si eso no les basta, puedo decir, como la persona que más tiene que perder con su presencia en estos Juegos, que yo la creo.

No sé si lo dice en serio o si es todo una pantomima. Emma siempre ha sabido manejar bien a la prensa, sabe cómo decir justo lo correcto para tener a los periodistas comiendo de su mano, pero suena sincera, o al menos yo quiero creer que es así. Es mi mejor amiga, y quiero recuperarla.

—Yo también —digo.

—Y yo —afirma Sarah.

—Yo creo en Dani —añade Brooke.

Y, al final, Chelsea es la última en hablar.

—Nosotras creemos en Dani. ¿Y vosotros? —Entonces, señala al periodista con la cabeza—. Y tú, tú puedes irte a la mierda.

Me levanto, tirando de Emma, y el resto me sigue mientras las guio fuera del estrado, en un claro anuncio de que nuestra rueda de prensa se ha acabado. Los periodistas no dejan de alzar la voz unos por encima de otros mientras nos marchamos, pero sus gritos desaparecen cuando la puerta se cierra de golpe a nuestras espaldas.

—¿En serio, Chelsea? —pregunta Janet, mientras nos mira y niega con la cabeza exasperada. Al ver que ninguna de nosotras muestra el más mínimo signo de arrepentimiento, se echa a reír.

Chelsea se encoge de hombros y sacude la mano por encima del hombro, quitándole importancia al asunto.

—Ese gilipollas se lo merecía.

Janet nos mira a todas; somos un grupo, todas unidas.

—Sí, tienes razón, se lo merecía.

—

Mi despertador está puesto para las siete de la mañana, pero no me sorprende despertarme antes de que suene. Emma ya está despierta y me está mirando. Durante todos estos años que llevamos compartiendo habitación en las competiciones, nunca he conseguido madrugar más que ella.

Arrugo la nariz mientras la miro.

—¿Estás observándome mientras duermo, rarita?

—Te estaba mirando fijamente hasta que tus instintos de supervivencia se diesen cuenta y te despertaras —dice, entre risas.

Apartamos los edredones al mismo tiempo y me vuelvo hacia ella.

—Oye, Em.

—Dime —responde.

—Hoy, hoy seremos atletas olímpicas.

Emma deja escapar un chillido agudo de alegría que le nace del fondo de la garganta, aparta las mantas a un lado y se sube a la cama, saltando arriba y abajo. Hace mucho tiempo que no la veo tan emocionada y es contagioso. Se me pone toda la piel de gallina, apoyo la cabeza en la almohada y me entra la risa tonta.

Entonces, siento la vibración de mi móvil bajo el cojín.

«¡Machácalas!»

El mensaje de Leo es corto y directo. Le contesto con el emoticono del corazón, pero esta mañana no tengo tiempo para nada más.

Es el día de la Clasificación; hoy se decidirá nuestro destino, para bien o para mal.

¿Un saltito de más en esa cadena de piruetas? Besas el suelo y adiós a las finales.

¿Una duda entre los enlaces subida a la barra de equilibrio? Lo siento, adiós medalla, prueba de nuevo en cuatro años.

¿Tu puntuación está una milésima por debajo de la de dos de tus compañeras de equipo en cualquier disciplina, aunque seas la mejor del mundo en esa prueba? Pues ya puedes poner el culo en las gradas, porque en la final solo pueden participar dos gimnastas por país.

Nuestros maillots son de un brillante blanco metalizado con un montón de cristales que nos cubren los brazos desde el hombro hasta la cintura y, tras una ducha rápida, tenemos mucho cuidado con el peinado y el maquillaje. Hoy, todo tiene que estar perfecto.

Me quedo mirando mi neceser de maquillaje, intentando elegir la sombra de ojos correcta, mi armadura personal para las competiciones importantes.

—Oye —digo, y me giro hacia Emma, que se está secando el pelo y dejándolo tan liso que parece una brillante cortina roja—, ¿qué te parece si todas llevamos sombra de ojos verdeazulado?

—¿Verdeazulado? —pregunta, un par de segundos después, arrugando la nariz.

—Es el color para la sensibilización de las agresiones sexuales. Además, podría haceros a todas un impresionante delineado de ojos para conseguir que destacara un montón.

Emma se me queda mirando una fracción de segundo y, al final, una lenta sonrisa ocupa su rostro.

—La verdad es que es una idea brillante.

—Primero se lo tengo que preguntar a Dani —digo, y me levanto del suelo, dispuesta a cruzar el pasillo, pero Chelsea ya esta entrando a nuestra habitación con Dani detrás y con Brooke y Sarah pisándoles los talones.

—Ya te hemos oído, y es perfecto —afirma Chelsea, y Dani asiente, y para mí que se está secando las lágrimas de los ojos.

—Ten —dice Emma, y le tiende una caja de pañuelos de papel que tiene en la mesita.

Todas nos quedamos paralizadas. Parece... no sé, es una simple caja de pañuelos de papel, pero de pronto parece algo más, como una ofrenda de paz. Es un gesto que dice mucho más que sus palabras en la rueda de prensa de ayer porque estamos solo nosotras, sin cámaras ni periodistas, solo sus compañeras de equipo.

Dani se queda completamente inmóvil por un segundo y, entonces, extiende la mano y coge la caja.

Emma se encoge un poco de hombros, como si supiese lo rara que es la situación.

—Oye, yo... perdona, son de los baratos, no son de los perfumados.

La sonrisa de Dani vuelve a titubear un poco, pero coge un pañuelo y se seca los ojos.

—Gracias, Em.

Emma desvía la mirada, y se concentra mucho, quizá demasiado, en dejar la caja de pañuelos de papel en la mesita; tiene los ojos sospechosamente vidriosos.

—Bueno, si vamos a empezar a llorar todas, tendremos que hacerlo antes de que convierta estas caras en unas obras de arte.

Agito mi paleta de sombras de ojos favorita, la que tiene la sombra de ojos verdeazulada perfecta, y un delineador negro azabache delante de sus narices.

—Pero ¿qué dices? —pregunta Chelsea, sentándose en mi cama y señalándose el rostro con la mano—. Si esto ya es una obra de arte.

Todas nos reímos y empiezo a buscar en mi paleta, tratando de dar con el tono perfecto de verdeazulado. Así tendría que haber sido todo desde un principio.

—

—¡Los Estados Unidos de América! —anuncia el presentador, y su voz resuena por todo el estadio con el estruendo de la multitud como respuesta. La piel se me pone de gallina cuando las seis, juntas, levantamos el brazo izquierdo en el aire y saludamos al público.

Es muy muy temprano, pero el estadio está a reventar. Estamos en la misma subdivisión que el equipo japonés y la muchedumbre se encuentra dividida por los seguidores de ambos países casi a partes iguales. Estoy convencida de que mis padres están allí, en las gradas, pero encontrarlos sería casi imposible aunque me empeñase. Verlos en persona, después de todo lo que ha pasado, después de estar tanto tiempo separados, podría ser demasiado para mí. Me han enviado un mensaje antes, y eso tendrá que bastar. Debo concentrar toda mi energía en una sola y única cosa: clavar mis ejercicios.

—¡Japón! —anuncia el presentador poco después, y los seguidores estallan de nuevo en vítores, apoyando al equipo local.

Será divertido.

Un camarógrafo nos sigue hasta la plataforma de las barras asimétricas, donde un voluntario nos guía escalones arriba. Como grupo, nos volvemos para mirar de frente al jurado. El jurado de los Juegos Olímpicos. Cierro los puños con fuerza, y los dedos se me clavan en los protectores que ya llevo atados a las muñecas para mi primer ejercicio en las Olimpiadas. La música suena a todo volumen por los altavoces y el público hace entrechocar los palos hinchables al ritmo de la melodía, para animarnos, y los golpetazos van acompasados a mi ritmo cardíaco, que no deja de acelerarse.

Inhalo y, después, exhalo, despacio.

Una sirena suena con fuerza por encima de la música: es la señal de que ha llegado la hora de calentar. Saludamos a los jueces y nos volvemos al unísono hacia las barras asimétricas, donde están Janet y el entrenador de Brooke, poniendo tiza en los cilindros de fibra de vidrio de los que nos colgaremos en apenas un par de minutos.

Lo hemos practicado una y otra vez, repasando las secciones de nuestro ejercicio antes de bajarnos de un salto y dejar paso a la próxima compañera por orden de competición, y, de pronto, cuando se acaba el tiempo de calentamiento, Brooke se queda en el podio sola, esperando para comenzar con su ejercicio en las barras y dejar que nosotras entremos en acción.

Este aparato es su especialidad, así que es el único ejercicio que tiene para hoy.

—¡Ánimo, Brooke! —grito, mientras la aliento con un par de palmadas; una pequeña nube de tiza se me escapa de entre los dedos mientras mi compañera toma impulso en el trampolín y llega hasta la barra alta.

Ocurre justo al principio de su ejercicio, no es más que un medio giro para un cambio de agarre antes de su primera suelta, pero se le escapa la mano y, en vez de cogerse de la barra, se cae y acaba de rodillas justo debajo de la barra alta, abriendo y cerrando los ojos sin parar; ni siquiera le faltaba el aire aún. Apenas había empezado su ejercicio, y todo se había acabado. Se ha caído. No hay final. No hay medalla. Las Olimpiadas han terminado para ella.

Brooke se levanta y se acerca a la tiza, mientras se ajusta los protectores.

Miro al resto de mis amigas, pero todas tienen la mirada clavada en ella, en silencio, como yo. ¿Qué le podemos decir? ¿La animamos para que siga con su ejercicio? ¿Para que lo termine con garra e intensidad? ¿No decimos nada?

¿Qué se le dice a alguien cuyo sueño acaba de terminarse justo delante de tus ojos?

Brooke se sube de nuevo a las barras y retoma su ejercicio, desde el principio. Ejecuta el sencillo cambio de agarre con la misma facilidad con la que respira cada día y, después, continúa con el resto del movimientos. Aterriza con autoridad sobre la colchoneta, tras su salida con doble plancha, a pesar de la inevitable puntuación que recibirá: un punto menos por la caída y algunas décimas por no mantener la postura y por no controlar el movimiento justo antes de que el cuerpo diese contra la colchoneta.

Se baja del podio de un salto y sale corriendo directa a su entrenador quien, además, es su padre. El hombre la abraza con fuerza y ninguno de los dos levanta la mirada cuando, un par de minutos después, aparece la puntuación de la chica, un 14.0. Sin la caída, habría superado los 15 puntos de sobra. Lo más probable es que hubiese llegado a la final, y nos habría machacado a Emma y a mí, pero eso no pasará. Pasará lo que queda de los Juegos Olímpicos siendo una espectadora.

—¡Ahora, en las barras asimétricas, representando a los Estados Unidos de América, Chelsea Cameron! —anuncia el presentador y, esta vez, me quedo callada mientras Chelsea da un pequeño salto y se agarra de la barra baja.

Chelsea es buenísima y lucha con uñas y dientes por completar su ejercicio. Se está preparando para la salida, una gran vuelta, otra, y otra más y, entonces, se golpea los pies con la barra baja. Se suelta, hace una pirueta en su doble mortal hacia atrás y aterriza con el pecho contra las rodillas, pero con los pies colocados con firmeza sobre la colchoneta. No tengo ni la menor idea de cómo ha conseguido salvarlo. Es un gran error, pero la verdad no es que tuviéramos las esperanzas puestas en que ella ganara la medalla de oro en barras.

Chelsea ayuda a Janet a ponerle tiza a las barras para el ejercicio de Dani y, después, de un salto, llega hasta nosotras, y nos saludamos con un choque de puños.

—¿Estás bien? —le pregunto, mientras ella cambia el peso de una pierna a la otra y estira y flexiona los dedos de los pies.

—Sí —asiente—, solo ha sido un estúpido lapsus mental.

Su puntuación se ilumina en el tablón, 13.0, y, después de lo ocurrido, es una puntuación justa.

Janet se acerca a nosotras de un salto y también comprueba cómo está Chelsea; esta le responde que está bien, mientras clavamos la mirada en Dani.

—¡En barras asimétricas, representando a los Estados Unidos de América, Daniela Olivero!

Nunca había oído nada parecido al clamor que estalla entre el público en este momento, una ola de ruido que no hace más que crecer. Dani se prepara, pero desvía un segundo la mirada hacia las gradas antes de centrarse en los jueces, esperando a la señal para empezar.

La luz pasa de rojo a verde y, tras respirar hondo, saluda y empieza el ejercicio.

La ola de gritos de ánimo y de apoyo que aumentaba sin parar se acalla casi al instante y se convierte en un silencio lleno de respeto; de fondo solo se escucha la música ambiental, pero hasta eso parece desaparecer, superada por los chirridos de las barras asimétricas.

Dani se suelta de la barra alta y se vuelve a coger a ella, un Tkatchev, y después pasa de una barra a la otra pero, cuando se agarra de la barra baja, se queda sin inercia. Se ha agarrado demasiado cerca. No es lo mismo que una caída, pero es... bueno, es malo. En un segundo reafirma el agarre y, entonces, crea su propio impulso para retomar el ejercicio, utilizando la barra baja y balanceándose una y otra vez. Un par de segundos después, se desplaza hacia la barra alta y se balancea para preparar la salida; una vuelta, dos, tres que se transforman en una perfecta doble plancha. Lo ha salvado muy bien, pero no bastará para enmendar ese fallo.

Saluda al jurado y se baja corriendo del podio hacia nosotras, mientras se deshace de los protectores. Quiero acercarme a ella, pero no puedo. Todavía tengo que competir. Chelsea se sienta con ella en las sillas que hay cerca de las paredes del estadio y me estremezco cuando me giro y veo su puntuación.

13.7.

Eso pica.

Estoy empezando a pensar en que es un patrón. Es normal que a veces haya errores tontos por accidente, pero ¿tres seguidos? ¿Primero Brooke, después Chelsea y ahora Dani? Hago un esfuerzo y me trago el creciente miedo que se me está apoderando del pecho, y miro a Emma, la siguiente en el ejercicio de barras.

Luz verde, saludo, y mi mejor amiga se balancea hacia adelante y hacia atrás, arriba y abajo, rodeando y pasando de una barra a la otra. Es un ejercicio coreografiado a la perfección, ni un dedo del pie fuera de lugar, ni un solo espasmo de codos o de rodillas.

Aterriza con su doble plancha, de pie sin problema alguno, y con los brazos levantados para saludar. Después, se vuelve y aplaude por el fantástico ejercicio que ha hecho antes de bajarse del podio de un salto y venir derechita hacia mí.

—¡Vamos, Rey, puedes hacerlo! —me chilla y nos chocamos la mano, levantando una nubecita blanca de tiza.

Es lo que necesitábamos, que nuestra mejor gimnasta nos guiara hacia la dirección correcta. Y, ahora, voy a hacerlo mejor.

Levanto los brazos por encima de la cabeza y los hago girar una, dos y tres veces antes de moverlos de atrás hacia adelante, acercándome a las barras.

Janet y Emma las están cubriendo de tiza como saben que me gusta, con una fina capa de polvo, lo suficiente para cogerme bien sin que se formen montoncitos de tiza que me molesten mientas me balanceo.

—A por todas, Audrey —me anima Janet en voz baja, justo cuando hacen pública la puntuación de Emma, un 15.1.

Y, entonces, me quedo sola.

—En barras asimétricas, representando a los Estados Unidos de América, ¡Audrey Lee!

No oigo los vítores del público. No escucho nada. Tengo la mirada fija en una única cosa, la luz que brilla en la esquina de la plataforma. Titila y pasa del rojo al verde. De cara al jurado, saludo, un brazo en lo alto y el otro hacia un lado, con un ademán ostentoso y, después, empiezo.

Cada movimiento técnico fluye tras el anterior, de la barra baja a la alta, de nuevo a la baja, mis agarres arañando la fibra de vidrio, soltándome y cogiéndome con precisión, la zona media de mi cuerpo aguantando con fuerza mientras hago el pino; las rodillas, los dedos de los pies y los codos alineados a la perfección. Estiro las manos, me cojo, después me balanceo, una pirueta, aterrizo en vertical y de nuevo hacia abajo, me suelto y me elevo en el aire, una pirueta, dos, tres y aterrizo sobre la colchoneta, con las rodillas un poco flexionadas, pero eso es todo. Me enderezo, con los brazos levantados, y el ruido estalla a mi alrededor y me devuelve a la realidad.

Saludo a los jueces y salgo corriendo del podio. Las chicas me están esperando a los pies de la escalera; recibo varios choques de manos y de puños que correspondo.

—¡Vamos, chicas! —grito, y las cinco me contestan asintiendo antes de separarnos para coger nuestras bolsas y prepararnos para el próximo aparato.

Ahora toca la barra de equilibrio, y vamos a petarlo.

Suena la sirena y caminamos hasta la barra. Tiro de mis protectores y, entretanto, logro echarle un vistazo a una de las tablas de puntuaciones.

| CLASIFICACIÓN GENERAL INDIVIDUAL | |
|---|---|
| Audrey Lee | 15.3 |
| Emma Sadowsky | 15.1 |
| Daniela Olivero | 13.7 |

Me entran ganas de sacar el móvil y hacerle una foto. Voy la primera en la competición general de los Juegos Olímpicos... aunque solo sea por unos minutos. Me parece que es algo que debería conmemorar.

«Vale, Audrey, ya está bien. Tienes que concentrarte en la barra de equilibrio.»

Saludamos a los jueces y hacemos un breve calentamiento. La barra de equilibrio está un poco inestable, como pasa siempre que la colocan encima de una plataforma, pero el entrenamiento que hicimos ayer nos ayudó un poco.

La sirena suena de nuevo; indica el final del calentamiento y Chelsea se coloca al lado de la barra, pues es la primera del equipo en participar. La barra de equilibrio no es su fuerte, como tampoco lo son las barras asimétricas, pero esta vez realiza todo el ejercicio sin errores, con solo un par de tambaleos aquí y allá.

Un resultado que puedo mejorar.

Choco el puño con Chelsea en los escalones mientras ella baja del podio y yo subo hasta el aparato. Janet está recolocando el trampolín para mi ejercicio y, cuando se aleja, doy un par de saltos en él; después, me inclino hacia adelante para asegurarme de que está a la distancia adecuada. Está perfecto.

Me muevo hacia delante y hacia atrás sin mover los pies con cada segundo que pasa mientras esperamos a que anuncien la puntuación de Chelsea. Al otro lado del estadio, una de las gimnastas japonesas está acabando su ejercicio de suelo, el público aplaude al son de la música, pero aparto la mirada. La puntuación de Chelsea aparece en pantalla, 13.0, y la luz roja se ilumina y pasa al color verde.

—¡Ánimo, Rey! —grita Emma, pero es lo último que escucho al tiempo que concentro la mirada en la punta de la barra.

Doy tres pasos para hacer una rondada hasta el trampolín y aterrizar de espaldas sobre la barra, con el equilibrio intacto, la inercia me empuja a una plancha, un *flic-flac* y otra plancha. Me enderezo. Perfecto.

Y, a partir de aquí, todo es tan natural como respirar; mis acrobacias fluyen una tras otra sin interrupciones, moviendo los brazos a mi alrededor durante la coreografía, enlazando cada movimiento entre sí y, al final, al acabar el ejercicio, un triple mortal con pirueta perfecto. Vale, quizá me haya quedado un poco corta, pero no está nada mal.

Para eso he venido hasta aquí, para clavar mi ejercicio en las barras asimétricas y en la barra de equilibrio, por mí y por el equipo, y lo he conseguido.

Cierro la mano en un puño y grito: «¡Sí!», antes de volverme hacia el jurado y saludar.

La siguiente es Dani. Tiene una expresión de determinación pura en el rostro y los labios cerrados con fuerza, formando una línea recta.

—¡A por todas, Dani! —grito, y chocamos las manos por un minuto al cruzarnos en las escaleras.

Anuncian mi puntuación, un 14.9, y casi al instante la luz roja cambia a verde y Dani ya está subida a la barra. Realiza sus movimientos como si estuviese poseída. Está enfadada, es más que evidente; clava cada acrobacia con autoridad, ni un solo parón para recobrar el equilibrio ni un simple titubeo en todo el ejercicio. Todavía está enfadada por lo ocurrido en las barras, y lo entiendo a la perfección.

—Madre mía —susurra Chelsea a mi lado, igual de impresionada que yo.

—Ya ves —coincido.

Está a punto de acabar su ejercicio, y se coloca para la salida. Se lanza para realizar un *flic-flac*, luego otro y, después, un doble mortal con media pirueta, aterriza en la colchoneta y no se mueve ni un milímetro. Clavado.

—¡Vamos! —gritamos Chelsea y yo a la vez, y estrechamos a Dani en un fuerte abrazo en cuanto baja del podio, con una enorme sonrisa en el rostro.

—¡Vaya tela, amiga mía! —digo, y le doy un último apretón.

Tardan menos en anunciar su nota, un 14.4. ¿Qué coño? Me quedo mirando a los jueces sin creerme lo que acabo de ver y todo el estadio se queda, se escuchan un par de silbidos de protesta que emergen de las gradas. Se merecía mucho más que un 14.4.

Dani se encoge de hombros, pero seguro que le escuece. Ha clavado ese ejercicio de barra sin un solo error.

—¡Venga, Em! —la animo, mientras desviamos toda nuestra atención a mi mejor amiga, que está subiéndose a la barra.

Empieza con un pino, levanta todo el cuerpo y apoya todo su peso sobre las manos antes de bajar las piernas y abrirse en un *espagat* y quedarse así un segundo, para demostrarle al jurado lo mucho que controla su cuerpo. Baja los pies y los apoya sobre la barra, de pie, con los brazos sobre la cabeza. Entonces, hace un mortal hacia atrás, un *flic-flac*, otro *flic-flac* y una plancha. Pero, cuando apoya los pies sobre la barra, se tropieza, y cae de pie sobre la colchoneta, con los pies bien firmes, casi con habilidad, como si fuese parte del ejercicio.

Pero no es así.

Se ha caído.

Emma se ha caído de la barra.

Mi amiga niega con la cabeza y, después, se recompone y se vuelve a subir a la barra; a partir de entonces, todo sucede sin problemas, ni un solo segundo para comprobar el equilibrio. Pero eso no borrará lo que ha ocurrido.

Dani la ha fastidiado en las barras asimétricas.

Emma la ha pifiado en la barra de equilibrio.

Y, ahora, antes de pasar al ejercicio de suelo, poso los ojos sobre el tablón de la clasificación general individual y allí está mi nombre, todavía en lo alto de la lista.

| | |
|---|---|
| Audrey Lee | 30.2 |
| Daniela Olivero | 28.1 |
| Emma Sadowsky | 27.8 |

¿Qué narices está pasando?

# capítulo diecisiete

Es agradable estar en la primera posición en la general individual, pero eso no es lo importante, más que nada porque nos dirigimos a suelo y potro, en los que Dani y Emma me adelantarán haciendo así que el universo vuelva a equilibrarse.

Dejo de mirar la clasificación general para fijarme en la individual por aparato y ahí estoy, en el primer puesto de barras asimétricas y de barra de equilibrio. Eso es lo importante. Me he dado la oportunidad de ganar las medallas en las que puse la vista hace un año cuando los médicos me dijeron que podía *intentar* llegar a los Juegos, pero que no había ninguna garantía y que, en realidad, no debería hacerlo. Cuando Pauline me bajó de categoría en potro y no fui capaz de hacer una pirueta con la misma facilidad que antes.

—Oye, ¿has visto? —comenta Chelsea, sacándome de mis pensamientos. Gracias a Dios. Lo último que necesito ahora es que me pillen pensando en lo que salió mal. Ella se coloca en la fila delante de mí cuando suena el claxon que indica que debemos avanzar hacia el ejercicio de suelo. Con la barbilla señala la clasificación individual.

—Sí, es una lástima que no pueda doblar la puntuación en barras asimétricas y en la barra —bromeo, mientras un cámara se acerca corriendo a nosotras para filmar nuestra marcha hacia el siguiente aparato.

Chelsea resopla mientras Sarah y Brooke se alinean delante de ella y después se nos unen Emma y Dani, una delante de mí, la otra detrás, y un pesado silencio cae sobre el grupo. Están a pocas décimas de diferencia, tratando de sacar ventaja para clasificarse para la final individual por aparato. No tiene mucha importancia cuál de ellas llegue al primer puesto, pero, por la forma en que las dos miran fijamente adelante con la típica postura perfecta aún más recta y firme que nunca, parece que estén peleando por la medalla de oro en este mismo instante.

—Dos más —dice Dani, que está delante de mí, y entonces, al fin, algo encaja con un clic en mi cabeza.

Dos aparatos más, suelo y potro de salto.

La última vez que compito con ambas.

«¿En serio acabas de darte cuenta, Audrey?»

Estaba demasiado absorta en todo, haciendo como si esto fuera normal, como si todo en esta competición fuese igual que en cualquier otra en la que he participado. Tal vez, de alguna manera, he perdido la perspectiva de lo que es en realidad.

Es un final.

—La última rutina de suelo —digo, mayormente para mí, mientras dejamos nuestras cosas en las sillas cercanas al área de suelo y después nos alineamos delante de los jueces.

Chelsea se vuelve a mirarme con cara de sorpresa, tiene las cejas levantadas. Abre la boca para decir algo, pero después la cierra y sacude la cabeza como arrepentida.

—Hazlo como tú sabes, Rey —dice al fin.

—Tú también.

No tengo tiempo para pensar en ello, porque, como soy la participante más débil en suelo, me toca la primera, por última vez.

Cierro los ojos y respiro, una vez, dos veces. Resuena el carrillón en el estadio y después empieza mi canción: *Moon River*, clara como una campana, llena el aire y empiezo a bailar y, como por arte de magia, me invade la sensación de estar actuando en el estadio olímpico. Aquí no hay presión, no me juego nada en esta rutina, pero es la última vez y quiero que me salga bien. Debo salir y hacer mi rutina, igual que he hecho un millón de veces antes, excepto porque en esta ocasión la *siento* —tal vez por primera vez desde que el mundo se desmoronó a mi alrededor, alrededor de todas nosotras, y tuvimos que volver a juntar las piezas.

Hago un doble mortal y medio más mortal con pirueta. No lo clavo, pero no pasa nada, porque puedo hacer que los pasos queden bonitos, adornándolo con poses arabescas y saliendo de la forma bailando, tal como me han enseñado, y la rutina se vuelve borrosa igual que la competición que llevamos hecha, pero sale perfecta. La multitud se queda en silencio un momento cuando termino, después irrumpe en vítores hacia mí y yo respiro agitada, pero mantengo los ojos cerrados. Todavía no quiero abrirlos. Si esa es la última vez que he bailado para ellos, quiero sentirme anegada.

Por fin abro los ojos y observo el estadio, las luces brillantes, la multitud vitoreando, y se me empiezan a llenar los ojos de lágrimas. Si esto es el fin, es el mejor que podía pedir.

—Excelente trabajo, Rey —dice Emma cuando bajo corriendo los escalones con la respiración acelerada. Ahora le toca a ella. Le doy un abrazo rápido, incapaz de decir ni una palabra debido a que necesito urgentemente tomar aire, y después me aparto.

Buscando cinta adhesiva en la mochila, me pierdo mi puntuación, pero oigo la campana justo antes de que empiece la música de Emma.

—¡Tú puedes, Emma! —le grito cuando consigo controlar los pulmones.

Chelsea y Dani están paseando delante de mí, saltando y moviendo los brazos adelante y atrás para mantenerse calientes. La multitud da palmas al son de la música, los palos hinchables marcan el ritmo. Emma baila, da volteretas y clava como nunca las recepciones antes de rematar con una floritura cuando la música termina con un estruendo.

La cinta adhesiva me cuelga de la muñeca cuando la abrazo al sentarse a mi lado mientras se esfuerza por recuperar el aliento.

Aparece su puntuación, un formidable 14.7, y asiente para sí en el momento en que me acerco a ella para darle otro abrazo desde su lado. Desde luego, eso bastará para llegar a la final de suelo.

—Tenía que terminar fuerte —comenta Emma, quitándose la cinta de los tobillos, que ayuda a estabilizarse en suelo, pero es un estorbo para el potro.

La rutina de Chelsea con la canción de moda *Down in the valley* tiene exaltada a la multitud y, cuando termina, aplauden desenfrenadamente.

Tiene los ojos brillantes y abiertos como platos cuando abandona el área de suelo, saludando a las gradas, en especial hacia la zona del estadio donde un grupo de personas se ha pintado de rojo, blanco y azul y uno de ellos hace ondear de pie una bandera de Estados Unidos.

—Por esto he vuelto —afirma, cayendo sobre la silla que está a mi lado y frotando su hombro contra el mío—. No hay nada como esto.

Asintiendo, levanto la vista hacia la multitud y observo todo el estadio tratando de absorberlo todo. Soy una atleta olímpica y eso es para siempre, pero quiero recordar lo máximo que pueda.

Dani está en el área de suelo y la multitud la aclama con fiereza, tal como ha hecho desde que pusimos el pie en el estadio. Aplauden con los palos hinchables al son de una versión de la banda sonora de *El gran showman*, incluso consiguen acoplarse a los cambios de ritmo. Hace las volteretas tan altas e impresionantes, como siempre, aunque, en la última diagonal, comete un fallo, al menos un pie ha caído fuera del límite. El juez de línea levanta la bandera para señalar la deducción. Aun así, es una rutina brillante y cuando da un salto y cae haciendo un *espagat* con las manos levantadas por encima de la cabeza ya para terminar, nosotras también nos levantamos con los fanes para aplaudir.

Pero aún no se ha terminado. Todavía no.

Una rotación más.

—Muy bien, señoritas. Buen trabajo. Vamos —nos dice Janet después de que Dani nos haya chocado los puños para celebrar nuestra primera rotación perfecta del día. Este hecho no le ha pasado desapercibido a Janet, si la firmeza con que cierra los labios es indicativa de algo. Mejor hoy que mañana, en cualquier caso.

El claxon suena una última vez, marcando el fin de la tercera rotación y el comienzo de la cuarta. Nos alineamos y seguimos al voluntario casi por todo el estadio con los palos hinchables marcando el ritmo de la música que resuena por los altavoces.

—El último salto de potro —digo mientras nos encontramos delante de los jueces para saludarlos antes del calentamiento. Bueno, yo detesto el potro. Creo que siempre lo detestaré, pero es la última vez que voy a saltar y eso ahora me parece crucial, igual que antes en el suelo.

—Haz que sea un gran salto —replica Dani mientras bajamos al trote de la plataforma y nos dirigimos al final de la pista de aceleración para empezar con el calentamiento.

Asiento y hundo las manos en la tiza, después me tiro puñados en las plantas de los pies, en la parte interior de los muslos y en las palmas —justo lo suficiente para no resbalarme del potro. Soy la primera en correr por la pista, doy un salto sencillo sobre el trampolín, aterrizo sobre ambos pies y salgo disparada hacia el aire para aprovechar la inercia que me permitirá realizar un mortal y medio hacia delante.

Conforme camino de vuelta hacia el final de la pista, capto con la vista a un grupo entre la multitud, la sección que se ha pintado de rojo, blanco y azul a la que Chelsea saludó antes. Son nuestros padres, todos ellos, sentados juntos, dando palmas con los palos hinchables con tanta fuerza como todos. Mis padres están con los de Emma y el agente de Emma también está con ellos. Mi agente también, supongo, si el trato con Adidas es firme.

El novio de Chelsea, Ben, está en la fila de delante de ellos, con un sombrero gigante del tío Sam en la cabeza. Sujeta un extremo de la bandera estadounidense y en el otro extremo está... Leo con un sombrero igual.

La fuerza de la costumbre me lleva hasta el final de la pista del potro y hasta arriba de la plataforma para esperar a que las demás, incluida Sarah, hagan sus saltos. Tengo que sacudir la cabeza para volver a concentrarme, pero eso no impide que mi estómago dé saltos en mi interior cada vez que echo un vistazo fugaz.

—Supongo que ya lo has visto —me dice Chelsea desde delante de mí, donde espera a que Emma haga su salto y salga de la colchoneta.

—¿Tú lo sabías? —le pregunto entornando los ojos.

—Puede que Ben y yo le preguntáramos a Janet si le parecía bien que Leo se quedara con él —confirma.

—Pero ¿cómo ha pagado...? —Se me apaga la voz cuando me sonríe—. Eres la mejor, lo sabes, ¿verdad?

—Lo sé —afirma, poniéndose de puntillas y saliendo a toda velocidad hacia el potro, dejándome atrás.

Después de una ronda más ya hemos hecho el calentamiento y me quedo yo sola en la plataforma, pues, al ser la saltadora más débil, soy la primera en enfrentarme al potro.

—¡Ahora, en salto de potro, en representación de Estados Unidos, Audrey Lee! —exclama el locutor.

Se enciende la luz verde al final de la pista y saludo como siempre, un brazo arriba y el otro pegado al costado, antes de colocarme en la pista de aceleración.

Inhalo, exhalo y allá voy tan rápido como puedo, remato la carrera con voltereta y *flic-flac* para acometer el trampolín, me impulso sobre el potro y giro en el aire con los brazos pegados al pecho completando un mortal hacia delante con pirueta y media, después me abro y caigo como un alfiler de pie sobre la colchoneta.

—¡Sí! —grito, extendiendo los brazos por encima de la cabeza y después girándome hacia los jueces para repetir el gesto. Hago un rápido gesto de victoria con el brazo doblado y el puño cerrado, bajo de la colchoneta y voy directa hacia Janet, que está sobre la plataforma. Juntas acomodamos la colchoneta y el trampolín para Dani y después bajo los escalones para reunirme con las demás chicas, excepto con Dani, a la que le toca saltar.

Emma me da un breve abrazo, pues no puede entretenerse mucho. Salta después de Dani.

El Yurchenko extendido con doble pirueta y media de Dani es alto y largo, como todo lo que ella hace en gimnasia, y completa de forma impecable las dos piruetas y media antes de abrirse para aterrizar. Puede que haya cogido demasiado impulso, pues tiene que dar un paso adelante para equilibrarse. Arruga la nariz cuando saluda a los jueces. Ella puede hacerlo mejor y lo sabe.

Le doy un fuerte abrazo y nos separamos para hacer un doble choque de puños y después nos giramos para mirar el marcador. Chelsea está a nuestro lado.

Le han dado un 15.0, que es una puntuación fantástica, un punto entero por encima del 14.0 que me han dado por mi mortal con pirueta y media ejecutado a la perfección.

Chelsea se acerca y aprieta el hombro de Dani, pero tiene que irse enseguida, pues le toca después de Emma.

Cuando la puntuación de Dani se desvanece para dejar paso a la clasificación individual, tengo que parpadear tres veces seguidas.

| | |
|---|---|
| Audrey Lee | 58.2 |
| Daniela Olivero | 57.6 |

Dani es la segunda.

Yo soy la primera.

Espera, ¿qué está pasando? Paseo la mirada por el estadio buscando en los muchos marcadores los resultados de la rotación previa. ¿Cómo habían quedado? Pero no hay nada, solo la puntuación de nuestro equipo, que está en primera posición en esa clasificación.

Los pies de Emma vuelan por la pista de aceleración, salta sobre el trampolín, se impulsa con el potro, realiza dos mortales y medio y aterriza. Da un gran paso adelante, pero es un buen salto, tanto como el de Dani.

Emma baja de la plataforma con una sonrisa en la cara.

Me acerco a abrazarla y ella me deja, pero es un gesto breve y forzado. Ella se aparta enseguida y se pone a quitarse las protecciones de las muñecas.

Esperamos, pero no mucho.

Aparece la puntuación de Emma, 15.0.

Es idéntica a la de Dani, pero eso no significa nada para mí.

La puntuación de Emma tarda tres segundos en desaparecer de pantalla y yo siento cada milisegundo. El corazón me late con fuerza y ahoga los sonidos del estadio, no oigo los palos hinchables, ni la música, ni los vítores, solo el golpeteo de mi pulso mientras mi mente gira sobre su propio eje.

La clasificación final se hace visible a los ojos de todos.

| | |
|---|---|
| Audrey Lee | 58.2 |
| Daniela Olivero | 57.6 |
| Emma Sadowsky | 57.5 |

Dos de cada país acceden a la final, solo dos, y yo soy una de ellas.

Abandoné ese sueño hace mucho tiempo y ahora... ahora...

Dani está a mi lado con los brazos abiertos y yo me lanzo hacia ella y dejo que me abrace con mucha fuerza.

—Estoy muy orgullosa de ti —murmura y me separo de ella, sacudiendo la cabeza sin acabar de creérmelo.

Vuelvo a mirar la clasificación, pero no ha cambiado.

Entonces se asienta un peso en mis entrañas.

Emma.

Mi giro para buscarla y ahí está, sentada en una silla, con la cabeza enterrada en las manos. Brooke está a su lado pasándole un brazo por los hombros temblorosos. Brooke lo entiende. Ella tampoco ha llegado a la final, pero es diferente, muy diferente. Es mucho peor.

Se esperaba que Emma lo ganase todo, pero ahora no tiene siquiera la oportunidad de competir.

Pero yo sí.

Dani y yo nos volvemos para felicitar a Chelsea, quien ha terminado segunda después de los dos saltos de potro, con buenas recepciones, ganándose un puesto en la final de potro. Después baja con nosotras y de repente sus ojos brillan comprendiéndolo todo.

—Buen trabajo, capi —dice, levantando los puños.

Nos damos un choque de puños, pero eso es todo. Durante un instante, apenas una fracción de segundo, me molesta. Debería ser capaz de celebrarlo ahora mismo, pero no puedo, porque el sueño de Emma ha tenido que morir para que el mío reviviera.

Janet baja por fin de la plataforma, donde había estado reacomodando el trampolín y la colchoneta con el entrenador de Sarah durante la rotación. Me encuentro con sus ojos y en ellos veo que me felicita, aunque no lo exprese en voz alta, pero después se dirige hacia Emma y toma el lugar de Brooke a su lado para hablarle de forma que no la podamos oír.

—¡Ahora, en salto de potro, en representación de los Estados Unidos, Sarah Pecoraro!

Sale volando por la pista de aceleración, rebota sobre el trampolín, se impulsa con las manos y empieza a girar. Se supone que debe tener el cuerpo completamente extendido, pero lo tiene demasiado doblado por las caderas y cae mal. Debe poner las manos sobre la colchoneta para frenar el impulso y, aunque no llega a caerse de cara, la penalización será igual de grave.

Su segundo salto es bueno, un Yurchenko con doble pirueta, pero ya da igual. Los Juegos Olímpicos de Sarah terminaron en cuanto tocó la colchoneta con las manos.

La abrazamos con fuerza, pero ella se va con Brooke y Emma. Se sientan juntas en silencio cuando Janet se levanta y se acerca a nosotras.

—Dejadlas tranquilas un rato —susurra, y nosotras asentimos.

El claxon final resuena por el estadio y marca el fin de la subdivisión. Nos ponemos en fila detrás del voluntario que lleva nuestro emblema. Es lo que hemos hecho durante toda la competición, pero esta vez parece diferente.

Nos llevan directamente desde la zona de aparatos hasta una fila de periodistas, pero la señora Jackson nos alcanza en un extremo del estadio y le hace señales de negación al empleado olímpico apuntando hacia la prensa.

—Audrey, Chelsea y Dani solamente —afirma, y el empleado intenta protestar, primero en japonés y después en inglés, pero ella cruza los brazos sobre el pecho y se da la vuelta.

—No, puedo hacerlo —dice Emma, sorbiéndose los mocos y limpiándose las lágrimas con impaciencia.

La señora Jackson la mira con atención.

—¿Estás segura?

—Pues claro —confirma, enderezando los hombros. Me gustaría cogerle la mano, darle un abrazo, hacer algo, pero seguramente soy la última persona de la que quiere recibir consuelo. Acabo de quitarle el puesto en la individual.

—Audrey, ¿cuándo te diste cuenta de que podías ganar la individual? —pregunta la primera periodista. La reconozco de los ensayos. Es la que no pilló mi chiste de LL Cool J.

—Cuando salió la puntuación de Dani y yo seguía en el primer puesto, sinceramente. Todavía no me lo creo —contesto sin pensar. Tengo el radar centrado en Emma, que está a mi lado.

—Estoy decepcionada, obviamente —comenta ella—, pero hemos venido aquí con una misión: una medalla de oro por equipos y, con suerte, hoy nos hemos deshecho de todos los nervios. Tengo ganas de centrarme en eso.

—¿Cuáles crees que son tus posibilidades de conseguir una medalla? —me pregunta otro periodista.

Lo miro.

—Ya veremos. Es gimnasia. Puede pasar cualquier cosa. Por ahora, estoy más centrada en la final por equipos.

—¿Ver a Leo Adams entre la multitud te ha dado una inspiración extra?

—No lo vi hasta después del ejercicio de suelo. Sinceramente, no tenía ni idea de que estaba aquí.

—¿Qué ha sido lo que más orgullosa te ha hecho sentir hoy?

—Ah, la barra de equilibrio, con diferencia. Es la primera vez que clavo esa rutina tal y como la diseñamos el año pasado.

—La diseñaste con tu antigua entrenadora, Pauline Baker, ¿verdad?

Al mencionar a nuestra entrenadora, vuelvo a prestarle atención a Emma. Sigue hablando con los periodistas.

—Estoy muy orgullosa de Audrey y de Dani. Han estado estupendas. Obviamente, no es el resultado que esperaba, pero, repito, la final por equipos es mañana y tenemos que centrarnos en eso.

—¿Audrey? —me reclama el periodista.

—Claro, perdón. Diseñé la rutina de la barra de equilibrio con Pauline, pero la entrenadora Dorsey-Adams ha sido fantástica estas últimas dos semanas y me ha ayudado a perfeccionarla antes de los Juegos.

El periodista levanta una ceja ante la fría respuesta que le doy, pero no insiste y pasa a otro tema:

—¿Qué te gustaría decirles a los que están en casa?

Mirando directamente a la cámara, sonrío ampliamente.

—¡Muchas gracias a todos por apoyarnos! ¡Os queremos y estamos orgullosas de representaros aquí, en Tokio!

Unos momentos después, la señora Jackson regresa para rescatarnos de los periodistas con una empalagosa sonrisa. Nos indica que salgamos y que nos dirijamos a los vestuarios.

—¿Podremos hablar con Brooke y con Sarah? —se atreve a preguntar uno de los periodistas y yo siento vergüenza por él, pero la señora Jackson se da la vuelta y lo mira intensamente antes de darle una sucinta respuesta.

—No.

# capítulo dieciocho

Estáis seguras? —pregunta Chelsea.

Brooke y Sarah tienen las maletas hechas, los maillots y la ropa de gimnasia están pulcramente doblados junto a los artículos de aseo personal que han cogido del estante del baño.

Sollozando, Brooke se frota con impaciencia ambas mejillas.

—¿Qué sentido tiene quedarse? No nos hemos clasificado.

—Pero son las Olimpiadas —replico, aunque el argumento es débil. Se arriesgaron al clasificarse por su cuenta sin poner su destino en manos del CGN y no les ha salido bien. Una rutina fallida y se acabó. En su lugar, seguramente yo haría lo mismo. ¿Quién demonios querría quedarse aquí cuando no hay posibilidad de que tus sueños se hagan realidad? ¿Por qué querría nadie un asiento en primera fila para ver a otra persona ganar esa medalla de oro que tanto has codiciado tú misma?

Miro de lado hacia la puerta cerrada a pocos metros de mí. Emma está ahí dentro. Darle espacio me pareció lo adecuado cuando regresamos. Ahora, unas horas después, aún sigue ahí y empiezo a preocuparme.

—Chicas, sé que solo intentáis hacer que nos sintamos mejor, pero ¿podríais... dejar de hacerlo? —pregunta Sarah, manteniendo la mirada baja mientras cierra la cremallera de la maleta.

—Claro —responde Chelsea, y juntas nos vamos hacia la zona común solo para escuchar cómo se cierra la puerta en cuanto nos perdemos de vista.

—Vaya, qué asco —digo, dejándome caer sobre el sofá.

Dani se acerca a nosotras desde la habitación que comparte con Chelsea, finaliza una llamada en el móvil y se sienta a mi lado.

Chelsea enciende el televisor justo a tiempo para ver a Irina Kareva impulsarse sobre el potro y girar tres veces sobre sí misma antes de aterrizar. Es la primera mujer en completar con éxito un triple sobre el potro, y maldita sea si no es increíblemente alucinante.

—Jesús —exclama Dani.

—¿Quién demonios le haría eso a sus tobillos a propósito? —pregunta Chelsea.

Sacudo la cabeza.

—Pues la tal Kareva, supongo.

Suena mi teléfono y es un mensaje de Leo. Sigue en el estadio con Ben viendo el resto de las clasificaciones. No hay texto, sino un vídeo de Kareva, pues justamente están sentados muy cerca del potro. Aún se ve mejor ahí.

La multitud se ha puesto de pie para darle una ovación y no voy a mentir, casi me gustaría unirme a ellos. Ha sido un salto impresionante e Irina Kareva es una gimnasta con un talento extraordinario.

Se abre la puerta de la *suite* y entran el entrenador-barra-padre de Brooke y el entrenador de Sarah, y ambos nos saludan con un asentimiento.

—Señoritas —dice el padre de Brooke, pero pasan por delante de nosotras. Tiene que escocer. Tomaron una decisión, escogieron ayudar a sus atletas a clasificarse individualmente manteniéndolas apartadas del riguroso proceso del CGN. Sinceramente, aunque no se lleven medallas para demostrarlo, lo más seguro es que fuera la decisión correcta. Así, Brooke y Sarah estuvieron fuera del alcance de Gibby durante más de un año. Eso ya vale más que cualquier medalla olímpica.

—Chicas, es la hora —dice el entrenador de Sarah.

Nos levantamos al verlos entrar en la zona común.

—Avisaré a Emma —digo, y salgo del cuarto.

Llamo con suavidad a la puerta antes de abrirla lentamente. Se aprecia un bulto en mitad de la cama totalmente cubierto de mantas que se hincha y se deshincha regularmente.

—¿Em? —susurro—. Em, Sarah y Brooke se van. Ven a despedirte.

Nada. Ni un ligero cambio en su respiración ni un gruñido como que me ha oído.

Miro detrás de mí, donde los demás esperan, y después de nuevo a Emma. Se arrepentirá de no despedirse.

—Emma —lo vuelvo a intentar, termino de entrar en la habitación, levanto más la voz tratando de romper el sopor del sueño o de que deje de fingir.

Nada.

Supongo que esa es su respuesta.

Salgo del cuarto y me encojo de hombros ante Sarah y Brooke antes de darles un abrazo a cada una.

—Lo siento, ella...

—No pasa nada —dice Sarah, asintiendo—. Lo entiendo.

Y después de desearnos suerte y los mejores deseos para el viaje, se van.

Tengo una extraña sensación de vacío en mi interior. Hace mucho tiempo que las conozco a las dos, aunque nunca fuimos muy íntimas amigas, pero ahora todo ha terminado para ellas y me pregunto si alguna vez volveré a verlas. Para mí, la gimnasia se acaba después de esto y no tengo ni idea de qué planes tienen ellas para después de los Juegos. Ni siquiera tengo idea de cuáles son *mis* planes para después de los Juegos.

—Capi, para ya —me dice Chelsea desde el sofá.

—¿Qué? —replico, sentándome y centrando mi atención en el televisor, donde Rusia ha pasado ya a barras asimétricas.

—No te dejes llevar por tus emociones, ahora no. Mañana tenemos que estar todas concentradas.

—¿Cómo lo haces? —le pregunto, asombrada por su capacidad para leerme la mente.

Se encoge de hombros.

—Puede que me recuerdes a alguien.

—Maldición, mirad eso —interviene Dani, señalando a Kareva, que aparece en televisión en las barras asimétricas.

—Tú puedes con ella —afirmo enseguida, y lo digo en serio. Hace ya casi un mes que veo entrenar a Dani. Sé de lo que es capaz. El fallo que ha tenido hoy en las barras ha sido cosa del azar. Esa batalla va a ser increíble y yo tendré unas buenas vistas.

—Lo primero es lo primero —sentencia Chelsea—. Tenemos que acabar con todas ellas. —Mira la puerta cerrada con dardos en los ojos—. ¿Será capaz de recobrarse?

—No lo sé —contesto—, y creo que no soy yo la persona más indicada para hablar con ella, pero... No sé si... —Paseo la mirada entre ellas dos. Emma no puede ser la persona favorita de Dani, incluso después de salir en su defensa en la conferencia de prensa, y Chelsea podría ser el recordatorio de que el oro de las pruebas individuales, sin importar lo que ocurra a partir de ahora, no será de Emma—. A lo mejor Janet o la señora Jackson podrían...

Me interrumpo al abrirse la puerta.

—Hola, chicas —dice Emma, con el maquillaje de la competición totalmente emborronado y los ojos enrojecidos, pero con una sonrisa. Cambio de posición en el sofá para dejarle sitio.

—¿Estás...? —comienza Chelsea, pero Emma sacude la cabeza.

—Estoy bien —afirma bruscamente, la comisura de su sonrisa se tensa solo un poco.

—Vale —digo cuando por fin se sienta. Busco con la mirada a Dani y a Chelsea y en silencio acordamos las tres dejarla tranquila.

—Entonces —comenta Emma señalando el televisor—, ¿Kavera ha clavado el potro?

—Pues sí —contesta Dani sacudiendo la cabeza—, y muy bien, demasiado bien.

—Señoritas —dice la señora Jackson, entrando como una exhalación en el cuarto con los ojos pegados al móvil—, ¿ha salido Emma de su...? Ah. —Levanta la mirada y ve a Emma que la saluda un tanto incómoda con la mano.

—Emma, me alegra verte levantada y en marcha —interviene Janet desde detrás de la señora Jackson mientras mira a esta de soslayo.

—Estamos viendo las demás clasificaciones —apunto yo para desviar su atención.

—Bien, bien —comenta la señora Jackson, quien aún mira con atención a Emma—. Quería deciros que el maquillaje verdeazulado me ha parecido una elección excelente para el día de hoy y la prensa ha estado reclamando algún comentario. ¿Es apropiado contarles que es para la sensibilización hacia las agresiones sexuales y que todas, como equipo, estáis unidas a favor de esa causa?

—Por supuesto —afirmo y le sonrío a Dani.

—Excelente —exclama, exhibe una saludable sonrisa mientras su mirada se pasea entre nosotras—. Ahora tengo unas desafortunadas noticias.

—¿Cuáles? —pregunto sin estar segura de si quiero saberlo.

—Christopher Gibson ha dado una entrevista y no es... —Deja la frase en el aire y sacude la cabeza—. No ha sido buena. La tengo en el móvil por si queréis verla. —Pasa los dedos por la pantalla, señal de que está preparando el vídeo para enseñárnoslo.

—Espere. —Levanto la mano—. ¿De verdad queremos verlo?

—¿No deberíamos saber qué ha dicho? —pregunta Emma.

—Seguramente no serán más que gilipolleces —añade Dani.

—Exactamente —coincido—. Gilipolleces manipuladoras que no deberíamos tener en la cabeza antes de la final por equipos.

—Entonces, ¿no lo vemos? —inquiere Emma mirándome.

Los ojos de Chelsea y de Dani también se fijan en mí y yo miro a la señora Jackson y a Janet y niego con la cabeza.

—No queremos verlo y si alguien nos pregunta por él, decimos que no lo hemos visto y que no queremos saber lo que ha dicho. Entonces, mañana nos volvemos a maquillar con color verdeazulado como hoy, pero nos ponemos el maillot negro en señal de protesta. —Me levanto de un salto y corro hasta nuestra habitación, donde encuentro el maillot en cuestión—. Este.

Les enseño el maillot negro de manga larga hecho de tela brillante con un contorno cristalino que forma la bandera estadounidense sobre el brazo izquierdo. Puede que sea el más soso de los conjuntos que nos dieron en el centro de entrenamiento, pero no nos hace falta mucha ornamentación ni pompa, porque mañana vamos a conquistar el mundo.

—

Al despertarme a la mañana siguiente, Emma me está mirando.

—Hola.

—Hola. Adivina —me propone sonriendo. La sonrisa es falsa, pero, de momento, lo ignoro. Emma es una profesional y si ignorar lo que ha pasado puede ayudarla a superar los próximos días, yo la ayudaré.

—¿Qué? —le pregunto, aunque ya sé la respuesta.

—Hoy vamos a ganar la medalla de oro.

—Has dicho la pura verdad.

Hacernos el maquillaje y ponernos los maillots nos cuesta más de lo normal porque a cada paso nos aseguramos de que todo esté perfecto. Las cuatro llevamos el pelo recogido en un moño y, cuando terminamos, Dani saca un bote de espray de purpurina de su maleta.

—Es dorada —dice con una gran sonrisa.

—Sí, qué pasada —replico alargando una mano—. Que alguien saque una visera de mi kit. Hoy en el estadio el pelo nos brillará con color dorado.

Una hora después salimos con el pelo refulgente de purpurina, los labios brillantes, un perfil de ojos muy marcado y la sombra verdeazulada, que rápidamente se está convirtiendo en nuestro distintivo.

—Hala —suelta Chelsea cuando ve el selfi que acabamos de enviarle al móvil—. Parece que vamos a joderle el día a alguien.

—¡Chelsea! —la regaña Janet enseguida, nada más salir de la habitación, pero después se encoge de hombros mientras se nos queda mirando de arriba abajo—. Tiene razón. Estáis increíbles.

Me siento increíble.

El chándal blanco de Estados Unidos sobre el maillot negro queda aún más elegante y, con el equipo unido, todas las piezas parecen encajar en su sitio justo en el momento adecuado. Tenemos que salir a clavar las rutinas, ni más ni menos. Somos el mejor equipo de gimnasia del mundo, nosotras cuatro juntas, y eso nada lo podrá cambiar.

Me hago un selfi en un momento y le envío la foto a Leo. Un minuto después me contesta con un lenguaje poético que nadie se esperaría de un chico que, para divertirse, se lanza montañas nevadas abajo. Me niego a enseñárselo a nadie. Las coñas que me harían serían interminables.

Subimos a uno de esos autobuses que hacen el trayecto hacia el estadio, nos acomodamos en la parte trasera y esperamos a que otro esquipo se una a nosotras. Las puertas se abren y son las chicas del equipo de Canadá.

—Ay, Dios mío —exclama Dani, que a la vez levanta una mano para taparse la boca.

Todo el equipo lleva maquillaje de ojos verdeazulado e incluso se han puesto cintas verdeazuladas para sujetarse las trenzas, las coletas y los moños.

—Espera, oye —dice Katie Daugherty, una de las canadienses mientras hace una señal con la mano—, no llores, porque entonces lloraremos todas y estaremos hechas unos cuadros cuando lleguemos al estadio.

—Vimos la entrevista de ese capullo y queríamos haceros saber que estamos con vosotras —añade Tricia, otra de ellas—. Creo que las holandesas y las británicas también lo van a hacer. Las del equipo de Japón tenían maillots verdeazulados y hoy los van a llevar. Rumanía y China se han puesto lazos en el pelo y Rusia lleva bandas en los brazos.

—¿Rusia también? —pregunto sorprendida. Siempre he sentido un saludable respeto por las rusas, pero son nuestras rivales más feroces. Que nos apoyen es alucinante.

—Rusia también —me confirma sonriente—. Todas.

Tiene razón. En el gimnasio de calentamiento todo el mundo lleva algo verdeazulado en los maillots o en el pelo y cuando dejamos las bolsas en el suelo para empezar a calentar, casi todas las chicas y los entrenadores se acercan para brindarnos palabras de apoyo o para hacer un choque de manos o de puños. Sun Lili, una de las más potentes en la clasificación individual de China y casi mi mayor rival en barras asimétricas, nos da abrazos a todas, pues la barrera lingüística en su caso es casi insuperable.

Incluso Irina Kareva y sus compañeras rusas nos saludan con las manos desde el otro extremo del gimnasio señalando las bandas verdeazuladas y levantando los pulgares.

—Llorar no está bien —nos recuerda Dani en voz alta, ya que salir a la competición con chorretones de maquillaje por la cara no quedaría muy bonito.

—No os voy a mentir —digo mientras me siento y empiezo a estirar—. Esto es mucho mejor que ir a la Ceremonia de Apertura.

—Desde luego —confirma Chelsea.

Solo Emma está callada.

—¿Em? —pregunto girándome hacia ella. No quiero que se sienta excluida, especialmente tras lo sucedido ayer.

—Sí, por supuesto —dice con un asentimiento.

La sesión de calentamiento es flipante. La máquina bien aceitada de Coronado ha vuelto y está mejor que nunca.

—Un trabajo estupendo, señoritas —dice Janet, y aplaude cuando Chelsea termina la rotación de práctica en suelo—. Debemos hacer lo mismo en el estadio. Bebed un trago de agua, aseaos un poco y comprobad que lleváis de todo en las bolsas de deporte. Y, sobre todo, no os enfriéis. Nos vamos en diez minutos.

—¡Diez minutos! —anuncia a gritos un oficial del torneo primero en inglés y después en japonés, justo después de Janet—. A formar, por favor. —Se acerca a nuestro equipo y nos señala por gestos la salida, donde el equipo de Japón ya está preparado en formación.

—Vale —digo mientras me coloco la primera en la fila—. Vamos allá.

El estadio está abarrotado. Otra vez han repartido palos hinchables entre la multitud y ahora los están entrechocando en sincronía. Cuando nuestra alineación pasa cerca de las gradas, puedo mirar bien los palos y entonces me doy cuenta de que también son verdeazulados.

Al parecer, el mundo entero está con nosotras y yo no voy a poder evitar que se me corra el perfilador antes de que empiece la competición.

—¿Lo ves? —me pregunta Chelsea, que va detrás de mí, y yo asiento y estiro la mano hacia ella. Me la coge y entonces noto que se gira para darle la mano a Dani, quien a su vez se la da a Emma. Caminamos de la mano hasta el potro y levantamos los brazos todas juntas cuando nos anuncian para agradecer el apoyo del público, y una ovación tan fuerte como la que le han dado al equipo de Japón resuena por todo el estadio.

Dani es la primera y la multitud enloquece cuando el locutor anuncia:

—Ahora, en salto de potro, en representación de los Estados Unidos de América, ¡Dani Olivero! —Los palos hinchables golpean al ritmo de los pies de Dani a medida que corre por la pista, salta al trampolín, pero el resultado es claro. Aterriza y no se mueve ni un pelo, y no se sabe cómo el estadio resuena todavía más. Es un gran salto.

Baja corriendo los escalones, levantando los puños al son de la multitud y yo casi la derribo de un abrazo. Aparece un 14.8 en el marcador y el público silba en respuesta. Yo esperaba que fuera un quince, pero Dani a veces dobla las rodillas antes de caer; tal vez sea eso lo que han visto los jueces.

No tiene importancia. Es una puntuación estupenda con la que empezar.

El turno ahora es de Galina Kuznetsova, de Rusia, la saltadora más débil, que, aun así, realiza un Amanar de forma profesional. Aterriza sobre los pies, pero no ha terminado bien el giro y tiene que dar un paso hacia delante y un poco hacia el lado para dar la impresión de que ha completado las dos piruetas y media.

Miro a los jueces, que hacen garabatos frenéticamente sobre sus pantallas de marcador, pero arrugo la nariz cuando aparece la puntuación de Galina. Un 14.8, la misma que Dani cuando el salto de Dani fue mucho mejor.

Vale, entonces va a ser uno de esos días. Bien. Vamos a hacerlo tan bien que no nos lo van a poder quitar.

—¡Venga, Em! —le grito, dando palmadas salvajemente para reprimir la tentación de ir a abofetear a los jueces—. ¡Tú puedes!

—¡Clávalo, Emma! —chilla Dani.

Es su primera rutina en competición desde que no consiguió entrar en las individuales y sé lo mucho que desea hacerlo bien.

Se enciende la luz verde y Emma inspira hondo antes de salir corriendo por la pista, rondada, *flic-flac*, una pirueta, dos... y media con..., hala, un gran paso adelante y después otro para equilibrarse y después otro más pequeño. Se ha pasado tres pueblos, pero lo entiendo. Tras el salto de Dani, seguramente tenía la adrenalina por las nubes. Pero han sido pasos muy grandes.

Aun así, la abrazo, pero ella se separa mordiéndose el labio y sacudiendo la cabeza.

—Maldita sea —murmura.

—Lo recuperaremos en barras asimétricas.

Ella asiente con firmeza, casi como si quisiera convencerse a ella misma.

Se enciende un 14.3 en el marcador. Podría haber sido peor, pero seguramente habría sido mucho peor si hubiera saltado yo en su lugar.

Me siento y cojo la cinta y los protectores para prepararme para las barras asimétricas justo cuando Irina Kareva sube a la plataforma. Saluda de la misma forma que yo, un brazo arriba, el otro hacia el lado. Sale en segundo lugar, así que supongo que no va a intentar hacer el triple en la final por equipos, donde una caída le costaría la medalla. Queda confirmado cuando solo hace dos piruetas y media y después da un paso a delante.

Baja del podio, choca los cinco con sus compañeras y se sienta en una silla lejos de mí para rebuscar algo en su bolsa; saca los protectores. Levanta la mirada y nuestros ojos se encuentran durante un segundo, y pasa algo raro. ¿Le sonrío? ¿La felicito por hacer un estupendo salto de potro? Es nuestra rival, pero llevo años compitiendo con ella. Nos conocemos sin habernos conocido de verdad.

Abro la boca para decirle que lo ha hecho bien, pero es demasiado tarde, sus ojos se desvían hacia el marcador que hay detrás de mí.

Un 14.9.

Chelsea ya está preparada sobre la plataforma esperando la luz verde.

—Último salto para Estados Unidos, la campeona olímpica individual de 2016, ¡Chelsea Cameron!

Otra vez se oyen los palos hinchables, entrechocan a plena potencia al escuchar su nombre.

—¡Tú puedes, Chels! —le grita Dani.

Y así es. Hace dos piruetas y media perfectas y luego cae tan recta que me dan ganas de correr hasta los jueces para quitarles esas pantallitas de marcador y que así no puedan restarle puntos. Les habría resultado imposible detectar un error en el salto de Chelsea a simple vista, así de bueno ha sido. Pero la han visto saltar un millón de veces y saben que tiende a desviarse un poco del potro y eso le supondrá una deducción de una décima de punto, más cualquier otra tontería que crean haber visto para darle el 15.1 que aparece junto al nombre de Chelsea.

Erika Sheludenko es la última saltadora rusa.

—*Davai, davai!* —le grita otra chica rusa mientras corre por la pista, hace una rondada, *flic-flac* sobre el potro y luego dos piruetas y media volando más alto y más lejos que nadie y aterrizando perfectamente recta. El público emite en conjunto un suspiro de admiración antes de explotar en aplausos.

Erika baja corriendo los escalones y se ve inundada en una oleada de abrazos de sus compañeras y entrenadores. Yo misma casi quiero abrazarla. Ha sido increíble.

Los jueces coinciden y le otorgan un 15.3, y se me revuelve el estómago.

Habremos quedado por detrás.

Fijo la vista en el marcador.

| | |
|---|---|
| Federación Rusa | 45.0 |
| República Popular de China | 45.0 |
| Estados Unidos de América | 44.2 (- 0,8) |
| Japón | 43.6 (- 1,4) |

No está mal, incluso con el traspiés de Emma. Solo nos llevan ocho décimas de punto de ventaja. Aún podemos recuperar terreno. Me aprieto los protectores y me levanto para formar la fila y dirigirnos a barras asimétricas. No será fácil, pero podemos hacerlo y me muero de ganas por intentarlo. Voy a clavar las barras y la barra de equilibrio y así pasaremos de estar en desventaja a liderar.

—Igual que en los entrenamientos —le digo a Dani y a Emma

cuando nos colocamos en semicírculo delante de las barras. Lada Stepanova está a mitad de su rutina, pero apenas la veo—. Es como una rutina normal.

—Normal —repite Emma asintiendo con la cabeza.

Stepanova hace una salida con doble mortal y aterriza bien, dando solo un pequeño paso hacia delante, yo le digo a Dani:

—A por ellos.

—A la orden, capi —me contesta y me saluda en plan militar manchándose de tiza la frente.

Cuando sube al podio, los palos hinchables vuelven a la carga aumentando de volumen mientras espera para subir.

Me alegro de que no viéramos la entrevista, pero lo que Gibby haya dicho debe de haber sido bastante horrible para que todos, nuestras rivales y sus fanes, estén de nuestra parte.

—Hazlo como siempre, Dani —le grita Chelsea, pero el sonido de su voz se pierde en el barullo del público antes de llegarle a Dani.

El estruendo no la incomoda en absoluto y el tonto traspiés de antes ha sido solo eso, un traspiés. Su rutina es sólida y el público ruge aún más cuando aterriza, clavando la salida con doble mortal extendido y saludando a todos mientras baja corriendo del podio.

Erika Shuledenko es la siguiente del equipo ruso, lleva los rizos de color rubio oscuro recogidos en un moño y saluda a los jueces antes de saltar sobre el trampolín para alcanzar la barra alta y empezar a balancearse muy agresivamente. Es una gimnasta alta, como yo, y da la impresión de ir a lo loco, pero su postura es impecable, igual que la de sus compañeras en este aparato. Treinta segundos después de un maravilloso despliegue gimnástico, sale del aparato con un doble mortal, el primero de ellos con pirueta, y termina dando solo un pequeño paso en la caída.

Otra rutina, otro éxito para Rusia.

—Venga, vamos, Emma —le dice Janet mientras suben a la plataforma para poner tiza en las barras y todos esperamos la puntuación de Sheludenko.

Es de 15.1.

—¡Dale caña, Em! —la anima Dani, antes de que se encienda la luz verde y Emma nos dedique una tensa sonrisa para después enderezar los hombros y saludar a los jueces.

Puedo ver enseguida que algo va mal. Cuando se dispone a apoyar los dedos de los pies en la barra baja para hacer la transición a la barra alta, se le resbala un pie y las manos se le sueltan demasiado pronto. Cae a la colchoneta entre las barras.

—¡Mierda! —maldice Chelsea lo bastante fuerte como para que las cámaras lo capten mientras Janet salta al podio para ver cómo está Emma. El corazón me late desbocado, pero tengo que mantener la calma. Emma se ha caído, lo que significa que voy a tener que conseguir una puntuación muy alta para igualarlo. Tengo que calmarme. Inspiro y espiro profundamente, y eso me ayuda a serenarme y espero que Emma pueda encontrar la misma tranquilidad en los próximos segundos para volver a subir al aparato.

—Estoy bien —confirma, levantándose y sacudiendo la cabeza. Parece un poco aturdida, pero no lesionada—. Estoy bien —repite, acercándose a la tiza y poniéndose más en las manos antes de volver a las barras para empezar de nuevo.

—Respira hondo —le aconseja Janet.

Emma inhala y exhala y después asiente. Está bien.

Janet se retira de la plataforma y Emma vuelve a saludar y comienza de nuevo. Ahora todo va mejor, cambia de barra con soltura, tarda un poco en hacer las piruetas, pero eso ya es ser quisquilloso. Empieza a balancearse para la salida, vuelta completa con pirueta y después sale haciendo un doble mortal extendido, pero ha calculado mal y cae hacia delante sobre las rodillas.

Dos caídas.

Dos puntos enteros.

—Joder —murmuro, pero como tenemos una cámara justo al lado seguro que lo han pillado.

Sacudo las muñecas y me dirijo a las escaleras. Emma ya ha bajado y puedo verle la cara. Su pelo rojo resalta la palidez del rostro, casi traslúcido por la conmoción que siente ahora. No puedo hacerle un choque de puños o decirle una palabra de ánimo, porque estoy segura de que ni siquiera me ha visto pasar por su lado. Dos caídas. Dos puntos enteros.

Consigo no reaccionar cuando aparece el 12.0 de Emma en el marcador y después cambia para mostrar mi nombre. Janet está cubriendo de tiza las barras y yo hundo las manos en el cuenco para asegurarme de tener un agarre perfecto. Tengo que clavarlo. Voy a clavarlo. Clavé esta rutina en los ensayos. La clavé en Coronado. La clavé ayer. Puedo clavarla ahora. Por el equipo, porque lo necesitamos.

Una profunda inspiración y salto hacia la barra baja para coger impulso y empezar a balancearme. Hago una vertical y paso bajo la barra con el cuerpo doblado por la mitad, las piernas abiertas y los dedos totalmente rectos, me suelto y vuelo hacia la barra alta, dando media vuelta y agarrándome con suavidad, y otra vertical, media vuelta, me suelto, me vuelvo a agarrar y vuelo hacia detrás hasta la barra baja. Y entonces, haciendo que parezca fácil, hago otra transición a la barra alta, una pirueta completa que termino con una vertical perfecta, dejo que los jueces la admiren sin que puedan encontrarle ni un fallo, me balanceo con fuerza, me suelto y hago uno, dos, tres mortales, aterrizo ¡y lo clavo!

—¡Hala! —Estoy segura de haberlo dicho en alto antes de acordarme de saludar a los jueces.

Bajo de la plataforma y las demás me están esperando con los puños levantados para que se los choque.

Emma me sonríe antes de darme un abrazo.

—Gracias por cubrirme —me dice, y después me suelta.

—¿Para qué están las mejores amigas? —Meneo los dedos, como solíamos hacer cuando éramos niñas. Ella me devuelve el gesto cuando aparece mi puntuación. Un 15.3, justo lo que necesitábamos.

—Superestrella —dice Chelsea.

Sonrío, me siento y me quito los protectores y la cinta adhesiva de las muñecas mientras Irina Kareva saluda y sube a las barras. Desafía las leyes de la biología y de la física cuando adquiere el impulso necesario para hacer un triple en salto de potro, pero se balancea entre las barras como si pesara menos que el aire. Me sale una mueca al verla. Sale su puntuación, igual que la mía, 15.3.

El marcador principal se actualiza y yo aparto la mirada inmediatamente.

| | |
|---|---|
| Federación Rusa | 90.3 |
| República Popular China | 90.0 (- 0,3) |
| Estados Unidos de América | 87.6 (- 2,7) |
| Japón | 87.5 (- 2,8) |

Dani está a mi lado mirando el marcador fijamente y yo me giro hacia ella.

—No significa nada. Aún seguimos en la competición. En la barra de equilibrio y en el suelo ganaremos. ¿Lo pillas?

Asiente.

—Lo pillo, capi, lo pillo.

Espero que así sea, porque nos dirigimos hacia la barra de equilibrio, donde los sueños olímpicos mueren.

# capítulo diecinueve

Siempre he sido un hacha en la barra de equilibrio, pero hoy era muy importante que todas lo hiciésemos de diez para salir del pozo en el que nosotras mismas nos habíamos metido.

Cierro los ojos, visualizo mi ejercicio por última vez y vuelvo a abrirlos para girarme hacia Emma. Todavía parece un poco conmocionada tras lo ocurrido en las barras asimétricas.

—Eh, tranquila, lo vas a hacer muy bien. Se te da genial la barra de equilibrio y vas a clavar el ejercicio. Dani nos preparará el terreno, yo voy a machacarlas y tú darás el golpe de gracia que hará que nos llevemos la medalla a casa.

Emma asiente con cada palabra que digo, y siento cómo se le relajan los hombros bajo las palmas de mis manos.

—Puedo hacerlo.

—Claro que puedes hacerlo.

Tuvimos que contar con su 12 en las barras, cuando cualquier otro día normal habría sacado una puntuación de 14 alto o incluso un 15. Somos el mejor equipo del mundo, pero no es que el resto de los equipos sean una panda de inútiles. Son perfectamente capaces de completar sus rutinas a la perfección y, hasta ahora, lo han conseguido.

Dani es la primera en salir y su ejercicio no ha hecho más que mejorar desde que la vi ejecutándolo en la selección de los miembros para el equipo olímpico.

Desde lo alto de la plataforma, Dani saluda y el público enmudece. El estadio está sumido en silencio, salvo por la música del ejercicio de suelo de una gimnasta canadiense. Dani comienza su rutina de barra de equilibrio, y realiza las acrobacias y los movimientos tal y como mucha gente camina en la calle. Yo bailo sobre la barra, pero ella ataca, se mueve entre acrobacia y acrobacia como lo hacían las gimnastas rumanas de la vieja escuela, sin vacilar, movimiento tras movimiento, pero vinculados a su coreografía sin esfuerzo alguno, tanto que uno apenas se da cuenta de que está realizando unos ejercicios acrobáticos de una dificultad increíble. Al final, se prepara y coge impulso para hacer una rondada y un doble mortal con media pirueta, con un salto bastante decente para aterrizar en la colchoneta.

—¡Estupendo! —se me escapa, aunque seguramente debería estar concentrándome en mi propio ejercicio de barra de equilibrio en vez de estar mirando el de mi compañera. Hacía mucho tiempo que no me sentía tan bien durante una competición. Antes encontraba maneras de distraerme y no pensar en el dolor, pero la cortisona está funcionando a las mil maravillas enmascarándolo; por eso, en vez de convertirme en mi yo de antes de la lesión y bloquear todos los estímulos que me rodean, me estoy empapando de ellos.

Al subir los escalones, me cruzo con Dani y chocamos el puño; ella sigue su camino y espera a que anuncien su puntuación. El público ha recobrado la voz y los constantes gritos de «¡Da-ni! ¡Dani!» resuenan desde las gradas, hasta que aparece su puntuación: 14.4. Es un buen resultado para ella, pero no el mejor. Aun así, es algo con lo que puedo trabajar.

Me llega la reacción del público al ejercicio de Stepanova, pero hago todo lo posible por abstraerme, y visualizo mentalmente mi propio ejercicio. Balanceo los brazos, repaso cada uno de los elementos de cada sección. La subida al potro y, después, mis giros, que tengo que realizar con fluidez y conectados entre sí, la secuencia de acrobacias, los saltos, el control del ritmo, la salida, y listo.

«Hazlo como en el entrenamiento, Audrey. Como hiciste en Coronado, y en las clasificatorias.» El público aplaude el ejercicio de Stepanova, abro los ojos y me encuentro a Janet delante de mí.

—¿Estás bien? —pregunta, y yo asiento, mientras la sigo escalones arriba; allí, mueve mi trampolín hacia la colchoneta y, mientras, yo hago un par de marcas con la tiza en la barra de equilibrio, para tener alguna marca visual durante el ejercicio: una línea para las acrobacias aéreas, y una línea para el punto exacto en el que debo prepararme para la salida.

La luz verde titila y me dirijo al borde de la colchoneta; entrecierro los ojos y me concentró en el trampolín que Janet ha colocado al final de la barra. Tras un rápido saludo, corro hacia él, una plancha sobre la barra y, después, otros dos más sin vacilar, con las que recorro casi la totalidad del aparato. Levanto los brazos para demostrarles a los jueces mi control y, entonces, noto como que algo se enciende en mi interior. Es fácil. Siento como si mi alma se separase de mi cuerpo, como si me estuviese viendo desde fuera en vez de estar ejecutando el ejercicio aquí y ahora. Mi secuencia de giros es perfecta, ni un solo bamboleo de rodillas y, después de un par de elementos más, llega la salida, y puedo oír los latidos de mi corazón mientras respiro hondo y me preparo y llevo el ritmo de la salida con mis pulsaciones, uno, dos, uno, dos, manos, pies, manos, pies, triple *twist*, aterrizo, mantente firme... vale, he dado un pasito, pero no importa. Lo he hecho bien.

Saludo a los jueces y suelto un suspiro. Por esto he venido. Para clavarlo en las barras asimétricas. Para clavarlo en la barra de equilibrio. Ahora, solo me queda mirar.

Anuncian mi puntuación en seguida, un 15.0, y asiento de acuerdo con los jueces, algo poco habitual. Ese ejercicio era fantástico, y me alegra que ellos también lo supiesen.

—Gran trabajo —me dice Emma, y me da un apretón en los hombros.

—Te toca —respondo, y nos saludamos con un rápido movimiento de dedos.

Bien. Aquí empieza todo. Emma se sale en su ejercicio y volvemos a la competición. Rusia no es rival para nosotras en la barra si todas lo clavamos. Galina Kuznetsova está subida en la barra y, aunque lo dé todo de sí, Emma puede superarla por casi un punto de diferencia. Lo conseguiremos.

El público vitorea y entrechoca los palos hinchables para animar a Galina mientras ejecuta su salida; golpean los palos entre sí, pero quizá no lo hacen con el mismo entusiasmo que mostraron conmigo antes. Los presentes saben de gimnasia y pueden reconocer un ejercicio fantástico de uno normalito.

«Vaya, Audrey, menudo ego nos gastamos, ¿eh? Bueno, solo digo la verdad.»

—¡Vamos, Em, ya lo tienes! —la animo justo antes de su saludo y, con tres rápidos pasos, ya está encima de la barra, con los hombros colocados, los pies firmes, y ejecutando sus elementos, uno tras otro. Lo hace bien, con firmeza, como siempre lo ha hecho, hasta el incidente de ayer.

—¡Qué bien! —dice Chelsea cuando Emma clava un salto con *espagat* con tijera y, después, balancea los brazos para ganar impulso y enlazarlo con un salto carpado hacia atrás.

Pero las palabras de Chelsea siguen sonando en el aire cuando Emma apoya el pie con la mitad fuera de la barra, se le resbala, la cadera le da contra el borde del aparato y mi mejor amiga cae de espaldas sobre la colchoneta.

Todo el público suelta un grito ahogado, el gritito agudo propio de la sorpresa. Yo quiero estar igual de anonadada, pero no puedo. ¿Cómo ha podido pasar?

—Esto es una pesadilla —murmura Chelsea.

—¿Se ha...? —susurra Dani

Se ha caído. Emma se ha caído de la barra. Otra vez.

Cuando Emma se sube de nuevo al aparato se oyen unos aplausos de cortesía por el estadio y, después, ejecuta el resto del ejercicio, y realiza su salida, un doble mortal extendido, como Dani.

Clava el aterrizaje sin un solo fallo, pero eso no servirá para compensar la caída. Ni un poquito. Hasta ahora, le han quitado tres puntos solo por las caídas y, cuando se baja de la plataforma, viene directa hacia mí.

Irina Kareva está encima de la barra, ejecutando su ejercicio con firmeza, sin titubeos ni traspiés y, aunque nunca he deseado que alguien se cayese durante una competición, ahora sería el momento perfecto para que Irina se... equivocase.

Mierda. «No seas así, Audrey.» Aunque... podríamos habernos apañado con un mal ejercicio, ¿pero dos? Dos no es nada bueno, sobre todo cuando su puntuación en el potro no ha sido tan alta como siempre. «Basta ya, Audrey. No pienses. Ahora... tienes que seguir adelante.»

Kareva se baja de la barra, pero no tengo que mirar la puntuación para saber que será muy buena.

Mi mirada se cruza con la de Chelsea, y estoy lista para que me regañe por estar haciendo cálculos, pero no dice nada, solo aprieta los labios con fuerza. Dani se está mordiendo el labio, ¿y Emma? Está sentada en una silla, mirando al vacío, sin ver nada de lo que la rodea. A saber dónde tiene la cabeza ahora mismo.

Colocan nuestras puntuaciones en la tabla de clasificaciones y se me sube el corazón a la garganta. Sí, esto no es nada bueno.

La cosa ya no está igualada y ni siquiera estamos en la lucha por el oro, ni por la medalla de plata. Para eso necesitaríamos un milagro, como que el equipo de China o el de Rusia se derrumbaran a falta de un solo aparato. Estamos a casi un punto por debajo de Japón y, aunque somos mejores en el suelo, un punto es una diferencia abismal, sobre todo... sobre todo si Emma no lo clava. La miro allí sentada, completamente inmóvil en una silla junto al suelo en el que competirá, con los ojos abiertos como platos y respirando con dificultad, y no creo que ni siquiera pueda ser capaz de levantarse, ni hablemos de realizar cuatro diagonales seguidas.

| | |
|---|---|
| República Popular de China | 134.2 |
| Federación de Rusia | 133.9 (- 0.30) |
| Japón | 130.8 (- 3.40) |
| Estados Unidos de América | 129.9 (- 4.30) |

—Emma —la llamo, pero su mirada me atraviesa, como si yo no estuviera delante de ella—. ¿Em?

—¡Audrey! —me grita Janet.

—Emma —lo intento otra vez, pero deja caer la cabeza y clava la mirada en el suelo.

Desisto y me acerco a Janet, quien me rodea los hombros con un brazo.

—Audrey, ¿podrías hacer un ejercicio de suelo? —susurra.

Miro hacia atrás, hacia Emma, y después me fijo en las caras de desesperación que tienen Dani y Chelsea; me trago el pánico y asiento. Puedo hacerlo. Por mi equipo, para intentar salvar el día... Este día que se suponía que iba a ser nuestra coronación, pero que se ha convertido en un completo desastre.

—No... No sé si bastará.

Si bastará para el bronce. Para cualquier medalla. Íbamos a ganar el oro, y ahora...

—Aceptaré cualquier cosa que me ofrezcas.

—Lo daré todo de mí.

—Lo sé. Saldrás la última, así tendrás bastante tiempo para despejarte.

—Vale —asiento, aunque me arrepiento en cuanto se da la vuelta para decirles a los jueces que voy a reemplazar a Emma en la programación.

Me gustaría ir la primera, para quitármelo de encima, pero ya es demasiado tarde. Tengo las palmas sudadas, y no se secan por mucha tiza que me eche encima, y debo seguir moviéndome, mientras todo mi cuerpo tiembla por la tensión por lo que voy a tener que hacer en unos momentos.

Recorro el pozo de arriba abajo que hay entre las gradas y el suelo de la competición, de un lado para otro, con las manos en jarra, la cabeza agachada y los ojos fijos en la moqueta de color verde fluorescente con la que han cubierto todo el estadio.

Cinco ejercicios de suelo enteros antes de que llegue mi turno.

«No las mires, Audrey, visualiza cada paso, cada voltereta, cada giro, cada salto. No puedes controlar lo que esté pasando ahora, así que céntrate y sal cuando llegue el momento.»

Pero yo no debería estar aquí. Nunca se planteó la posibilidad de que yo compitiera en suelo en la final por equipos. Para este aparato estaban Chelsea, Dani y Emma, que iban a conseguir la medalla de oro y yo iba a animarlas tras haber hecho mi parte del trabajo. Troto un poco en el sitio, para intentar calentarme.

Emma sigue sentada, sin reaccionar ante el mundo que la rodea. Le echo un último vistazo a mi amiga y, después, me vuelvo para caminar hasta la plataforma. El último ejercicio de suelo de la final por equipos de los Juegos Olímpicos.

—Tú puedes, Rey —dice Dani cuando nos cruzamos en las escaleras.

—¡Dalo todo, Rey! —me grita Chelsea.

—Ahora, en suelo, representando a los Estados Unidos de América, ¡Audrey Lee! —anuncia el presentador, y todo el público suelta un murmullo de confusión.

Sacudo la cabeza, quitándome de encima todas las inseguridades que me entran, toda la tensión, todo. El mundo se reduce al suelo y a mí, nada más. No sé si el estadio está en silencio de verdad o no, pero puedo oír mi propia respiración, cómo inhalo y exhalo, antes de que se escuche el pitido de aviso y empiece a sonar mi música.

Empiezo a bailar, y me esfuerzo al máximo para asegurarme de que los jueces capten cada rápido movimiento de mis dedos, de los pies y de las manos. No puedo superar a Chelsea o a Dani. Ni siquiera sé qué necesito conseguir. Tengo que clavarlo todo, cada paso, cada giro, cada salto. Tengo que hacerlo perfecto y, si algo he aprendido en esta vida, es que nada es perfecto, da igual lo mucho que lo intentes o lo mucho que te lo merezcas.

Realizo mi último paso y se me resbalan un poco los pies, dos centímetros, puede que tres. Levanto las manos, saludo a los jueces y me vuelvo hacia el público para saludarlos a ellos también, porque mis padres y Leo están entre los presentes.

Bajo las escaleras, conteniendo la respiración, sin saber si mi actuación bastará, sin saber en qué puesto estábamos.

Dani y Chelsea me están esperando. Emma sigue sentada en una silla cerca del suelo de competición, con la cabeza entre las manos.

—Vamos —digo, y las guío hasta Emma. Le cojo la mano y tiro de ella, mientras le paso un brazo por encima de los hombros y ella se pone en pie. Tiene los ojos rojos y vidriosos, y le tiembla todo el cuerpo, por el arrepentimiento seguramente.

Me inclino, y las tres me imitan, rodeándonos con los brazos.

—Chicas, da igual lo que pase, esto ha sido un honor para mí —susurro en nuestro pequeño círculo—. Os quiero a todas. Sois mis hermanas y estoy muy, pero que muy orgullosa de vosotras.

Rompemos el círculo, pero no suelto la mano de Emma. Janet está de pie al otro lado de mi amiga, y le rodea los hombros con un brazo. Dani me coge de la mano que me queda libre y, después, coge la de Chelsea con la otra. Levanto la mirada y miro la clasificación.

Aparece mi puntuación. Un 14.0. Está bastante bien, al menos para mí. Entonces, en la tabla, aparece la puntuación total por equipos.

| | |
|---|---|
| Federación de Rusia | 177.1 |
| República Popular de China | 177.0 (- 0.10) |
| Japón | 173.0 (- 4.10) |
| Estados Unidos de América | 172.9 (- 4.20) |

Nos hemos quedado a una décima de distancia.

Cuarto puesto.

No subimos al podio. Hemos perdido la medalla que esta mañana estaba segurísima de que sería nuestra, y nunca tendré otra oportunidad para conseguirla.

Somos el mejor equipo del mundo. Lo sé con cada parte de mi ser.

Pero hemos quedado cuartas. No somos ni oro, ni plata, ni bronce.

No somos nada.

Nos acompañan fuera del estadio, para asistir a la entrevista con los medios de comunicación.

—¿Qué ha pasado? —pregunta un periodista cuando paso junto a él.

Me detengo, lo miro directamente a los ojos, y me inclino un poco hacia el micrófono que me tiende.

—Hemos perdido.

—

Apenas llevamos poco más de un par de minutos en la Villa Olímpica y ya estoy desquiciada. No quiero mirar el móvil, ni el portátil ni la televisión. Ya puedo imaginarme lo que estarán diciendo sobre nuestra actuación y no necesito que un millón de personas me confirmen que la he cagado cuando soy perfectamente capaz de llegar a esa conclusión yo solita.

Emma está sentada en una silla frente a mí, y Dani y Chelsea están juntas en el sofá, en silencio. Creo que nadie ha abierto la boca en todo este rato. La verdad es que tampoco me apetece hablar, las cosas como son. Lo último que quiero hacer es recordar todo este desastre. Si pudiese borrarlo de mi vida para siempre, lo haría. Cuarto lugar. Me parece increíble.

Tengo borrosa toda la competición, salvo esa penalización de una décima en mi último paso. Estoy convencida de que pensaré en esa décima durante el resto de mi vida.

¿Ha sido eso lo que nos ha arrebatado la medalla?

No.

Una penalización por sí sola no te saca del podio, pero, joder, ahora mismo, me parece que sí.

Todavía no logro entender qué le ha pasado a Emma. ¿Qué podría haber provocado esa pedazo de implosión de la mejor gimnasta del mundo? ¿Será por no haber conseguido clasificarse en las individuales? ¿O quizá ha sido un accidente? ¿Ha tenido Emma el peor día de toda su carrera como gimnasta en el peor momento posible? No sería la primera persona a la que le pasara. ¿La presión, tal vez? A lo mejor, solo es que la gimnasia es difícil. A veces, hacemos que parezca muy sencilla, pero es el deporte más complicado del mundo. O a lo mejor...

—Es culpa mía —dice Emma, de pronto.

—No es culpa tuya, Em. Esto es gimnasia, estas cosas pasan —contesto. Me levanto de la silla y me acerco a ella, acuclillándome a su lado.

—No —niega con la cabeza—, no es eso.

—Entonces, ¿Qué pasa?

Mi amiga respira hondo y empieza a hablar sin parar.

—Me vais a odiar y me lo merezco, pero necesito que sepáis que... Que por eso ha ocurrido todo lo que ha pasado hoy. Todo el mundo estaba muy... Todo el mundo te apoyaba, Dani. Hasta el equipo ruso llevaba esos brazaletes en señal de apoyo y yo... Yo no te apoyé aunque lo sabía. Sabía que no estabas mintiendo, y no dije nada. Audrey estuvo a punto de dejar su puesto en el equipo para ayudarte. La señora Jackson suspendió a todos y cada uno de los miembros del comité. Janet puso en pausa toda su vida y yo no tuve el valor suficiente para... Para decir la verdad.

La miro fijamente, sin creerme lo que escucho. Lleva mucho tiempo guardándose todo esto para ella sola, y quizá le venga bien soltarlo todo. Pero me gustaría que lo hubiese hecho antes. A lo mejor, de haber sido así, habríamos ganado la competición de hoy.

—Es que me entró mucho miedo cuando vi que te habían echado del equipo y, después, de cómo te trataron Sierra y Jaime. Estaba aterrorizada y no hacía más que ponerte las cosas más difíciles y no sabía cómo pararlo. Me parecía que era demasiado tarde. Pero, cuando he visto cómo todos esos desconocidos te apoyaban hoy, toda esa gente que no te ha visto en la vida y que no ha crecido contigo, que no podían estar seguros al cien por cien de que decías la verdad, yo... Me he venido abajo. Yo sabía que no mentías, Dani. Lo sabía porque me ha estado haciendo lo mismo a mí durante el último año.

En un solo suspiro me quedo sin aire, como si me hubiese caído de la barra de equilibrio y hubiese aterrizado de golpe sobre el esternón.

—¿Em? —digo con voz ronca, pero hay algo en mi tono de voz que la ha hecho sobresaltarse.

Se levanta de la silla de un salto y se queda ahí de pie, en el medio. Le tiembla todo el cuerpo y estalla entre sollozos. Después, sale disparada por la puerta y se marcha.

—¡Emma! —la llamo, de pie un segundo después, pero la señora Jackson me impide salir.

—Yo voy —dice, en voz baja—. No queremos montar una escena.

La miro estupefacta. ¿Qué se piensa que voy a hacer, reprender a mi amiga por ser una víctima y sobrevivir? Nunca lo haría. ¿Eso ha pensado Emma? ¿De verdad cree que la odio?

La señora Jackson se marcha y Janet le pisa los talones.

—Pensaba que era la única —dice Dani—, quizá, si hubiese hablado antes...

—No —la corta Chelsea—. No vas a cargar con la culpa por algo que ha hecho él.

—¿Cómo no me di cuenta? —susurro, aunque las dos me escuchan—. Es mi mejor amiga, y no me di cuenta de nada.

—Rey, el año pasado tenías tus propios problemas —dice Chelsea—. Estabas lesionada.

Estaba lesionada, y no estuve allí. Así que Emma no tenía con quién compartir habitación, sola, como Gibby intentó que estuviese yo en el campamento, lo mismo que le hizo a Dani en los mundiales. Y no era culpa mía, pero tendría que haberme dado cuenta. Tendría que haberme percatado de que le pasaba algo. Tendría que haber estado allí para apoyarla.

No puedo quedarme en esa habitación, necesito salir.

—Voy a dar un paseo.

Me cuelgo del cuello mi identificación de atleta y me marcho, sin esperar una respuesta.

Edificaron la Villa Olímpica en una ensenada de la bahía de Tokio y la pegajosa humedad del aire, combinada con el movimiento de los barcos y el paso de los aviones por el cielo, me recuerda a mi hogar. Quiero enviarles un mensaje a mis padres, pero para ello tendría que mirar el móvil y no quiero hacerlo. No necesito ni una pizca más de negatividad ahora mismo, y eso es imposible evitarlo en las redes sociales. Incluso los desconocidos que no tienen mi número de teléfono no tendrán inconveniente en hacer saber su opinión sobre lo que ha ocurrido hoy.

Aunque, bueno, solo un mensaje...

*¿Puedes venir?*

Envío mi ubicación, apago el teléfono y lo entierro en uno de los bolsillos de mi chaqueta.

Llego hasta el punto en el que el límite de la Villa se junta con el agua, y me siento en uno de los bancos.

El horizonte se extiende a lo lejos. Coronado está a ocho mil kilómetros de distancia. Y mi casa está a más de doce mil. Estoy en los Juegos Olímpicos, aquello para lo que me he pasado la vida trabajando y lo único en lo que puedo pensar es en las ganas que tengo de meterme en mi cama de Queens y dejar que el ruido de los coches, las ambulancias, los aviones, las personas caminando por la calle y los niños jugando en el callejón que hay detrás de mi casa ahogue todos mis pensamientos. Quiero sentir el aroma del jabón para la ropa que utiliza mi madre para lavarme las sábanas y de la loción para después del afeitado que se pone mi padre en el baño.

Quiero irme a casa.

Las lágrimas se escapan de pronto; no caen a raudales, sino de una en una. Quiero irme a casa. Quiero que todo esto desaparezca.

Soy la capitana del equipo, un título que no me he ganado y que, definitivamente, no me merezco, y el equipo se está desmoronando. No tengo ni idea de qué puedo hacer para arreglarlo y la única solución que se me ocurre es huir. «Menudos dotes de mando que tienes, Audrey. Una auténtica maravilla.»

—Eh, aquí estás —dice Leo, a un par de metros de distancia.

Levanto el brazo rápido y me limpió las pocas lágrimas que me quedan en las mejillas, pero él se da cuenta.

—¿Puedo sentarme? —pregunta, mientras se acerca al hueco vacío que hay en el banco, a mi lado. Asiento. Es lo único que puedo hacer en estos momentos—. No puedo dejar de pensar en que esta agua es la misma que tenemos en casa.

—Ya, qué grande es el océano, eh —contesto y, después, me avergüenzo del sarcasmo con el que lo digo. No se merece que me desquite con él. Le he pedido que viniera, y aquí está. No ha hecho nada más que apoyarme, a pesar de, bueno, eso, a pesar de que me conoce desde hace unos cinco minutos—. ¿Cómo has entrado en la Villa?

—He sobornado al guardia.

Entonces, me vuelvo hacia él, con los ojos como platos.

—¿Vas en serio?

—No, le he pedido a mi madre que me registre como invitado —responde suspirando, y después se acerca un poquito más. No hace ademán de tocarme, así que yo doy el paso y apoyo la cabeza sobre su hombro. Entrelaza los dedos con los míos, y me coge de la mano, mientras me da un beso en la coronilla.

—Gracias por venir tan rápido. Lo siento... no puedo... No puedo decirte lo que ha pasado. No es mi secreto. Es que... no sé si puedo seguir con todo esto.

—Sea lo que sea, sé que puedes —dice sin vacilación, y es esa seguridad, esa confianza que tiene en mí, lo que me hace estallar.

—¡No puedo! —grito, levantándome de un salto del banco y me vuelvo hacia él—. La cabeza me ha ido a mil por hora desde la competición para entrar en el equipo. Es que ni siquiera he tenido un minuto para procesar todo lo que ha pasado y, entonces, llegamos aquí y ahora tengo muchísimo más tiempo para pensar y no dejo de comerme la cabeza una y otra vez, un millón de veces, y ni tan solo se me había pasado por la cabeza lo que me podría haber hecho Gibby a mí si Dani no lo hubiese parado, y ahora Emma... —Me callo antes de soltarlo todo—. Dependían de mí. Yo iba a ser su capitana y no puedo... No puedo pensar...

—Pues no pienses.

—Haces que parezca muy fácil —respondo y muevo las manos con frustración—. Y no lo es. El único momento en el que puedo no pensar es cuando hago un ejercicio de gimnasia y qué pasa si eso ya no funciona más... porque ahora la gimnasia es sinónimo de derrota. —Se me quiebra la voz y estoy a punto de echarme a llorar. Pero no quiero llorar. Quiero arreglarlo.

—Lamento lo que ha pasado hoy. Te merecías ganar. Te mereces todo lo bueno que hay en el mundo.

En ese momento, hay algo en mi interior que se rompe. Quizá es lo que le ha ocurrido a Emma hoy, durante la competición. Al final, todo me sobrepasa, y me ahogo en un mar de lágrimas.

Leo me deja llorar no sé ni por cuánto tiempo, pero pasa un rato hasta que se me regula la respiración y las lágrimas dejan de fluir.

—Soy un completo desastre y siempre acabo llorando sobre tu hombro. Lo siento. Necesito... No sé ni lo que necesito. Distraerme, a lo mejor.

Leo arquea una ceja, se pone en pie y me tiende las manos.

—Muy bien, pues vamos a distraerte. Vamos a menear las caderas.

Su repentina propuesta, tan inesperada, hace que salga de ese espiral de negatividad. Era lo que menos me esperaba que soltara por la boca.

—Eso no será un eufemismo para...

Resopla, pero le brillan los ojos.

—No, claro que no. Te estoy pidiendo que bailes conmigo.

—¿Tú bailas? —digo, con una carcajada—. Estás de coña.

Sacude la cabeza de un lado al otro, con una sonrisa de arrepentimiento.

—Qué va, es en serio. Mi entrenador me obligó a dar clases de baile. Quería que tomara más conciencia de mi cuerpo. Estuve un mes dando clases de *ballet*, hasta que le supliqué que me las cambiase por cualquier otra modalidad de baile, y me apuntó a clases de baile de salón.

—¿Y te gustaron más las clases de baile de salón que las de *ballet*?

—Mucho más —dice, con una sonrisa de oreja a oreja—. Las chicas de baile de salón eran muchísimo menos estiradas que las bailarinas de *ballet*.

Ese comentario hizo que echara la cabeza hacia atrás y soltase una buena carcajada y, joder, me sentí bien.

—Dios, seguro que fueron como un paseo en barca comparadas conmigo.

—Venga, Rey, no te fustigues tanto. Eres encantadora.

—Sí, una encantadora estirada —lo corrijo, consciente de lo trastornada que había sonado apenas un par de segundos antes, pero sonrío sin querer.

—Un poquitín estirada, pero también eres lista, tienes talento, te matas a trabajar y eres altruista. ¿Con esto basta para que dejes de escaquearte? Tengo una larga lista, pero ¿vas a bailar conmigo o no?

—No me creo que sepas bailar.

Leo inclina la cabeza, como si aceptarse el reto, y se acerca a mí. Me pasa una mano por la cintura, y la apoya sobre el centro de mi espalda y, con el más suave de los empujones, me acerca más hacia él. Con la otra mano, coge una de las mías y la lleva hasta su hombro; después, une las dos manos que nos quedan libres.

—No tenemos música.

Sonríe de nuevo y, después, abre la boca y empieza a cantar, la voz grave, un poco desafinada, pero estoy demasiado pasmada como para que me importe.

—*Moon river, wider than a mile, I'm crossing you in style someday...*

No sé cuándo ha empezado a bailar, pero sigo sus pasos por instinto. Pasa otro minuto más antes de darme cuenta de que, en algún momento, se tuvo que haber aprendido la coreografía de vals que tenía incorporada en mi ejercicio de suelo, pues me está guiando para bailar esa pieza; sus pasos son seguros y están perfectamente coordinados al tempo. O es un gran bailarín con unos dotes increíbles o me ha estado observando muy de cerca. O puede que las dos cosas. Un escalofrío me recorre el cuerpo cuando me hace girar por debajo de su brazo y me vuelve a coger de la mano con facilidad para, después, pasar a la siguiente estrofa.

Le cuesta un poco llegar a las notas más altas, y el rubor se apodera ligeramente de su rostro, pero, después, pasa con suavidad a un registro en el que se siente más cómodo y yo le aprieto la mano, desesperada por que continúe.

Me acerca un poco más, y mi pecho roza ligeramente el suyo, mientras me recorre la espalda con los dedos. Siento su aliento cálido contra la sien cuando se inclina un poco más cerca, sin dejar de cantar en voz bajita. Me aleja de él con un giro, sosteniendo la mano en el aire mientras yo doy una vuelta bajo ella con la misma doble pirueta que realizaba en mi ejercicio, la misma postura con la pierna levantada, como lo haría en el suelo y, cuando dejo de girar, tira de mí otra vez y bailamos juntos. Apoya la frente contra la mía y susurro las últimas letras de la canción a la vez que él.

—*Moon river and me.*

Dejamos de bailar y nos quedamos allí de pie, juntos, respirando el mismo aire. Era un baile lento, pero el corazón me va a mil por hora, latiendo a un ritmo mucho mayor que el del vals. Todavía me estrecha contra su cuerpo, pero no se mueve ni un ápice, salvo por una pequeña contracción en la mandíbula. Nuestras miradas se encuentran. Me está esperando. Quiere que sepa que puedo confiar en él, aunque no estoy segura de que pueda confiar en nadie, ni siquiera en mí misma. Es un momento importante.

Me pongo de puntillas y apoyo mis labios en los suyos. Me tiene bien sujeta, por la cintura, pero él no se mueve. Me devuelve el beso, pero me deja llevar las riendas de la situación. Me permito darle un ligero mordisco en el labio inferior. Y un gruñido emerge desde lo más profundo de su ser, y me envía una vibración que me recorre entera. Noto un escalofrío cuando apoya las manos cerradas en la parte más baja de mi camiseta, se cuelan bajo el dobladillo y con los nudillos me roza la piel desnuda de la zona lumbar. Me aparto, respirando con dificultad. Hasta ese suave roce tiene algo que me pone a cien. Cierro los ojos e intento mantener el equilibrio mientras la cabeza me da vueltas por lo que acabo de sentir. Leo tiene la respiración tan irregular como yo.

Un primer beso perfecto.

—Audrey —dice con voz áspera, pero se detiene.

—Te has aprendido la letra —susurro, todavía sorprendida por todo lo que ha pasado—, la de la canción.

—La busqué después de ver tu ejercicio aquella noche, la primera de la clasificación para el equipo olímpico. Me fui a dormir escuchándola en bucle —confiesa, encogiéndose de hombros, y se pasa una mano por la nuca—. Estabas tan guapa en la pista y, entonces, reconectamos y ahora es como que... Es como que va de nosotros, ¿sabes? Como si fuese el destino.

—No creo en el destino —susurro—. Ya no.

—¿En qué crees? —pregunta, con voz ronca.

Su pregunta hace que me ponga de puntillas otra vez y nos encontramos a mitad de camino, pero esta vez él lleva los tiempos del beso, como ha hecho antes con el baile. Desliza las manos por debajo del borde de mi camiseta, me estrecha contra él, pero no con la misma suavidad que antes. Estiro los brazos y le rodeo el cuello con ellos; entonces, mueve las manos: una se enreda en mi pelo, hundiéndose en el moño deshecho, y la otra me coge con firmeza de la cadera, mientras me empuja más hacia él y provoca una fuerte fricción entre nosotros. Si sigue tocándome así, voy a explotar.

Ese pensamiento hace que me aparte de él. Estamos al aire libre y cualquiera podría vernos. Leo parece comprenderlo, pues afloja un poco el agarre mientras separamos nuestros labios por última vez.

—Audrey Lee, cuando todo esto acabe, tú y yo vamos a... Vamos a tener esa conversación tan seria —dice, mirando por encima de mi cabeza, y respirando con dificultad. Puedo notar cómo le retumba el corazón y el calor que emana de su piel, que se filtra por la camiseta hasta llegar a la palma de mi mano—. Si todavía quieres.

Asiento, pero no puede verme.

—Sí, sí que quiero... —respondo, y vacilo, reuniendo el valor para seguir— tener una conversación seria... —sigo, levantando los brazos, y apoyo una mano en cada una de sus mejillas, mientras le muevo la cabeza para que me mire a los ojos— contigo. Muy seria. La más seria de todas.

—Bien —contesta, y esboza una sonrisa pícara—. Bueno, ¿te has distraído ya o qué?

Me echo a reír. Me siento muy bien cuando me río y Leo consigue que lo haga a menudo, como una droga.

—Eres de lo peor, ¿sabes?

—Sí —dice, pasándome un brazo por los hombros y estrechándome contra él mientras regresamos a la Villa—, lo sé.

Me ha distraído, por lo menos durante unos minutos, pero, aunque me acaricia la piel del hombro con las ásperas yemas de los dedos, eso no soluciona nada. Todo lo que he dicho no ha cambiado y puede que piense, con esa arrogancia tan encantadora que posee, que una distracción basta.

Pero no, no basta.

Nuestro equipo está roto, pero voy a arreglarlo.

Debo hacerlo, o me arrepentiré el resto de mi vida.

# capítulo veinte

Me despido de Leo, lo que tal vez me cuesta un poco más de lo que esperaba, y después cojo un minibús directo a nuestro edificio. Tengo un plan, bueno, en realidad es una idea, pero es una buena idea y no quiero perder más tiempo antes de involucrar a las demás. Cuando vuelvo a la *suite*, la zona común está vacía, pero la puerta de mi cuarto está abierta.

—Has vuelto —digo, mientras Emma ronda por la habitación. Los cajones de su aparador están todos abiertos y la ropa está amontonada sobre la cama, con la maleta abierta a su lado—. ¿Qué estás haciendo?

—Las maletas —contesta, embutiendo un maillot, que estaba en un cajón cuidadosamente doblado, en un bolsillo de la bolsa y después girándose para coger otro.

—Espera. —Me coloco en el espacio entre ella y la maleta para impedir que siga guardando ropa—. Escúchame un momento.

—No pasa nada —dice—. Sé que te sientes fatal, Rey, pero no tenías forma de saber lo que estaba pasando. No hay nada por lo que sentirse culpable.

—Eso no es... —empiezo a protestar, pero ella tiene razón. Me siento culpable. Muy culpable—. Vale, bien, pero no metamos mi culpa en esto.

—¿Qué?

—No se trata de mí, sino de ti.

—Rey, no creo que...

—Según Leo, no se nos permite pensar.

—Estos *snowboarders*, qué frescos son.

—Ya te digo, ¿no?

—Audrey...

—No, tú escúchame. Si quieres irte porque te duele demasiado o porque ya no es lo que tú querías, muy bien. Son motivos válidos y no te culpo. Pero si te vas porque..., porque crees que no te lo mereces o porque piensas que lo que dijiste antes es verdad, que eres responsable de todo esto, entonces, por favor, te ruego que no te vayas.

—Audrey.

—Eres una de las mejores gimnastas del mundo. Has trabajado toda tu vida para esto y te mereces estar aquí. Te mereces darte la oportunidad de ganar.

—Pero...

—Dani no te echa la culpa. Yo no te echo la culpa. Ninguna te culpamos. La única persona que tiene la culpa es Gibby. Yo no voy a irte con la gilipollez de que si te rindes, él gana...

—Es lo que dice la señora Jackson.

—La señora Jackson es genial, pero se equivoca. Lo que hagas ahora no tiene nada que ver con él. Lo que importa es lo que *tú* quieres. ¿Qué quieres?

—Quiero hacer gimnasia —contesta al instante.

—Bien, pues resulta que estamos en las Olimpiadas y que esa es una de las cosas que se hacen aquí.

Emma resopla, pero puedo ver una sonrisa, una auténtica, luchando por salir a escena.

—No sé si puedo volver a salir ahí. No sé si puedo enfrentarme a... nadie. La fastidié delante del mundo entero y no quiero que nadie sepa por qué. —Ahora está divagando, pero la dejo continuar. Puede que necesite sacarlo todo fuera—. Yo no soy como Dani. Creo que no podría soportarlo, pero también quiero que sepan que había una razón por la que yo estaba tan hecha polvo, que no fue por la presión. Pero como que... todos piensan que fue por eso, y puede que de alguna manera sea cierto, y eso pesa sobre mí y ahora no sé qué hacer.

La observo en silencio. Tiene razón de una manera rara, retorcida y fuera de contexto, y yo no tengo ni idea de qué decir a continuación.

—Eh —interviene Dani desde la puerta, ha visto claramente la maleta, pero la ignora—, ¿puedo pasar?

—Claro —responde Emma encogiéndose de hombros.

—Por supuesto que lo eres. Eres tan fuerte como yo —afirma Dani.

—No lo soy —protesta Emma.

Dani entra en la habitación y me mira.

—Audrey, ¿nos perdonas un momento?

—Claro —contesto, pero antes de irme, me acerco a Emma y le doy un abrazo—. Eres fuerte y eres mi mejor amiga y te quiero. Da igual lo que decidas hacer, todo lo que acabo de decir es verdad.

Dani cierra la puerta detrás de mí y yo trato de que no me corroa las entrañas que cuando mi mejor amiga me necesita, yo no sé cómo ayudarla.

Chelsea está en el sofá esparciendo platos de comida sobre la mesita de té mientras la señora Jackson y Janet hunden unos palillos chinos en los envases de cartón. Deben de haber salido a por la cena antes de que Emma empezara a hacer las maletas.

—Toma —dice Chelsea, pasándome un envase—. *Sushi* fresco preparado ante nuestras narices.

—Ventajas de hacer los Juegos en Tokio —comento. No hemos visto gran cosa de la ciudad y seguramente no la veremos hasta que no termine la competición, si es que llegamos a ver algo, pero al menos puedo disfrutar de la comida.

Van pasando los minutos y tratamos de distraernos mirando la competición de natación, pero, aparte de admirar lo bien que quedan los chicos surcando el agua, mi atención sigue centrada en lo que está pasando detrás de la puerta que da a mi dormitorio.

—Supongo que mi hijo te encontró —dice Janet, y consigue desviar mi atención.

—Sí. Gracias por..., ya sabes. —Me revuelvo en mi sitio bajo su atenta mirada. ¿Por qué? ¿Por dejar que me distrajera un rato saliendo con su hijo? No, es más que eso—. Gracias por estar ahí todo el tiempo. Sé que te he discutido algunas cosas, pero me has enseñado mucho. Mayormente, que lo que yo había pensado toda la vida que era una buena preparación... no lo era.

—De nada, aunque él y yo tendremos una conversación acerca de cómo es que no se mantenía tan alejado de ti tanto como me juraba —replica Janet con una sonrisa, haciendo que lo raro de la situación se desvanezca y después cambiando de tema antes de que la rareza se materialice de nuevo—. Me contó, ya sabes, lo de sus planes de entrenamiento. Has ayudado a mi hijo a recuperar la ilusión, no sé cómo, y lamento haber querido interferir en vuestra relación.

En realidad, no estoy segura de merecer el crédito que Leo me otorga por esa decisión. Es su sueño olímpico, no el mío. ¿Y la disculpa? No tengo ni idea de qué decir a eso.

La señora Jackson me salva de tener que responder.

—¿Leo va a entrenar para el 2022? —pregunta, mientras me observa con una mirada calculadora—. Qué interesante.

—Tamara —comienza a decir Janet, pero se ve interrumpida porque la puerta se abre detrás de ella.

Dani sale en primer lugar, pero Emma está justo detrás. Tiene los ojos de un color rosado y un poco hinchados, pero aparte de eso no parece muy perjudicada.

—He decidido quedarme —sentencia Emma rompiendo el silencio.

Instantáneamente se me relajan los hombros y me levanto de un salto para abrazarla. Nos quedamos ahí, meciéndonos y apretándonos con fuerza. Nadie dice nada, pero, si quedaba algo de tensión en la estancia, ya se ha disipado.

—¿Eso es *sushi*? —pregunta Emma, señalando con la barbilla que tiene apoyada en mi hombro—. ¿Puedo probarlo?

—Sí —contesto, separándome de ella y casi tropezando conmigo misma al ir a darle un plato y unos palillos.

—Gracias —me dice, y se sienta en el sofá.

Janet y la señora Jackson nos repasan con los ojos entornados. Carraspeo para aclararme la garganta.

—Chicas, ¿os importaría dejarme la habitación un momento? Tengo que hablar con mi equipo.

La señora Jackson arquea una ceja.

—En absoluto —dice, y Janet asiente en señal de que está de acuerdo. Recogen sus envases, salen y nos quedamos solas.

—Yo... —empiezo a hablar lentamente, mirándolas a la cara—. Tengo que contaros una cosa.

Las tres se quedan congeladas al instante, con los palillos a mitad de camino hacia la boca, a Chelsea se le cae al regazo un bocado de arroz que acababa de comerse.

—Perdón —digo sacudiendo la cabeza—. No es eso, al menos no exactamente. Es de cuando Sierra intentó...

—¿Chantajearte? —Chelsea termina la frase por mí mientras vuelve a meterse el arroz en la boca.

Asiento, inhalo profundamente y después exhalo para equilibrarme. Esto es importante.

—Iba a cederle mi puesto, porque Gibby me estaba preparando, o al menos eso pensaba el FBI, y yo sentía que... —Dudo, inspiro y espiro para tratar de mantenerme tranquila y enderezo los hombros. Ahora hay que ser fuerte, no hay que desmoronarse. Otra vez no—. No lo hice porque fuera lo correcto. Lo hice porque creía que se lo debía a Dani por haberlo denunciado. Me sentía culpable porque te había pasado a ti en lugar de a mí. —Le dedico un asentimiento—. Y agradecida por denunciarlo cuando lo hiciste. Me salvaste.

—Rey, eso no es... —Se le apaga la voz y sacude la cabeza.

—Lo sé, pero así me sentía. Y ahora, al saber que también le ha pasado a mi mejor amiga —miro a Emma, cuyos ojos están un poco brillantes, aunque me deja continuar—, creo que os merecéis saber el motivo real por el que lo hice. Os merecéis saber la verdad.

No me responden, pero en el silencio no hay rencor ni prejuicios, ni siquiera rechazo, solo me escuchan, porque, después de todo lo que hemos pasado estas últimas semanas, yo soy la capitana y mi equipo espera que lo anime.

Y es lo que hago.

—Yo... sigo pensando que somos el mejor equipo del mundo, da igual lo que hayan dicho hoy los resultados.

—Y... no te equivocas —confirma Dani hablando despacio.

—Obviamente —añade Chelsea.

Emma asiente.

—Vale —digo—, entonces nos queda una semana para demostrarles a todos que somos el mejor equipo del mundo. Quedan cinco competiciones individuales antes de que terminen los Juegos y estamos en todas las disciplinas, en la mayoría somos dos. Aún podemos darles una lección, nosotras cuatro. Juntas, pero cada una por separado.

Chelsea se ríe un poco y después exhibe una sonrisa pícara.

—Me gusta cómo suena eso.

—A mí también —dice Dani.

A Emma le brillan los ojos cuando me dice:

—Y a mí.

—Muy bien —asiento—. Entonces mañana empieza... —Dudo, miro a Emma, sin haber tenido la intención de hacerlo.

—Mañana empieza la final individual —termina ella por mí, aunque aparta la mirada cuando habla. Para ella no será fácil, después de todo, no compite mañana—. Dani y tú les daréis una lección.

—

Somos seis gimnastas en la última ronda de la competición individual. Seis gimnastas con la firme intención de ganar. Estamos todas a un punto de diferencia en la clasificación y eso significa que cada una tiene la posibilidad de terminar el día subida a lo alto del podio, y una posibilidad es cuanto necesitamos.

El estadio está igual. La misma gélida temperatura, la misma multitud frenética, el mismo locutor anunciándolo todo en inglés y en japonés. Siento que algo debería haber cambiado después de nuestra salida de ayer. Que el cosmos debería haber aplicado alguna diferencia al lugar donde entramos como las favoritas para la medalla de oro y del que salimos sin medalla alguna.

Dani y yo nos alineamos con las demás chicas y, como soy más alta que las tres que tengo delante, puedo ver, a través del túnel de entrada, la zona donde mis sueños murieron ayer.

Hoy, no obstante, el sueño que enterré hace más de un año tiene la ocasión de revivir. Nadie pensó que sería yo, ni siquiera cuando éramos pequeñas. Ahora puedo llevarme una medalla a casa y ser, *oficialmente*, una de las mejores gimnastas del mundo. Ni siquiera sé cómo sentirme al respecto. No he tenido tiempo suficiente para procesarlo.

Me voy poniendo de puntillas para calentarme y entonces aparecen Janet y Chelsea para entrar nuestro equipamiento al estadio. Técnicamente, Janet me acompañará a mí y Chelsea ha venido en calidad de «entrenadora» de Dani, pero, como estamos en el mismo grupo, será un trabajo de equipo.

—Mira quién ha venido —dice Chelsea, cargándose la bolsa de Dani al hombro y señalando con la barbilla la parte de las gradas que está justo encima del túnel. Leo se apoya sobre la barandilla, lleva una bandera estadounidense pintada en la mejilla y un lazo de sensibilización verdeazulado, en la otra.

—Bonita cara.

—La tuya también —responde, al sonreír se le agrieta la pintura.

—Lo sé —admito, con aire superficial para quitarle importancia.

—Te lo debo —me dice, y se agacha para colocarse más a mi altura y saca una mano a través de las barras metálicas. Le choco el puño y después, poniéndome de puntillas, lo insto con la mirada a que se acerque más. Se inclina y me permite besarlo brevemente, pero él es Leo, así que no se aparta y, en lugar de eso, se acerca más y lo prolonga mucho más de lo apropiado, el tiempo suficiente para que algún cámara nos capte. Es ridículo. No deberíamos hacerlo. La pasada noche en la Villa Olímpica ya nos la jugamos, pero esto es mucho más oficial, estamos en público con cámaras de televisión por todas partes. Y aun así, no me importa.

Me distraen unas risas que oigo detrás de mí, donde las chicas están alineadas. Me aparto y Leo se tambalea un poco hacia atrás. Levantando una ceja, me guiña un ojo con picardía y se va.

Cuando me giro, Irina Kareva y su compañera, Erika Sheludenko, me están sonriendo.

—Qué mono es —dice Irina.

—Son asquerosos —comenta Dani, dándome un codazo—. Te ha dejado pintura en la mejilla.

Resoplo haciéndome la ofendida y dejo que Dani me limpie la pintura con el dedo gordo, sin creerme que *esta* sea la conversación que tenemos antes del campeonato olímpico individual.

—Por favor, somos adorables.

Roxana Popescu mete baza desde detrás de mí.

—Qué dulces. Yo nunca he tenido novio.

Luego, Sun Luli, que no entiende una palabra de inglés, sonríe ampliamente desde el final de la fila e imita con sorna el sonido de un beso, cosa que nos hace romper a reír a todas.

La tensión se ha desvanecido y, cuando el oficial de la Federación Internacional de Orientación sale del túnel para iniciar la competición, volvemos a nuestros puestos en la fila y nos concentramos.

Empezamos a avanzar siguiendo al voluntario con la insignia Grupo 1.

Somos nosotras.
Seis de las mejores gimnastas del mundo.
Cuatro rotaciones.
Tres medallas.
—Vamos allá.

Marchamos hacia el salto de potro y la sensación de *déjà vu* es casi aplastante. Bajo la mirada hacia el maillot de manga larga. No es negro como el de ayer. Es azul y gris metalizado con puntitos brillantes en ambas mangas. Es un nuevo día y una nueva oportunidad.

Paseo la vista por las gradas a medida que avanzamos hacia el podio para ser anunciadas al público. Emma está detrás de las barras asimétricas, con la bandera de Estados Unidos envolviéndole los hombros, y mueve la cabeza arriba y abajo siguiendo el ritmo de la música que resuena por los altavoces. La señora Jackson está a su lado, con una sonrisa indulgente y muy ensayada en la cara. Leo y Ben están cada uno en un extremo de la fila, ahuyentando a los curiosos con los brazos cruzados sobre el pecho y los labios firmemente apretados. No sé dónde se sientan mis padres, pero me conformo con saber que están en el estadio.

El locutor va diciendo nuestros nombres y, como ayer, Dani recibe una gran respuesta del público, igual que Irina, pero esta vez yo también. ¿Podría ser que lo de terminar en cuarto puesto haya hecho que nuestro equipo sea favorito? Como si perder, además de lo que hemos vivido, nos volviera más simpáticas a su vista. O tal vez están superemocionados porque Japón nos quitó la medalla de bronce. Da igual lo que sea, aceptaré todo el apoyo que me den.

Mientras los jueces se sientan, corremos por la pista de aceleración de salto de potro para hacer el calentamiento. El aire acondicionado del estadio es implacable y tenemos que mantenernos en movimiento para calentar lo suficiente para poder competir. Hago un mortal en la última ronda de calentamiento y después bajo de la plataforma para esperar mi turno. Voy la tercera en esta rotación y Dani es la quinta, pero, a no ser que suceda algún desastre, seré la última cuando nos dirijamos a las barras asimétricas. Todas las chicas que comparten la rotación conmigo hacen un Amanar, como mínimo, y yo voy con mi estúpido salto de bebé. Pero aquí estoy, y eso quiere decir que tengo una oportunidad.

Erika Sheludenko es la primera y en cuanto inicia la carrera, Irina le grita:

—*Davai, davai!*

Su postura no es gran cosa, pero hace un Amanar y cuando cae, Irina le grita:

—*Stoi!*

Indicándole que se quede clavada, cosa que hace. Impresionante. Es tan impresionante que no puedo evitar levantar el puño para que me lo choque cuando pasa por mi lado. Inclina la cabeza en un gesto de confusión durante un instante, pero después se encoge de hombros y me choca el puño. Dani me imita y Erika sonríe, esta vez el choque de puños es más entusiasta.

¿Y sabéis qué? ¿Por qué no? Esas chicas nos apoyaron poniéndose maquillaje, bandas en el brazo y cintas de pelo verdeazulados. Tenemos más cosas en común que diferencias. Si ellas pueden dejar a un lado la competición para defender algo en lo que creen, también podemos apoyarnos aquí mismo, cuando estamos haciendo lo que más nos gusta en el mundo.

La siguiente es Sun Luli. Es diminuta y el Amanar que hace es correcto ¡con una recepción perfecta! No ha llegado tan alto ni tan lejos como otras, pues su corta estatura es una desventaja a la hora de generar el impulso necesario para volar de verdad. Aun así, la puntuación que aparece, un 14.7, es buena, y más teniendo en cuenta que el potro no es su especialidad. De nuevo no puedo evitarlo. Estoy justo en las escaleras, así que le ofrezco el puño que ella me choca con una sonrisa. Cuando giro la cabeza para ver el final de la pista del potro, Erika e Irina también la están felicitando.

Me toca ahora, Roxana Popescu va detrás de mí.

Los jueces me dan la luz verde y levanto el brazo para saludar, luego corro por la pista para hacer el último salto de potro de mi vida, esta vez de verdad.

Rondada, *flic-flac* sobre el potro y salgo disparada hacia arriba. Un mortal y medio después, me abro, aterrizo y no me muevo ni un centímetro.

Sonriendo, levanto los brazos y luego saludo a los jueces, me pongo a batir palmas y bajo del podio. Chelsea es la primera en abrazarme y Janet asiente con aprobación.

Después, Erika y Sun se acercan a mí con los puños levantados y sonrisas en los rostros. Les hago un choque de puños a cada una antes de quitarme los protectores de muñeca para prepararme para las barras asimétricas.

Sacan mi puntuación, un 14.3.

—¡Sí! —Agito un poco el puño en el aire, pero paro enseguida, pues tengo que concentrarme en envolverme las muñecas.

Es curioso, durante la final por equipos, Emma sacó un 14.3, puntuación que entonces consideramos mala y que fue el inicio del colapso que nos llevó a perder la medalla. Ahora estoy celebrando la misma puntuación, pues me ha puesto en el camino hacia la medalla que ella debía ganar. Los deportes son superraros.

Roxana salta a continuación, un Amanar, tal vez el más descuidado de momento, pero cuando cae, no se mueve. ¡Otra recepción perfecta! Y van cuatro seguidas. La multitud ruge emocionada, pero se nota que no saben muy bien qué pensar. Las recepciones clavadas en gimnasia son raras de ver hoy en día debido a la creciente dificultad de las disciplinas. Pero, de momento, mola mucho.

—¡Venga, Dani! ¡Tú puedes! —le grito desde el asiento donde me estoy envolviendo las muñecas, pero no dejo de alargar el puño hacia Roxana cuando se acerca a coger algo de su bolsa. Me hace un firme asentimiento antes de chocarme el puño.

El salto de Dani es alto, correcto y potente. Es el mejor que le he visto hacer y ¡también clava la caída! Madre mía. El público enloquece y yo también, me levanto y aplaudo con una tira de cinta adhesiva colgándome de la muñeca. Troto hasta las escaleras donde las demás chicas la están felicitando y le doy un abrazo.

—¡Ha sido increíble!

Me sonríe con los ojos brillantes de alegría.

—Es el mejor salto que he hecho nunca.

Los jueces parecen estar de acuerdo, pues le dan la puntuación más alta de su vida. Cogiéndola por los hombros, le doy la vuelta para que vea el marcador, donde ha aparecido un 15.4 junto a su nombre.

—Hala.

Asiento.

—Sí. Hala.

Solo queda Irina Kareva y su Yurchenko con triple mortal. Es Kareva. El salto de potro del que todos pensaban que le granjearía la medalla de oro por delante de Emma, de Dani y del resto del mundo.

Pero cuando sale corriendo por la pista y se lanza sobre el potro, hace dos mortales y medio, clavando el aterrizaje, lo que lleva al público al borde de una apoplejía. Seis recepciones clavadas de seis en la misma rotación.

Pero la única rotación que ahora me interesa es ese medio mortal que Kareva no ha dado.

Puede que, durante los entrenamientos, no se sintiera cómoda con la pirueta. Puede que piense que, sin Emma por en medio, tiene el oro asegurado. Sea lo que sea, ha degradado la mejor ventaja que tenía en esta competición y, cuando le sonrío y le ofrezco el puño, puede que lo haga de corazón.

Su puntuación sale enseguida. No había mucho que restar y el público alborota de nuevo. Un 15.4 para Irina, lo mismo que Dani. Están empatadas cuando nos dirigimos a las asimétricas.

| | |
|---|---|
| Dani Olivero (USA) | 15.4 |
| Irina Kareva (RUS) | 15.4 |
| Roxana Popescu (RUM) | 14.8 |
| Sun Luli (CHN) | 14.7 |
| Erika Sheludenko (RUS) | 14.6 |
| Audrey Lee (USA) | 14.3 |

Mientras caminamos, mantengo la vista fija en el suelo verde fosforescente y trato de aislarme del exterior, especialmente de los camarógrafos que nos siguen con cámaras fijas para enviar nuestras imágenes al mundo. La multitud aún está armando jaleo por las seis recepciones perfectas, pero no dejo que me entre en la cabeza. «Concéntrate en acometer las barras asimétricas como en los entrenamientos, Audrey, nada más.»

Irina fue la última en saltar, así que es la primera en asimétricas. Jugueteo con los protectores mientras la superestrella rusa saluda y se acerca a las barras. Las asimétricas rusas son más una forma de arte que un deporte, pero sus rutinas a veces contienen extraños errores intrínsecos. Como hacer un medio giro sin llegar a colocarse en la vertical, lo que vale una deducción bastante grande, antes de prepararse para la salida con doble mortal extendido hacia detrás. Vuelve a clavar el aterrizaje, y al púbico lo recorre una descarga. Es la séptima recepción perfecta seguida y están todos alucinando.

Kareva iba a intentar despegarse para colocarse en primera posición con su ejercicio de barras, pero ahora hay una brecha, la segunda que nos ha dado en dos ocasiones. Su puntuación es de 14.7, aunque es más que correcta considerando el error que cometió.

Cuando pasa por mi lado, le ofrezco el puño lleno de tiza y encerrado en el protector y ella duda durante un segundo, seguramente porque sabe que acaba de abrirnos un poco más la puerta, antes de chocar suavemente los nudillos contra los míos y luego seguir andando.

La siguiente es su compañera y donde Irina abrió la puerta, Erika trata de cerrarla. Es una magnífica gimnasta en las asimétricas y lo demuestra en cada vertical que hace y en cada vuelo entre barras, donde flota de forma que casi parece etérea. Después de un doble mortal extendido, cae con ligereza, como dando un saltito, y el público demuestra su aprobación con un rugido. Otra recepción clavada y su puntuación será más alta que la de su compañera. Y así es, un 15.0. y así se mantiene en la lucha por la medalla.

Le toca el turno a Sun Luli y es la primera en fallar. Una estupenda rutina, llena de piruetas épicas y una fantástica combinación de vuelos que hace que la multitud se quede boquiabierta, termina con una breve salida con doble mortal extendido de la que cae con la espinilla y la rodilla sobre la colchoneta, a las que siguen las manos. Está llorando antes de bajar de la plataforma para refugiarse en los brazos de su entrenadora. No es cosa mía consolarla, aunque me gustaría. Los jueces la machacan. En la final por equipos, su rutina recibió un 15.3, pero cuando en el marcador aparece ahora un 14.2, para ella es el fin.

Recuperar un punto entero en solo dos rotaciones será casi imposible. Seguramente es algo de lo que debería haberme dado cuenta ayer, después de que Emma se cayera de las asimétricas. Puede que no debiera haberse subido a la barra de equilibrio. Puede que allí es donde todo se torciera.

Pero ya no puedo pensar más porque soy la siguiente. Janet sube al podio para poner tiza en las barras, mientras yo me aseguro de llevar bien firmes los protectores y de tener la suficiente cantidad de tiza para balancearme con suavidad.

—¡Tú puedes, Rey! —me grita Chelsea, que está apenas a unos metros de mí, y eso es lo último que registro, después bloqueo todo lo demás.

El juez principal me hace una seña y enciende la luz verde. Me coloco entre las barras, saludo y comienzo. El roce de los protectores contra las barras es perfecto y me balanceo, cambio de manos y hago un vuelo hacia la barra superior, voy alternando piruetas, media vuelta sobre una mano, luego pongo la otra, otro vuelo y alcanzo el ritmo perfecto. Termino la última pirueta con una vertical y cojo impulso para la salida con uno, dos, tres mortales y clavado en el suelo.

—¡Sí! —grito, y levanto el puño. Voy escalando poco a poco hacia las primeras posiciones, donde están las chicas que saltaron el potro mucho mejor que yo en la primera rotación. Doy una palmada despidiendo una nube de tiza antes de saludar a los jueces y bajar de la plataforma.

Sun Luli se me acerca enseguida con los ojos enrojecidos, pero con el puño levantado para felicitarme.

En lugar de chocárselo, abro los brazos en espera de un abrazo que ella me da agradecida. Ni siquiera tiene dieciséis años, los cumple en diciembre. Es una edad muy tierna para que se te desmoronen los sueños.

Yo lo viví. Pero ahora ya no es cierto, ¿verdad? Porque estoy aquí, después de la lesión y de Gibby y de perder a mi entrenadora, aquí estoy de todas formas con las chicas que me han apoyado y con un novio que hace que todo sea perfecto y con otra entrenadora que nunca me mentiría. Quiero decirle a Sun todo esto, pero es imposible. Incluso aunque habláramos el mismo idioma, no hay tiempo para hacerla comprender. Espero que algún día lo entienda sola.

Me suelta cuando aparece mi puntuación, un 15.1, ante el que asiento con una sonrisa. Es exactamente lo que necesitaba para seguir en la competición.

Resuenan unos chillidos desde las gradas donde están sentadas Emma y la señora Jackson, y yo sonrío en su dirección y las saludo sin verlas en realidad.

Roxana Popescu es la siguiente y es difícil de ver. Rumania no es famosa, exactamente, por su trabajo en barras asimétricas y este es su aparato más flojo. Pero lo intenta con fiereza, afanándose entre las barras y tratando desesperadamente de que sus balanceos sean fluidos en su breve y relativamente fácil rutina. Solo le queda la salida, un doble mortal carpado le daría una puntuación suficiente como para pensar en conseguir una medalla. Lo hace y también lo clava, con lo que el público enloquece de nuevo, a pesar de la sencilla rutina.

La última en salir es Dani, y yo dejo escapar el aire lentamente antes de quitarme los protectores.

—¡Venga, Dani! Tú puedes.

Cuando éramos más pequeñas, a Dani nunca se le dieron bien las asimétricas, pero ahora es ya mucho más que aceptable. Puede que se balancee con más fuerza de la que resulta natural en este aparato, pero siempre clava las verticales, hace los vuelos altos y se agarra con facilidad, además de hacer unas recepciones perfectas.

La multitud corea su nombre, «¡Da-ni, Da-ni!», mientras baja del podio. Estoy al pie de la escalera para recibirla con un abrazo y las demás chicas de la rotación le ofrecen los puños mientras esperamos su puntuación.

Hala. Un 14.7 para Dani, que la lleva a un empate en el primer puesto.

| | |
|---|---|
| Dani Olivero (USA) | 30.1 |
| Irina Kareva (RUS) | 30.1 |
| Erika Sheludenko (RUS) | 29.6 |
| Audrey Lee (USA) | 29.4 |
| Sun Luli (CHN) | 28.9 |
| Roxana Popescu (RUM) | 28.4 |

Esto va a estar reñido.

# capítulo veintiuno

Tengo que clavar los enlaces. Con eso podré seguir en la competición. Si hago todos los enlaces perfectos, tengo una oportunidad, a pesar de que mi ejercicio de suelo sea superflojo en comparación con el del resto. Cierro los ojos, visualizo mi ejercicio como hice un millón de veces en Coronado. Voy a tener que esperar cuatro rutinas antes de que me toque a mí, así que tengo todo el tiempo del mundo para repasarlo todo una y otra vez.

Dani es la primera y abro los ojos para observar su ejercicio. Antes de la lesión, yo pasaba por las competiciones en un estado de concentración máxima pero, después, necesitaba todo lo que hubiese a mi alrededor para distraerme y olvidarme del dolor. ¿Ahora? Bueno, supongo que he sacado algo bueno de todo esto, porque puedo mirar cómo Dani realiza su ejercicio en la barra de equilibrio como la mejor gimnasta del mundo, ni un solo bamboleo ni momento de vacilación, una acrobacia tras otra con una facilidad pasmosa y perfecta. Se prepara para la salida y, después, realiza un doble mortal adelante con media pirueta, y pone el broche de oro cuando aterriza en la colchoneta tiesa como un palo.

—¡Da-ni! ¡Da-ni! —corea el público de nuevo, mientras entrechocan los palos hinchables y esperan su puntuación. Es la niña de sus ojos y ella les está dando todo lo que quieren. Todavía sigo en la competición, pero no voy a mentir, una parte de mí también quiere que mi compañera gane.

Aparto ese pensamiento justo cuando anuncian su puntuación.

Un 14.6. Cuando pasa por mi lado, alzo un puño en el aire y los entrechocamos, pero Dani no se para a hablar conmigo. Sabe que necesito repasar mi ejercicio todo lo que pueda. Lo visualizo otra vez, y dejo que mi cuerpo imite los movimientos de cada paso, enlazándolos sin interrupciones, aunque tengo los pies clavados en el suelo.

Un murmullo de nerviosismo se adueña del público, y me desconcentra. Ha pasado algo en la barra de equilibrio. Me doy un momento para echar un vistazo y veo a Kareva preparándose para la salida, pero se la ve inquieta. No he oído el golpe contra la colchoneta, así que no se ha caído, pero aun así...

—Ha cometido un gran error y casi se suelta de la barra —explica Janet a mi lado, susurrando lo suficiente para que nadie pueda oírnos, aunque quizá el camarógrafo que tenemos detrás sí la ha escuchado, pues siempre está a menos de veinte centímetros de nosotras.

Asiento y me imagino la salida, con los brazos pegados al pecho, dando vueltas lo más rápido posible antes del aterrizaje.

Ya está. Ese es el ejercicio que busco.

Levanto la cabeza justo a tiempo para ver un 14.3 justo al lado del nombre de Kareva.

Vaya. Esa nota es... Es baja, igual de baja que mi puntuación en el potro.

Kareva se baja de la plataforma y se sienta en una silla, sin hacerles caso a sus entrenadores ni a su compañera de equipo, que está subiéndose a la barra.

Le toca a Sheludenko, pero este aparato no es su fuerte. Casi nunca se cae, pero pocas han sido las veces en las que ha conseguido completar su ejercicios sin un solo amago de caída y esa tendencia no cambia cuando se lanza a por sus elementos aéreos y le cuesta mantenerse encima de la barra tras realizar su segunda plancha, con los hombros muy mal colocados. Agita los brazos con frenesí y, al final, logra recuperar el equilibrio, pero ese fallo le saldrá caro. Ejecuta la salida y saluda, pero la boca torcida y la postura alicaída de los hombros bastan para que todo el estadio sepa que no ha hecho lo que necesitaba hacer.

Yo también lo sé. Solo tengo que clavar los enlaces. Si hago el ejercicio perfecto, me aseguro el bronce. Una medalla de bronce en la clasificación general individual. Vale, no, frena, no corras tanto. No puedo pensar en eso ahora.

«Primero la barra de equilibrio, Audrey. Clava los enlaces.»

El público estalla en aplausos que van dirigidos a Sun Luli, quien debe haber hecho un ejercicio perfecto. Me alegro por ella tras la caída en las barras. Espero que acabe bien, pero bueno, está claro que no demasiado bien.

Soy la siguiente y, cuando nos cruzamos en las escaleras hacia la plataforma, chocamos los puños y, joder, le han dado un 15.0 por su actuación. Es una nota buenísima.

Pero yo también puedo conseguirla.

Chelsea me está colocando el trampolín y se acerca a mí. Me mira directamente a los ojos y me dice:

—A por todas, capi.

—Dalo por hecho.

Entonces, se marcha, baja de la plataforma justo cuando los jueces me dan luz verde para empezar.

Saludo con una ligera sonrisa en el rostro y empieza mi ejercicio.

Me subo a la barra y me lanzo al momento con dos planchas. Bien. Ahora, a por los giros. El triple giro se transforma en uno doble cuando se me tuercen un poco los hombros, pero no se me bambolean los brazos y puedo seguir con una pirueta en «L» y, después, abajo y arriba con el molino completo y listo. Bien.

Alzo la barbilla de nuevo y comienzo la segunda mitad de mi ejercicio, los saltos conectados, una rueda sin manos y un mortal para aterrizar sentada en la barra. El giro que hago con la espalda arranca vítores del público, un leve rumor que escucha mi subconsciente.

Y, por fin, la salida. Cuento, manos-pies, manos-pies y, con firmeza, hago un triple *twist* con un saltito hacia un lado en la colchoneta, ya está. Lo he clavado. Saludo a los jueces y esbozo una sonrisa de oreja a oreja.

Me lo he ganado y, cuando me bajo de la plataforma y veo la tabla de puntuación, ese 15.0, la misma nota que Sun, lo demuestra.

Solo queda una chica. Roxana Popescu. Y, como yo, si quiere conseguir la medalla de bronce, debe hacer el ejercicio de barra sin un solo fallo. Ella también es capaz de conseguirlo. Las gimnastas rumanas nacen con la capacidad de realizar un ejercicio de barra de equilibrio perfecto bajo el brazo y Roxana es fantástica. Una rondada, una plancha completa y aterriza sobre el aparato sin un solo bamboleo. Realiza un mortal hacia atrás con un giro de 180 grados, con tanta facilidad que parece que tenga muelles en los pies y que la barra de equilibrio midiese tres metros de ancho. En unos días tendremos una final de barra de equilibrio muy emocionante si lo hace así. Su salida es como la mía, dos *flic-flac* y un triple *twist*, pero al aterrizar sobre la colchoneta no se mueve ni un milímetro.

Es un ejercicio estupendo y los jueces la premian con un 15.3. Es una puntuación tremenda y la mete de nuevo en la competición mientras pasamos al ejercicio de suelo, uno de sus puntos fuertes aunque no uno de los míos, ni de lejos.

Actualizan las notas y ahí estoy, empatada a puntos con Irina Kareva, y con Dani a solo tres décimas por encima de nosotras. Bueno, todo se reduce al ejercicio de suelo. Cada una de nosotras tiene un minuto y treinta segundos para dar todo lo que tenemos en el aparato y ver adónde nos lleva.

| | |
|---|---|
| Dani Olivero (USA) | 44.7 |
| Irina Kareva (RUS) | 44.4 |
| Audrey Lee (USA) | 44.4 |
| Erika Sheludenko (RUS) | 43.9 |
| Sun Luli (CHN) | 43.9 |

Roxana Popescu (ROM) 43.7

Soy la última. La última en realizar su ejercicio de suelo. No la última en la clasificación, gracias a Dios, pero la última en la cola mientras nos ponemos en fila para avanzar hacia la última rotación. Dani se vuelve y le cojo la mano, dándole un suave apretón. Estamos juntas en esto, da igual lo que pase.

Que voy segunda en la clasificación. Segunda, y pasamos al suelo. Pero, si me mantengo firme, si no cometo ningún error garrafal, entonces podría ganar una medalla. La medalla que a principios de año había perdido frente a Dani y Emma y, por poco tiempo, hasta frente a Sierra. La medalla que pensaba que era imposible ganar.

Durante el calentamiento, Dani y yo estamos en la misma esquina del suelo. Se vuelve hacía mí y estira la mano cerrada.

—Esto es nuestro. Tú y yo. Una vez más.

—Una vez más —repito, chocándole el puño.

Puede que mi ejercicio de suelo sea bonito, pero no es complejo, ni por asomo tan complejo como el de todas las chicas que actuarán antes que yo. Pero eso se escapa de mi control. Lo único que puedo controlar es lo que hago allí fuera, durante mi minuto y medio.

Roxana Popescu ya está en el suelo y todo el público aplaude al son de su música, una enérgica pieza clásica que no conozco. Es una obra que parece sacada de una feria o de un circo y Roxana anima al público con su baile y con sus fantásticas diagonales y acrobacias. Sin embargo, rebota un poco de más en algunos de sus saltos y eso le costará unas valiosas décimas; y necesita todas las décimas que pueda conseguir.

Me uno a los aplausos de los presentes, pero en seguida centro mi atención en Dani; mi compañera está en la esquina donde empezará su rutina, esperando a que anuncien la nota de Roxana para poder empezar. Parece estar tranquila y relajada, pero seguro que el corazón le va a mil por hora. Podría cerrar este ejercicio con una medalla de oro en las generales individuales si da todo lo que tiene.

Después de la cantidad de cosas por las que ha pasado, para ella todo se reduce a esta rutina y ese hecho posee cierta perfección en sí mismo. Sufrió sola los abusos sexuales de Gibby. Y de pie en aquella plataforma, esperando para comenzar, sigue estando sola. Esa es la naturaleza de nuestro deporte. A pesar de todo lo que ganamos con el concepto de equipo y con el apoyo de nuestros entrenadores, al final, tenemos que competir solas. Pero Dani es fuerte. Yo confío en que puede hacerlo. Sé que puede.

*El Gran Showman* emerge por los altavoces del estadio y el público se anima al instante. Saben lo que se juega y, si pueden, la llevarán entre vítores hasta lo más alto del podio, hasta la medalla de oro. Pero quizá el momento que está viviendo es demasiado para ella, porque Dani da un enorme salto hacia atrás y casi se sale de los límites del suelo en su primer diagonal. La siguiente es mejor, aunque con un pequeño resbalón de los pies al aterrizar, y ahora está en mitad de su ejercicio, bailando para el público con una sonrisa brillante y unos amplios movimientos. Está cómoda durante el ejercicio, porque ahora está bailando y realizando los saltos y las vueltas exigidas como si controlase la situación, ni un solo dedo fuera de lugar, ni de las manos ni de los pies, ni un solo traspiés ni titubeo mientras atraviesa el suelo. Es precioso.

—¡Vamos, Dani! ¡Remátalo! —grito, en un intento por hacerme oír por encima de la multitud, pero lo más probable es que sus intensas ovaciones ahoguen mis palabras cuando mi amiga aterriza tras realizar dos diagonales; clava los pies en el suelo y alza los brazos, en señal de triunfo.

Lo ha hecho. Lo ha hecho y, si con ese ejercicio no se gana el oro, puede que todo Tokio se rebele ante los jueces.

Subo corriendo hasta ella, que está esperando su nota con Janet y Chelsea, y la abrazo por detrás. La pillo por sorpresa y pega un bote, pero se vuelve y me da un gran abrazo. Noto cómo le tiembla todo el cuerpo y casi puedo sentir en la piel el alivio que mana por sus poros.

Pero todavía no puedo celebrarlo con ella. Aún tengo que competir.

En la pantalla aparece un 14.3; no es su mejor nota, pero debería bastar. Ha llegado a la última rotación sacándonos una buena ventaja a Kareva y a mí.

Irina se acerca al suelo y la mirada llena de determinación que tiene en los ojos mientras espera a que empiecen a sonar las primeras notas de su canción es suficiente para hacerme creer que va a obligar a los jueces a darle la oportunidad de conseguir el oro. Estoy convencida de que su ejercicio será fantástico, pero no quiero verlo.

Necesito concentrarme en lo que tengo que hacer una última vez. Otra oportunidad para dejar anonadado al público, sumirlo en un silencio de asombro o hacer que derramen un par de lágrimas. Cierro los ojos y me concentro en mi respiración. Adentro-afuera, una y otra vez, el mundo que me rodea desaparece por completo y estoy suspendida sobre un mar negro, ligera como una pluma; es el estado de meditación que logré perfeccionar durante las extrañas semanas que pasamos en Coronado.

La música de Kareva se acaba y todo el público estalla en aplausos, y solo eso consigue romper mi estado de trance, o casi trance, y me devuelve a un mundo lleno de color y sonido.

Me alejo hacia un trozo que queda vacío del suelo, lejos de la competición, y cierro los ojos. La melodía de la evocadora música de *ballet* de Erika Sheludenko intenta meterse en mi mente, pero la echo a un lado y la reemplazo por mi propia canción. No dejo de calentar, balanceando los brazos, hago una zancada con una pierna y luego con la otra. Voy a necesitar cada ápice de energía que me quede para el ejercicio de suelo.

La siguiente canción que suena es la *Cabalgata de las valquirias*, de Sun Luli, con la que la gimnasta china intenta dejar de ser una dulce adolescente y transformarse en una valiente guerrera gracias a su fuerza de voluntad, pero, aun así, intento hacer caso omiso. Un par de respiraciones profundas más y empiezo a dar vueltas, sin dejar de repasar mi ejercicio, mis diagonales, los momentos de baile, los saltos, los giros... todo entremezclado entre sí a la perfección en una expresión de arte y destreza para los jueces.

La música de Sun termina con un brusco parón y abro los ojos. Saluda a los jueces y al público, que la vitorea.

Un ejercicio de suelo. Mi último ejercicio de suelo.

Me subo a la plataforma incluso antes de que anuncien la nota de Sun. No quiero saberla y no podré verla desde donde estoy, junto al suelo de resortes enmoquetado que me ayudará a determinar mi destino.

El público aplaude ante la nota que los jueces le han dado a Sun Luli, sea cual sea, pero yo no desvío la mirada hasta que la luz roja cambia a verde.

Entro en el suelo, abriendo bien los brazos, y me coloco en mi posición de inicio. Una suave señal me avisa de que mi música está a punto de empezar a sonar antes de que los tañidos de un chelo produzcan un ritmo que me traslada a otro universo, un lugar en el que no tengo que hablar. Puedo dejar que la música suene y utilizar el cuerpo para explicarle al mundo cómo me siento. Bailar como bailé ayer con Leo, dejando que el mundo se desvanezca y creando nuestro propio universo en el que solo importábamos nosotros.

Mi doble mortal y medio y mi posterior mortal con pirueta son perfectos, y levanto una pierna en arabesca, para demostrarles a los jueces el control que tengo sobre mi cuerpo; después, me muevo a la otra esquina con un doble mortal hacia adelante con pirueta, con un salto tras aterrizar sobre el suelo y continuar con el baile. Me parece sentir una punzada de dolor cuando clavo la tercera diagonal, pero ¿qué más da? Es la última vez que voy a hacer un ejercicio de suelo y, no sé muy bien ni cómo ni por qué, eso hace que el ejercicio sea mejor, el tenue recuerdo de que, pronto, la cortisona desaparecerá para siempre y todo esto no será más que una parte de mi pasado, pero joder, será preciosa.

La canción está a punto de terminar y el *crescendo* continúa mientras clavo la mirada en el suelo para mi última diagonal, un doble mortal hacia atrás. Respiro una vez, dos, y corro para hacer una rondada, un *flic-flac*, me impulso en el aire, giro dos veces hacia atrás, inclino las caderas, pero tengo las piernas bien metidas y aterrizo con un leve resbalón, con un final casi idéntico al de mi ejercicio de ayer. Es curioso cómo obra el destino a veces.

La música se apaga y acabo levantando los brazos con una floritura para marcar mi pose final. El pecho me palpita por el esfuerzo, pero apenas lo noto. Ha sido mi mejor actuación. La mejor que haré nunca. Y ha sido perfecta, pero no porque no haya cometido errores, que seguro que sí, sino por todo lo que me ha costado llegar hasta aquí, todo el dolor, el sufrimiento, toda la angustia y la preocupación, cada gota de sangre, sudor y lágrimas que he derramado durante los últimos catorce años de mi vida se ven reducidos a este momento y eso es lo que hace que sea perfecto.

Saludo a los jueces, pero también al público que me ha animado durante la competición, y saboreo las lágrimas que me recorren las mejillas hasta llegar a los labios. Dani está junto a mí y me abalanzo sobre ella.

—Ha sido precioso —me susurra al hombro. También está llorando. Hay muchísimas lágrimas. Nadie me dijo que sería así, que sería así de perfecto. Más perfecto de lo que me podría haber llegado a imaginar jamás.

Ahora nos toca esperar, de nuevo bajo la tabla de puntuaciones, cogidas de la mano, mientras intento recuperar el aliento. Las posiciones se actualizarán por orden de medalla un segundo después de que anuncien mi nota. Lo sabremos en unos segundos. Contengo la respiración. Ha llegado el momento.

# capítulo veintidós

| | |
|---|---|
| Dani Olivero (USA) | 59.0 |
| Audrey Lee (USA) | 58.9 |
| Irina Kareva (RUS) | 58.3 |
| Roxana Popescu (RUM) | 58.2 |
| Sun Luli (CHN) | 58.1 |
| Erika Sheludenko (RUS) | 57.9 |

Una décima.

La diferencia es de una décima de punto, como en las finales por equipos, pero ganar la medalla de plata sienta mucho mejor que perder la de bronce. También es la puntuación individual más alta que me han dado nunca, incluso antes de la lesión. Ha sido mi mejor actuación en la competición más importante de mi vida.

«No se puede pedir más, ¿verdad, Audrey? Hacerlo lo mejor que has podido justo el día en que más lo necesitabas.»

Nunca pensé que llegaría tan cerca y puede que algún día desee no haber cometido este o aquel error, pero ahora no encuentro esa sensación en mi interior.

He ganado la de plata. La he *ganado*. Soy medallista olímpica, y eso nunca me lo podrá quitar nadie.

Chelsea es la que está más cerca de mí, y me estira para abrazarme.

—Excelente trabajo, capi —me dice, apretándome con fuerza.

A unos metros de distancia, Kareva cae al suelo mientras sus compañeras la consuelan y Dani está sollozando sobre el hombro de Janet. Por mucho que esto signifique para mí, y significa muchísimo, no puedo ni imaginarme qué le está pasando ahora por la mente. Ni siquiera puedo reunir una pizca de rencor. Dani ha ganado y eso, de por sí, ya es bueno, como si ahora el universo se equilibrara después de echarle tanta mierda por encima.

—Lo he conseguido —consigue articular entre sollozos—. Lo hemos conseguido. —Se vuelve hacia mí y la abrazo con fuerza.

—Has estado increíble. Lo has bordado *de oro*.

—Ay, Dios, qué cursi ha sonado eso —grita, pegándome en el hombro, pero yo sonrío—. Estoy muy orgullosa de ti. Has estado alucinante, hoy me has presionado mucho. ¿Y esa última rutina? Rey, ha sido preciosa.

El estadio se sacude a nuestro alrededor, todos están en pie y aplaudiendo, cantando al son de Queen y su *We are the champions*, que reverbera por los altavoces. Dani sube al podio y saluda salvajemente al público, quien, no se sabe cómo, hace más ruido aún, dándole su aprobación con un rugido. Después me hace subir a mí y un fotógrafo nos lanza una bandera estadounidense. Nos la pasamos por los hombros y sujetamos las esquinas para que todos puedan verla. Somos las dos mejores gimnastas del mundo en la clasificación individual y pronto tendremos las medallas que lo demostrarán.

No podemos celebrarlo mucho tiempo. Los oficiales de la competición enseguida nos escoltan fuera del estadio y un voluntario nos guía a través del túnel. Irina, llorando, va la primera de la fila, Dani la sigue conmigo detrás, en la misma posición que estaremos sobre el podio de las medallas. Saludamos a la multitud mientras salimos de la zona de competición.

La señora Jackson se reúne allí con nosotras y nos entrega rápidamente el equipo oficial estadounidense para la ceremonia de entrega de medallas.

—No quería dároslos por adelantado, chicas. No quería gafarlo —explica mientras nos enseña una chaqueta azul marino con «USA» estampado en la espalda en color blanco y pantalón azul a juego, además de unas zapatillas blancas para completar el conjunto.

Al parecer, la señora Jackson no es un robot y cree en cosas como la superstición y los gafes. ¿Quién lo habría dicho?

Nos ponemos los equipos con rapidez, después ella se retira y nos sonríe.

—Señoritas, estáis fantásticas y yo... —Duda, aparta la mirada un instante, inspira hondo (vaya, no solo es supersticiosa, ¿también se emociona?)—. Estoy muy orgullosa de vosotras por todo lo que habéis tenido que pasar para llegar hasta aquí. Sois extraordinarias.

Se acerca para abrazar a Dani y yo aprieto los labios para tratar de retener mis emociones. Ya debo de tener el maquillaje hecho un desastre y no quiero empeorarlo más. La señora Jackson se separa de Dani y me da un abrazo, para luego retroceder unos pasos y darnos su aprobación con un asentimiento.

—Y ahora, he pensado que también os haría falta esto —dice, agachándose un momento y levantándose con un pequeño kit de maquillaje.

Me sale una gran sonrisa.

—Por esto es usted mi favorita, señora Jackson, mi favorita entre todos.

Nos sentamos en el suelo con las piernas cruzadas y yo maquillo a Dani primero.

—¿Te lo puedes creer? —me susurra cuando le cojo la barbilla y le hago dos perfectas alas de perfilador en los párpados.

—Por supuesto que sí. —Casi es cierto—. Bueno, me creo que tú hayas ganado, pero ¿yo? No sé si alguna vez llegaré a creerme que esto ha pasado.

Dani se ríe un poco, pero luego se pone seria.

—¿Crees que lo habrá visto? —pregunta, pero no contesto porque sigue hablando—. Espero que lo viera. Espero que me viera ganar sin su retorcida y enfermiza presencia. Espero que sepa que lo he conseguido a pesar de él.

—Lo sabe. —La miro directamente a los ojos—. Y se va a pudrir en una celda el resto de su vida, y tú eres medallista de oro de los Juegos Olímpicos.

Dani solloza y me aprieta la mano.

—Me alegra mucho que lo hayamos conseguido juntas. Me alegro de que hayas sido tú la que ha estado conmigo.

Una calidez me atenaza el corazón. Es algo que no había sentido nunca con nadie, excepto con Emma. Amistad verdadera, fraternidad, la clase de vínculo que jamás se romperá.

Ambas asentimos y compartimos un cómodo silencio mientras termino de maquillarla. No queda nada más que decir. Es la sensación de pasar página, esa que no muchos supervivientes llegan a sentir, un triunfo total y completo sobre su agresor. Ella ha ganado. Él ha perdido. Fin.

Estoy en mitad del proceso de desmaquillarme cuando veo a Irina esperando con sus entrenadoras. La miro directamente, señalo el perfilador y levanto un hombro a modo de sugerencia. Le cuesta un momento asentir, y entiendo sus dudas. Después le dice algo a su entrenadora, quien pone cara de asombro, y se encamina hacia mí. Le paso un disco desmaquillador y termino de limpiarme la cara antes de girarme hacia ella.

—Igual que tú —me dice, y cierra los ojos.

—Perfecto.

Y quince minutos después, nos ponemos en fila y marchamos de vuelta al estadio con las mejillas sin regueros de lágrimas y en los ojos, perfectamente delineada, esa mirada felina que rápidamente estoy convirtiendo en el símbolo de nuestro equipo. Las tres mejores gimnastas del mundo, una rusa y dos estadounidenses, separadas por menos de un punto en la clasificación, pero con muchas más cosas en común que diferencias.

La marcha hasta el interior es breve y el locutor presenta a los miembros de la Federación Internacional de Orientación que nos entregarán las medallas. En cuando pronuncia sus nombres, se me olvidan, porque ahora está mencionando nuestros nombres y todo me parece irreal.

—Ganadora de la medalla de bronce, en representación de la Federación Rusa, ¡Irina Kareva!

—Ganadora de la medalla de plata, en representación de Estados Unidos, ¡Audrey Lee!

—Ganadora de la medalla de oro y campeona olímpica, en representación de los Estados Unidos, ¡Dani Olivero!

Todo sucede en un borrón de besos en ambas mejillas y buenos deseos, el dulce aroma de las flores de manzano japonés de los ramos que nos entregan antes de sentir en el cuello el satisfactorio peso de la medalla de plata. La sostengo en la mano, el disco plateado que me identifica como medallista olímpica. Es la cosa más bonita que he visto jamás.

—Señoras y señores, por favor, levántense para escuchar el himno nacional de los Estados Unidos.

Vuelvo la cabeza hacia el extremo del estadio donde están desplegando la bandera y me pongo la mano sobre el corazón. Nunca he sido especialmente patriótica, pero, cuando empieza a sonar la versión instrumental de *La bandera tachonada de estrellas*, me tiembla el cuerpo y se me pone la carne de gallina. Lucho por contener las lágrimas —para evitar la destrucción de la obra de arte que es el maquillaje que llevo en los ojos—, cuando la mano libre de Dani reposa sobre mi hombro desde la plataforma de la medalla de oro y me aprieta ligeramente.

Estamos juntas aquí. Hemos ganado juntas y eso quedará para siempre.

—

El ritmo de los Juegos es implacable. Menos de doce horas después de las pruebas individuales, estamos de vuelta en el gimnasio de calentamiento del estadio. Es el primer día de las finales por aparato, salto de potro y barras asimétricas. Dani nos acompaña solo por entrenar un poco, pues hoy no va a competir. Después irá a las gradas para vernos competir, igual que hizo Emma ayer.

Mañana es el último día de las disciplinas femeninas: barra de equilibrio y suelo.

En mi caso, hoy me tocan barras asimétricas, mañana barra de equilibrio y se acabó. Se me habrán terminado las Olimpiadas y tendré que... hacer otra cosa con mi vida, supongo. Todavía no estoy segura de estar preparada para enfrentarme a ello. De hecho, sé que no lo estoy.

Dejo estos pensamientos a un lado cuando me pongo a estirar. La final de asimétricas será después de salto de potro, pero las otras siete finalistas también están aquí. En la tabla de clasificación, estamos todas a unas décimas de diferencia. Va a ser una competición estupenda y la cosa estará muy reñida.

Mi móvil emite una señal desde la colchoneta que tengo al lado, pero lo ignoro con una mueca.

—No lo mires —me aconseja Emma, instalándose a mi lado con las piernas estiradas en ángulo recto y flexionando y estirando las puntas de los pies una y otra vez.

—No lo pienso hacer —le aseguro, y es verdad. Como mínimo, dejé de mirarlo después de los primeros mensajes. Parece que hay gente por ahí que piensa que el oro de Dani y mi plata no son legítimos, porque Emma no tuvo ocasión de competir con nosotras. Sí, haber sido solo dos por país da mucho asco, pero los troles lo han sacado del contexto gimnástico y lo han convertido en una conspiración contra la corrección política, comparando el color de la piel de Emma con el mío y el de Dani y en el soborno de los jueces por parte de los rusos para eliminar a Emma y dejarle así el camino libre a Kareva para ganar el oro, solo para que, durante la competición, le saliera el tiro por la culata—. ¿Tú lo has mirado?

—Sí, todo gilipolleces —confirma—, y así se lo he dicho.

—¿Qué?

No hemos hablado de ello, sobre el hecho de que yo vaya a competir por una medalla que se suponía era para ella.

—He contestado que no me merecía estar en la final individual y que deberían dejar de echarte mierda encima. Me vine abajo cuando no debería, dos veces, y ya está.

—No te viniste abajo, Em, estabas traumatizada.

—Voy a hablar con el FBI —comenta, ignorando lo que acabo de decirle—. Después de hablar con Dani, lo he pensado mucho y ya estoy preparada para contarles lo que me ocurrió. La señora Jackson organizará una entrevista cuando volvamos a casa.

—Si crees que estás preparada...

—Lo estoy —dice sencillamente.

Esta es la Emma que yo recuerdo, fría y calculadora, la que no deja que nada la perturbe. La fuerza mental que se debe tener para llegar a ese punto está totalmente fuera de mi alcance.

—¿Em?

—¿Sí? —pregunta, mirando por encima de sus piernas dobladas y mientras tira con las manos de los arcos de los pies.

Quiero decir algo profundo, algo que le permita saber lo contenta que estoy de que sea mi mejor amiga y de que hayamos superado esto juntas, pero podría hacernos llorar y ahora no tenemos tiempo para eso. Vamos a competir en breve y debemos darle una paliza al resto del mundo en barras asimétricas.

—Me hace muchísima ilusión que estés conmigo cuando gane en asimétricas.

Primero resopla, pero después termina riéndose, aunque no me dice nada, solo sacude la cabeza y sigue estirando.

Esto está bien, mejor que bien, es normal.

Emma se levanta, sacude las extremidades y se va a correr. Yo la alcanzaré en un minuto. Siempre me ha costado un poco más estirar.

—Muy bien, Chels —dice Janet desde la zona del potro, donde Chelsea y las chicas que van a competir en ese aparato están calentando.

La señora Jackson se ha tomado muy en serio los atuendos deportivos en los Juegos, cada día lleva un chándal nuevo y zapatillas a juego.

—Audrey —me dice—, buena suerte hoy. Sé que harás que nos sintamos orgullosas.

—Gracias, señora Jackson.

—Quería preguntarte si ya has pensado en qué vendrá después. Janet me ha informado de la desafortunada situación de tus lesiones y como no puedes competir en la Asociación Nacional Deportiva Universitaria... —Deja la frase en el aire.

—Hay algún patrocinador interesado en mí, pero, sinceramente, no he tenido tiempo de hablarlo en detalle con mis padres.

—Cariño, desde las clasificaciones has sido tendencia en todo el mundo. Los patrocinadores son maravillosos, pero no me refiero a eso.

Inclino la cabeza un tanto confusa.

—¿A qué se refiere, entonces?

—Te he observado estas últimas semanas. Eres una líder nata, rápida de pies, trabajadora...

—Señora Jackson... —Trato de interrumpirla.

—Modesta —bromea con una sonrisa cómplice—. Eres la primera coreana-estadounidense en ganar una medalla en las individuales en la historia de los Juegos.

—¿En serio? No lo sabía.

—Ya sé que no lo sabías, pero es algo grande. Tú eres grande, Audrey Lee. No lo olvides. Da igual lo que pase en los próximos días, aquí ya has hecho historia. En los próximos meses, tu vida será un torbellino, pero cuando las cosas se calmen un poco, si te interesara trabajar en la Federación de Orientación de Estados Unidos, por favor, contacta conmigo.

—Pero Emma y Dani...

—Las dos tienen previsto competir en la próxima edición —termina ella por mí.

Me quedo sin excusas.

—Lo pensaré.

Levanta una ceja perfectamente definida y maquillada.

—Excelente.

—

No podemos ver competir a Chelsea, porque, en cuanto terminen, tenemos que dirigirnos a las asimétricas. Pero oigo a la multitud y escucho al locutor decir los nombres de las participantes.

Chelsea se clasificó en primer lugar, por tanto, saldrá la última.

Pasan los minutos mientras repaso mi rutina de asimétricas primero por cuartos y después por mitades turnándome en las barras con Emma. El público vitorea y silba conforme las gimnastas lo clavan o se caen y entonces, por fin...

—Ahora, en salto de potro, en representación de los Estados Unidos, ¡Chelsea Cameron!

El estadio se queda en silencio y en seguida resuenan unos pies corriendo por la pista de aceleración. Cierro los ojos y me imagino cómo salta sobre el trampolín, después sobre el potro, se encoge sobre ella misma para dar dos mortales y medio y pum, ¡lo clava!

La multitud estalla en vítores y el alboroto rebota por el túnel de hormigón donde esperamos.

Uno menos. Queda otro.

Sea cual sea su puntuación, tiene que ser buena, porque los palos hinchables arman un ruido enorme, solo comparable al rugido del público, antes de que el locutor vuelva a decir:

—Y ahora, el segundo salto de Chelsea Cameron.

El Rudi que va a hacer ahora, un mortal adelante planchado con pirueta y media, le sale casi tan bien como el Amanar de antes y yo vuelvo a cerrar los ojos, a la espera de oír el sonido del potro y la reacción del público.

Va corriendo y puedo imaginármelo, izquierda, derecha, izquierda, derecha, a toda velocidad se lanza al trampolín, se impulsa con las manos sobre el potro, que rechina en respuesta al sentir su peso y la lanza a volar por el aire, un mortal y medio, la inercia quiere sacarla de la línea recta, pero su entrenamiento le permite mantenerse firme antes de aterrizar con un chasquido limpio.

A continuación, una oleada de palos hinchables entrechocando entre sí y muchos vítores.

Tiene que haberlo clavado.

Pero ¿qué significa eso?

Siguen unos agonizantes minutos de incertidumbre.

—Y esta es la clasificación de la final de salto de potro —dice el locutor—. En tercer puesto, Lou Ting, de la República Popular de China. En segundo puesto, en representación de la Federación Rusa, Erika Sheludenko...

—Ha ganado —digo y Emma asiente.

—... y en primer lugar, de los Estados Unidos, Chelsea Cameron. Señoras y señores, por favor, únanse a nosotros para felicitar a las medallistas olímpicas.

Seguimos haciendo ejercicio para mantenernos calientes frente al gélido aire que llena el gimnasio, como ha sucedido toda la semana. Repasamos las rutinas una y otra vez, a cuartos, por mitades y al final enteras. Nos criticamos unas a otras, como hemos hecho desde que éramos pequeñas.

Emma termina la última rutina de calentamiento y me mira para que le corrija algún movimiento, pero niego con la cabeza.

—Me alegro muchísimo de que sigas aquí, Em.

Hasta el gimnasio nos llegan los ecos de la ceremonia de entrega de medallas y yo hago mi rutina de barras asimétricas con *La bandera tachonada de estrellas* resonando en mis oídos.

Puede que, en breve, suene para mí.

—Vale, chicas —dice Janet, que viene del estadio donde está finalizando la ceremonia de entrega de medallas—. Confío en que estéis preparadas.

Emma me mira y juntas asentimos.

Mientras conformamos la fila para marchar, Chelsea pasa por nuestro lado con la medalla de oro colgada del cuello, un ramo de flores de manzano japonés en la mano y regueros de lágrimas en las mejillas.

No hay tiempo para felicitaciones, pero ella se vuelve hacia nosotras y nos dice:

—¡Vosotras podéis, chicas!

—Y ahora, ¡las finalistas de barras asimétricas! —anuncia el locutor al estadio, y los palos hinchables vuelven a la carga mientras las luces se atenúan y un foco nos sigue a medida que nos acercamos a la zona de competición.

Vamos directas a la plataforma de las barras asimétricas y, cuando mencionan mi nombre, el rugido de respuesta es más atronador de lo que esperaba. Supongo que les he impresionado.

Suena el claxon y bajamos los escalones, dejando a Michiko Nakamura, la octava clasificada, sobre el podio para que ejecute su rutina.

Me toca en último lugar y así sabré exactamente lo que necesito hacer para ganar, pero ya tengo una medalla olímpica y es una que pensaba que no estaba a mi alcance. Así que lo que pase de ahí, ya va bien.

Ah, ¿a quién demonios pretendo engañar?

Quiero la medalla de oro. He venido a los Juegos Olímpicos a ganar esta medalla de oro, cuando pensaba que no entraría en el equipo, cuando pensaba que ganar una medalla en las individuales era una ridícula y descabellada quimera. He venido a Tokio a por el oro en asimétricas y quiero ganar. Quiero esa medalla más que cualquier otro galardón en gimnasia. Soy la mejor del mundo en barras asimétricas y es el momento de demostrarlo.

Emma está a mi lado cuando nos sentamos en las sillas alineadas junto a la plataforma, Janet está justo delante de nosotras observando las rutinas. Paseo la mirada por la multitud y me encuentro con la mirada de Dani, quien está a mi derecha sentada dos o tres filas atrás. Me levanta ambos pulgares y articula:

—¡Tú puedes!

Le devuelvo la sonrisa y después, dando una profunda inspiración, trato de relajarme lo máximo posible, manteniendo los ojos fijos en las barras, pero sin fijarme en realidad en las rutinas que están ejecutando en ellas.

Hago una excepción con la de Emma. Es la primera vez que vuelve a competir en una disciplina gimnástica desde que se cayó de la barra de equilibrio en la final por equipos.

—¡Vamos, Emma! —la animo, mientras saluda y se queda mirando las barras. Después, respira hondo y se lanza.

Contengo el aliento los cuarenta y cuatro segundos que dura su rutina y es perfecta, exacta a como la hacía en los entrenamientos. Hace una salida con doble mortal extendido, con el cuerpo arqueado, los brazos estirados, los pies inmóviles. Ya está. Su última rutina en las Olimpiadas, pero ha sido condenadamente buena.

Cuando baja del podio, ya le caen las lágrimas por las mejillas y me gustaría tener tiempo para hacer algo más que abrazarla rápidamente, pero no lo hay.

Me toca. Ni siquiera he mirado las puntuaciones. ¿A quién le importa lo que hagan las demás? Si hago mi mejor rutina, si la clavo, me llevaré la medalla de oro de los Juegos Olímpicos.

Los jueces me dan la luz verde, saludo y comienzo. Me balanceo en la barra baja para impulsarme hacia la vertical, la mantengo y después me doblo y giro sobre la barra con las piernas extendidas, los dedos perfectamente rectos, y vuelo hacia detrás hasta la barra alta, dando medio giro en el aire para agarrarla limpiamente. Otra vertical, la mantengo para demostrar el control que tengo y luego me balanceo hacia abajo, me suelto, giro y la vuelvo a agarrar. Después otra vertical, una pirueta y me lanzo a coger impulso para la salida con uno, dos, tres mortales y caigo fija en el suelo.

Ya está.

Ha sido perfecta.

Saludo y les mando a los jueces una sonrisa ensayada antes de bajar de la plataforma para esperar mi puntuación. Mi nombre saldrá deslizándose en el primer puesto de la clasificación como hizo el de Dani ayer y como el de Chelsea hace menos de una hora.

Y entonces, no sale.

| | |
|---|---|
| Emma Sadowsky (USA) | 15.4 |
| Audrey Lee (USA) | 15.3 |
| Irina Kareva (RUS) | 15.1 |
| Erika Sheludenko (RUS) | 15.0 |
| Zhang Yan (CHN) | 149 |
| Katie Daugherty (CAN) | 14.8 |
| Michiko Nakamura (JPN) | 14.6 |
| Luo Ting (CHN) | 13.1 |

Una décima. Otra vez, solo una décima.

En algún punto de la rutina, no estoy segura de dónde. Puede que no estirara un dedo del pie o puede que se me hayan abierto un poco las piernas en un vuelo o puede que fuera esa vertical anterior a la salida, pero cuando se ilumina mi puntuación en la pantalla, mi nombre está en segundo lugar, tras el de Emma, quien está en una esquina hiperventilando, y yo tengo que conformarme con la plata.

Aquí hay algo que no parece estar bien. Ayer, yo sabía sin rastro de duda que había ganado la medalla de plata, no que había perdido el oro, pero ¿y ahora? Me siento como si hubiera perdido, incluso con más intensidad que en la competición por equipos.

Y, maldita sea, cómo duele.

Pero ahora no puedo dejar que me duela. Tengo que abrazar a

mi mejor amiga. Me alegro mucho por ella, de verdad, me alegro de corazón, incluso aunque me pese la surrealista realidad de que ella es oro en los Juegos y yo no.

Abrazo a Emma y la estrecho contra mí mientras llora apoyada en mi hombro, las lágrimas más felices de su vida.

—Estoy muy orgullosa de ti. —Se separa de mí sonriendo y después deja que Janet la abrace también.

Conteniéndome a duras penas, salgo marchando del estadio. Chelsea está allí, junto a las otras dos medallistas de salto de potro, e inmediatamente me abraza.

—Has estado genial —me dice, pero eso no me ayuda.

Vuelvo a tener la sensación de que algo no está bien cuando estoy de nuevo en el podio en el escalafón de plata, desde que se eleva la bandera estadounidense en el puesto del oro, sabiendo que no es por mí, hasta que escucho el himno mientras Emma canta bajito detrás de mí.

Mañana tendré otra oportunidad, un intento más de cumplir mi sueño de ganar una medalla de oro y, por supuesto, será en la barra de equilibrio, donde mueren los sueños olímpicos.

# capítulo veintitrés

Leo ha venido a vernos a la Villa Olímpica. Estamos tumbados en el sofá de la zona común, acurrucados con las piernas entrelazadas, y me acaricia la cadera con las yemas callosas de los dedos, con delicadeza. Por primera vez en mucho tiempo estoy relajada y, sin darme cuenta, miro el móvil.

Un gran error.

Un enorme error.

#Chicaplata

Me cago en la chica plata.

Joder.

Reviso mis redes sociales y está por todas partes. Hasta han hecho un video-tributo que se ha vuelto viral en Internet, con la versión de Idina Menzel de la canción *Bridge Over Troubled Water*, y los últimos momentos de mi ejercicio de suelo de la clasificación general individual aparecen justo cuando suenan los versos «Navega, chica plata». No sé quién fue la primera persona que lo relacionó, pero ya no hay vuelta atrás. A partir de ahora, soy esa chica. Audrey «Chica plata» Lee. Famosa por haber quedado en segundo puesto.

Tanto Sarah como Brooke me han enviado un mensaje para felicitarme, y eso hace que me sienta incluso peor, pues las dos están sentadas en el sofá de su casa y estoy segura de que Sarah habría estado extasiada con una medalla de plata después de no haber podido competir en la final.

Tampoco ayuda que Sierra también me haya enviado un mensaje.

«Felicidades, chica plata. Te lo mereces.»

Se ha subido al carro de los que usan mi nuevo apodo y, joder, esa guarra sabe de sobra lo mucho que iba a dolerme. Me pregunto si, al salir de su mensaje, me encontraré con uno casi idéntico de Jaime, pero no estoy de humor para averiguarlo.

—Esto es bueno —dice Leo, intentando ayudar mientras cojo el teléfono, quizá con demasiada fuerza, y lo lanzo contra el cojín del sofá—. Mira lo que dice la gente. Creen que es una pasada que hayas ganado dos medallas de plata. —Inclino la cabeza en un gesto de incredulidad, y Leo suspira—. Ya sé que para ti, Rey, no es una pasada.

—Es una pasada. Pero es que... —Me recuesto sobre su hombro y suspiro—, no sabía lo mucho que quería ese oro hasta que lo perdí.

Leo no me corrige. No me dice que he ganado una medalla de plata y que no he perdido el oro y, joder, cuánto le quiero por eso.

¡Uau!

¿Querer?

Me pongo tensa sobre su pecho y debe notarlo, porque me aprieta un poco la cadera y me pega más a él. No me quejo, pero, aun así... mierda.

Querer...

¿A qué clase de desquiciado se le ocurriría esa palabra? Seguro que puede leer el pánico en mi rostro y, aunque no tiene ni idea de por qué me he puesto así, estira el brazo y me coge de la mano con la que le queda libre. Me da un suave beso en el dorso y, después, en la parte interna de la muñeca.

—Mañana tienes otra oportunidad —dice en voz bajita—, y sé que vas a estar fantástica. Siempre estás fantástica, Audrey, incluso cuando no eres perfecta. Sobre todo cuando no eres perfecta.

Me da un vuelco el corazón. Vale, tal vez la palabra «querer» sea la indicada en este caso. Es la indicada, pero aun así me da un miedo de locos, ha pasado superrápido y no es que esté preparada para decirlo en voz alta. No por el momento, al menos, pero así y todo, el sentimiento está ahí y eso es bastante impresionante.

Apoyo la barbilla sobre su pecho, y levanto la mirada para mirarlo a los ojos.

—No me puedo creer que se acabe mañana. Después de todo por lo que hemos pasado, y todo va a terminar.

—No va a terminar todo —susurra.

—No, todo no. Y por fin podremos tener esa conversación tan seria.

—Lamento ser quien te dé la noticia, Audrey Lee, pero creo que, a lo mejor, llevamos teniendo esa conversación todo este tiempo —dice, y me mira desde arriba, con una sonrisa.

Me acurruco un poco más.

—Sí, la verdad es que sí.

Entonces se abre la puerta de la *suite*, un poquito solo, y oímos la voz de Chelsea al otro lado.

—¿Estáis visibles?

Pongo los ojos en blanco y me levanto para sacarle la lengua. Pero la verdad es que han sido muy buenas conmigo desde ayer, me han dado mi espacio. Todas tienen medallas de oro en su haber, y yo no. No está bien sentir celos de los éxitos de tus amigas, pero bueno, es evidente que lo han entendido. Me entienden.

—¿Qué pasa, Chels? —pregunto, mientras me hago una coleta y noto la presencia de Leo detrás de mí.

—Ha habido una rueda de prensa en casa —responde, y entra en la habitación con Dani. Y, tras ellas, pasan Emma, la señora Jackson y Janet. Chelsea enciende la televisión y conecta su móvil a la pantalla para reproducir un vídeo.

Un periodista está hablando a un micrófono, con un gran juzgado a sus espaldas.

—Podemos confirmar que, a pesar de haber mantenido su inocencia tras su detención y en una entrevista en directo al comienzo de los Juegos Olímpicos de Tokio, Christopher Gibson, exentrenador jefe del equipo de gimnasia femenino de los Estados Unidos, se ha declarado culpable por los cargos de manipulación de una prueba antidopaje de un atleta y varios delitos de agresión sexual.

Al instante, mis pensamientos se centran en Dani y Emma, que están calladas, mirando la pantalla, y el ridículo apodo que me han puesto y el hecho de no tener una medalla de oro pasan a ser lo menos importante del mundo. Ese monstruo va a ir a la cárcel y nosotras estamos aquí, a pesar de todo, sin que nos haya salpicado nada; de hecho, puede que hasta brillemos un poco más.

Dani inspira hondo y suelta todo el aire.

—Bien —dice, y desvía los ojos de la televisión.

—Genial —añade Emma.

Al parecer, ninguna de las dos quiere hablar del tema. Chelsea y yo estamos detrás de ellas e intercambiamos una mirada; mi compañera niega con la cabeza. Pensamos igual y lo dejamos pasar. Cuando estén listas para hablar, ya lo harán. O no. Cualquiera de las dos opciones nos parece bien.

—Muy bien, señoritas —dice la señora Jackson, y apaga la televisión—. Tenemos que irnos.

Es nuestro último día de competición. La final de barra de equilibrio y de suelo, la última oportunidad para ganar una medalla.

Un ejercicio más y ya está, se habrá acabado.

«Bien, Audrey, a darlo todo en la final.»

—

En el estadio se está a gusto con la temperatura ambiente habitual, como si estuviésemos en una tundra, y el ligero sabor rancio del aire reciclado. Es el sexto día consecutivo que pongo un pie en este gigantesco edificio y una parte de mí siente un cariño de lo más peculiar por este lugar. Es el último sitio en el que participaré en una competición de gimnasia en toda mi vida. Hoy hasta me gusta el estúpido aire acondicionado helado, porque implica que puedo ser gimnasta.

No quedan muchas competidoras en el gimnasio de calentamiento. Hoy coinciden un montón de finales. Por lo general, en nuestro deporte las competiciones de barra de equilibrio y suelo son complementarias. Aunque la final de barra va primero, así que ninguna de las gimnastas que no vayan a competir en alguno de esos aparatos, como es el caso de Chelsea y Dani, se pasea por el gimnasio de entrenamiento estirando y manteniendo el cuerpo en movimiento mientras espera su turno. El resto nos acercamos a las barras de equilibrio de entrenamiento.

Esta final va a ser una pasada. Las gimnastas de barra de estos Juegos Olímpicos son extraordinarias y, aunque sé que puedo competir contra ellas, de nuevo todo se reduce a mis enlaces. No tengo las eléctricas acrobacias que puede hacer Roxana Popescu ni la capacidad de poner los pies juntos sin nada de espacio entre ellos, para que la barra parezca enorme en comparación, como hace Sun Luli. Tengo que clavar cada elemento y seguir con el ejercicio, sin vacilar, y que todos los movimientos se entremezclen para formar un precioso baile para los jueces y para mantener alejados sus lápices de la plantillas de puntuación.

A estas alturas, la situación ha adquirido cierta normalidad, como si todas entrenásemos juntas en una gigantesca comunidad internacional de gimnasia. Casi como si, en mitad de la competición más encarnizada de toda nuestra vida, todas las chicas contra las que llevamos compitiendo durante la semana se hayan convertido en nuestras compañeras de equipo. Trabajamos de forma ordenada, tal y como haría un equipo que se estuviese preparando para una competición, y rotamos una tras otra, realizando las partes de nuestros ejercicios antes de completarlo, justo cuando los oficiales nos avisan de que quedan diez minutos.

Bebo un poco de agua, me echo una última capa de laca en el pelo y me coloco en fila con las otras siete chicas que hoy se enfrentarán conmigo por cada milésima. Al tiempo que entramos en el estadio, siento cómo renace el deseo en mi interior. Deseo esa medalla de oro. Quiero acabar en lo más alto. Aunque también quería alcanzar el oro en las barras, y no es que saliera muy bien. Intento apartarlo de mi mente, pero es demasiado tarde. He dejado que me embargase el deseo y ya no hay manera de deshacerme de él.

El presentador nos anuncia ante el público. Los presentes parecen más apagados que los últimos días. Quizá también se han dado cuenta de que todo esto está a punto de acabarse.

Yo voy la sexta, así que cuando suena la sirena que indica el fin del calentamiento, me bajo del podio con las otras chicas para sentarnos y esperar mientras los jueces le dan a Erika Sheludenko, representante de Rusia, luz verde para empezar.

Hay gente que piensa que uno puede saber cómo irá una rotación de barra de equilibrio tras ver el ejercicio de la primera gimnasta. Por eso mismo, los equipos suelen sacar primero a su miembro más fuerte, la chica que más probabilidades tiene de clavar el ejercicio, para que el día no acabe siendo un festival de caídas.

Por eso, cuando el público se lamenta al ver que Erika no coloca bien los pies tras un *flic-flac* con plancha y se cae sobre la colchoneta, yo quiero lamentarme con ellos. No es un buen augurio. Para nada.

Después, le toca a Elisabetta Nunziata, de Italia, y ocurre lo mismo: una caída en un salto en *espagat* con tijera y el nerviosismo del estadio empieza a impregnarlo todo.

Me empieza a temblar la pierna y no puedo controlarlo. No quiero verlo. No necesito que dos... Me encojo al ver que Han Ji-a, de Corea del Sur, se cae durante el mortal hacia delante de su entrada... Mejor dicho, no necesito que tres caídas se adueñen de mis pensamientos antes de subirme a la barra con mi última oportunidad de ganar el oro olímpico en juego.

—Respira, Audrey —dice Janet, respirando conmigo.

La imito, inspirando y exhalando, y toda la tensión que siento en los huesos empieza a desaparecer.

Tres ejercicios. Tres caídas.

¿Tres notas más bajas en lo alto de la clasificación que puedo intentar mejorar?

No es que quiera celebrar las caídas y los fallos de las demás, pero supongo que los aprovecharé.

Pero el universo empieza a recuperar su forma cuando Naralia Cristea, una de las mejores gimnastas de Rumania en la barra de equilibrio, salta y realiza las acrobacias de su ejercicio sin ningún problema.

Parece que todo el mundo recupera el aliento en el estadio y volvemos a respirar cuando su nota, un gran 15.0, aparece en la tabla.

Estupendo, esa es la puntuación que debo superar.

Me levanto y estiro el cuello, girándolo primero hacia un lado y luego hacia el otro. Ha llegado el final.

Ahora es el turno de Sun Luli, y después me toca a mí. Levanto los brazos por encima de la cabeza, para asegurarme de que el flujo de sangre no se detiene.

No han sido los mejores Juegos Olímpicos para Sun. Llegó a Tokio con las expectativas superaltas, pero ha acabado quinta en la general individual y cuarta en el potro. Quizá no debería molestarme tanto todo el rollo ese de la «Chica plata». Sé lo que se siente al acabar cuarta, y me puedo imaginar que acabar quinta tampoco será una fantasía.

Quiero que clave el ejercicio. Quiero que gane una medalla. Miro a mi izquierda. Irina Kareva se está preparando para su ejercicio; irá la última. A mi derecha, Roxana Popescu también está esperando su turno. Competirá justo después de mí y también quiero que gane una medalla. Todas nos lo hemos ganado. Todas nos lo merecemos. Todas y cada una de nosotras tiene talento y hemos invertido tiempo y esfuerzo en esto.

Pero eso no quiere decir que ya no quiera ganar la medalla, claro.

Lo quiero más que nada en el mundo.

Así que, cuando Sun clava su ejercicio, la aplaudo y le ofrezco un choque de puños cuando pasa a mi lado, mientras ella baja del podio y yo subo.

Vale, ya está.

Mi última oportunidad.

Haga el ejercicio perfecto o no, se acabó, el resto da igual.

Pero mejor conseguir que sea un buen ejercicio.

Janet me coloca el trampolín mientras esperamos la nota de Sun.

—Lo tienes en el bote, Audrey—me anima.

—Sí.

Estoy viendo la tabla justo cuando aparece la nota de Sun. Un 15.2. No es una nota más. Es fantástica.

Inspirando y exhalando, espero a recibir la luz verde de los jueces.

Entonces, empiezo mi ejercicio: una rondada, un *flic-flac* plancha y, después, otras dos más, plancha, plancha, y me pongo en pie sin un solo bamboleo, con la barbilla hacia arriba para demostrar lo mucho que controlo la combinación de acrobacias.

Cumplo con un par de requisitos y enlazo un salto con otro pero, entonces, llega la verdadera prueba de fuego: mi secuencia de giros. Suelto un suspiro y giro, uno-dos-tres, un triple giro conectado con una pirueta en «L», la pierna arriba y un giro arriba y abajo en un molino completo, la pierna en el aire y hacia arriba mientras doy una vuelta y fin. Vuelvo a alzar la barbilla y me permito sonreír. Ha sido perfecto.

Doy un paso rápido hasta el final de la barra. Estoy a mitad camino. Falta muy poco, pero me deshago de ese pensamiento, y coloco el pie justo delante de mí, preparada para el último de los enlaces más importantes de mi último ejercicio. Una rueda sin manos que se convierte en un salto en *espagat* con tijera mientras atravieso el aire por encima de la barra y aterrizo con delicadeza; lanzo una pierna y realizo un mortal *auerback* y aterrizo sentada sobre la barra. Otro levantamiento de barbilla y una sonrisa incluso más ancha que la anterior; después, me siento sobre la barra y giro, lanzando las piernas en el aire y oigo cómo el público reacciona entre gritos. Apoyo las manos sobre la barra y levanto todo el cuerpo hasta formar una vertical y, después, bajo las piernas y me quedo de pie, preparada para la salida.

Mi última salida.

El último elemento que haré en mi vida.

«Audrey, no, no pienses. Respira y hazlo.»

Tengo la mirada fija en la barra de equilibrio sobre la que mantengo los pies bien juntos. Levanto los brazos por encima de la cabeza y dejo que todo mi entrenamiento, todas y cada una de las gotas de sudor que he derramado durante los últimos catorce años de mi vida, me guíe hacia atrás, manos-pies, manos-pies y arriba, girando, el cuerpo colocado en línea recta, los brazos extendidos, los dedos de los pies en punta... uno, dos, tres vueltas y aterrizo sobre la colchoneta. No me muevo. Me quedo allí de pie y dejo que la barrera del sonido explote desde las gradas, con el ruido de los palos hinchables y de las voces de los presentes unidos en el clamor más enérgico que he oído en mi vida.

Es la última salida de mi carrera y la he clavado, joder.

Por fin, me permito soltar todo el aire, noto una vibración en el pecho y me vuelvo hacia los jueces para saludar. El público sigue vitoreándome, así que los saludo a ellos también mientras me bajo del podio.

Necesito sentarme y respirar. Necesito un abrazo de mis compañeras de equipo. Necesito darles las gracias a mis padres. Necesito darle un beso a Leo. Necesito decirles a Janet y a la señora Jackson lo mucho que las aprecio.

Pero, primero, necesito saber mi nota.

¿Habrá bastado? Ha sido bueno. Mejor que bueno, creo. No lo

sé. Sun lo ha hecho genial y Roxana e Irina todavía tienen que competir, y son geniales.

El público habrá visto mi nota antes que yo porque su reacción es instantánea e intensa.

—¡La nota de Audrey Lee, de los Estados Unidos, es un 15.4! —anuncia el presentador del estadio.

Es incluso mejor que fantástica.

Janet aplaude y tira de mí hasta colocarme a su lado; me da un apretón en el hombro, porque todavía no podemos celebrarlo a lo grande. Faltan dos ejercicios más. Irina y Roxana tienen varias acrobacias de gimnasia que realizar.

Y justo cuando estoy pensando en eso es cuando me brotan las lágrimas de los ojos. Tienen acrobacias que hacer y yo no. Nunca más.

Da igual lo que pase, y da igual qué medalla acabe luciendo colgada del cuello al final de todo esto (me he asegurado la medalla con esa nota), se acabó.

La gimnasia se acabó.

Pero puede que, ahora, empiece mi vida.

Roxana está sobre la barra y es una gimnasta increíble. No resulta impresionante ver esa plancha completa a pesar de llevar toda la semana viendo cómo la clava una y otra vez, y su triple *twist* es tan bueno como el mío.

A Janet se le tensa un poco el brazo con el que me rodea los hombros mientras mi contrincante saluda a los jueces y baja por las escaleras. Me alejo de ella cuando Roxana deshace el abrazo con su entrenador, y le ofrezco el puño, que me choca a modo de celebración.

El público aplaude y vitorea, y no tengo ni la menor idea de cómo consiguen saber la nota antes que nosotras, pero entonces el presentador anuncia:

—¡Y la nota de Roxana Popescu, de Rumania, es un 15.3!

Es la segunda.

Sigo en primer lugar.

Solo queda un ejercicio. Irina Kareva. Ella, cómo no. Todo se reduce a nosotras dos, como era de esperar.

La he vencido durante toda la semana, con mi plata en la general individual frente a su bronce, y de nuevo en la final de barras asimétricas.

No quiero mirar pero, al mismo tiempo, tengo que hacerlo.

Un ejercicio.

Mi destino estará unido a otra persona, para siempre.

¿Plata u oro?

# capítulo veinticuatro

Cuando Irina sube a la barra, inspiro hondo y me esfuerzo por no mantener la respiración. Es magnífica, el tipo de gimnasta sin puntos débiles evidentes. Pero la gimnasia acrobática es una disciplina cruel e incluso las mejores de nosotras podemos fallar, aunque solo sea en detalles.

Entonces, cuando se lanza para acometer la salida, una rondada con un doble mortal hacia detrás, y al caer da un gran paso adelante y otro pequeño para estabilizarse, lo tengo claro.

Sé sin sombra de duda que yo lo hice mejor. Mi rutina era difícil. Yo no cometí ningún error sobre los diez centímetros, y ella tampoco, pero yo clavé la salida y ella no. Aunque también lo supe en las asimétricas y ya veis cómo resultó la cosa. Así pues, a pesar de saber en lo profundo de mi ser que es mía, que todo mi trabajo está a punto de culminar en una medalla de oro, aunque no sea la que yo pensaba ganar, sigo esperando, esperando y esperando.

El público es implacable. Los palos hinchables vuelven a resonar, golpeando todos al ritmo para meter prisa a los jueces.

Y después reaccionan, pero no sé qué significan esos gritos de alegría. ¿Celebran la victoria de Irina o que la última rutina de mi carrera gimnástica ha conseguido el oro?

—La puntuación para Irina Kareva, de la Federación Rusa, ¡es 14.9!

Me derrumbo, directa al suelo. Las piernas me ceden como siempre había pensado que cederían antes de que mis sueños se hicieran realidad, pero ya puedo vivir con este colapso, porque ya todo se acabó. Todo pasó y he ganado.

He conseguido la medalla de oro olímpica.

Janet está agachada a mi lado pasándome un brazo sobre los hombros. No estoy llorando, solo tiemblo. Nada parece real.

Tres medallas.

Dos de plata.

Una de oro.

No puedo creérmelo.

—Lo has conseguido —murmura Janet una y otra vez. Oigo pisadas alrededor de nosotras, seguramente cámaras, y ahora no quiero enfrentarme a ellas, pero no hay forma de evitarlo.

Las cámaras se apartan, pero solo un poco, y una empleada de los Juegos está indicándome que debo ir con ella. Se le nota la frustración en el rostro mientras se esfuerza por guiarme hasta donde están Roxana y Sun para que podamos marchar juntas fuera del estadio y prepararnos para la ceremonia de entrega de medallas.

Me separo de Janet y, justo por encima de su hombro, veo a Leo en el borde de las gradas agachándose para acercarse lo máximo posible. Sonríe y eso es lo único que me hace falta para salir corriendo hacia él. Se levanta y me ofrece las manos, me alza en el aire. Pongo el pie en el suelo de la grada, me agarro a la barandilla y le doy un beso breve. Claro está, tal como es Leo, no permite que la cosa quede ahí y lo más seguro es que una de las cámaras esté enviando las imágenes a la pantalla grande que hay en la parte superior del estadio, porque la multitud se pone a gritar enloquecida.

Al final nos separamos y miro a mi lado para encontrarme que mis padres están ahí mismo, qué vergüenza. Leo se aparta y, primero, mi madre me abraza con mucha fuerza, después, se acerca mi padre y completa el círculo. No puedo oír lo que me dicen, pero da lo mismo, yo estrecho aún más el abrazo.

Apiadándome de la voluntaria de los Juegos que me está dando golpecitos en el tobillo, desesperada por conseguir que baje y me una a la fila, suelto a mis padres y salto de las gradas. Sigo a la voluntaria, una chica no mucho mayor que yo, que parece superaliviada por no tener que haber subido ella misma a por mí.

Salgo marchando con Roxana delante y Sun detrás de mí, saludando al público con ambas manos.

La señora Jackson me espera a la entrada del túnel con mi atuendo para la ceremonia de entrega de medallas, como hizo en las individuales.

—Pensaba que hoy te haría falta esto. Yo... —Duda—. Me alegro de que sea el oro, Audrey. De verdad.

Tiene los ojos un poco brillantes y le tiembla ligeramente la sonrisa.

No hay tiempo para responder; otra vez me guían hasta el estadio, hacia la zona donde Chelsea y Dani competirán en breve por las últimas tres medallas de los Juegos.

—Señoras y señores —dice el locutor, traduciendo sus últimas palabras del japonés—. ¡Las medallistas olímpicas!

Nos llevan al podio y el corazón me va a mil cuando me colocan detrás del escalafón más alto.

—Ganadora de la medalla de bronce, en representación de la República Popular China, ¡Sun Luli!

Sun sube al podio y saluda a la multitud.

—Ganadora de la medalla de plata, en representación de Rumanía, ¡Roxana Popescu!

Roxana pasa a la parte delantera del podio y le da un beso a Sun en cada mejilla antes de subir al segundo escalafón.

—Ganadora de la medalla de oro y campeona olímpica —Me quedo sin aliento; soy yo—, en representación de los Estados Unidos, ¡Audrey Lee!

Siento escalofríos por todo el cuerpo mientras le doy un abrazo a Sun y un par de besos al aire para Roxana, más un breve abrazo en compensación. Ella esperaba ganar el oro aquí y yo sé mejor que nadie la agonía que se siente al ganar la plata.

Por fin subo al podio más alto y suelto el aire. Intento absorberlo todo. Creo que consigo ver a mis padres entre la multitud, mi padre hace ondear una bandera estadounidense como un poseso. Mi madre llora abiertamente. Esto también es por ellos.

El funcionario de la Federación Internacional de Orientación me felicita en un inglés con marcado acento y me regala las mismas flores de manzano japonés que nos dieron en las otras medallas. Después, para terminar, por fin le cuelgan a Sun la medalla de bronce, a Roxana la de plata y, cuando me inclino ligeramente para permitir que me cuelguen la medalla de oro, entonces todas las piezas encajan.

Esta era la manera en que debía acabar, de las profundidades de la desesperación a la cima más alta en apenas una semana, y no puedo creerme que lo haya conseguido.

Ahora nos giramos hacia las banderas y seguramente alguien ha presionado el botón de reproducir algún archivo digital, el mismo que sonó ayer cuando estaba un escalón por debajo de Emma, pero a mí me parece toda una orquesta dispuesta en el estadio tocando cada nota de «La bandera tachonada de estrellas» solo para mí.

Canto al son y se me empiezan a acumular las lágrimas en los ojos. No lucho contra ellas ni me las limpio, sino que sigo cantando, pues este momento no durará eternamente. Está sucediendo justo ahora, mis sueños se han hecho realidad y quiero sentirlo todo con cada fibra de mi ser.

—*... y el hogar de los valientes* —canto el último verso y se me quiebra la voz con la última nota.

El público ruge en aprobación y volvemos a saludar, levantando los ramos de flores de manzano para devolverles los saludos. Después nos hacemos fotos juntas y fotos por separado antes de que nos lleven de nuevo por el túnel hacia la sala de prensa donde nos esperan los periodistas. Ni siquiera consigo distinguir a ninguno de ellos, todo es un borrón.

—Audrey, ¿cómo te sientes?

—Entumecida, creo.

—¿Sabías que ibas a ganar cuando clavaste la salida?

—Desde luego que no. No sabía que iba a ganar hasta que gané.

—Eres la primera coreana-estadounidense en ganar una medalla de oro en los Juegos Olímpicos. ¿Qué sientes al respecto?

—Es increíble. Estoy orgullosa de representar a tantas personas que tienen ilusiones parecidas a las mías, y espero poder inspirarlas para que lo intenten. Seré la primera, ¡pero no quiero ser la última!

—Audrey, ¿qué tienes que decir en respuesta a la admisión de culpabilidad de Christopher Gibson?

Me paro y parpadeo mirando al periodista que me acaba de preguntar. Es el mismo gilipollas de la conferencia de prensa previa a los Juegos. Antes de pensar en una respuesta que hiciera que Chelsea se sintiera orgullosa, la señora Jackson, saliendo de ninguna parte, me saca de la fila.

—Gracias —digo, mientras me escolta fuera de la boca del lobo hacia el gimnasio de calentamiento. Las chicas que compiten en suelo ya se encuentran en el estadio y ya está sonando la música de una de ellas.

—Toma —me dice, dándome una bolsa. En ella hay un polo del equipo de Estados Unidos y pantalones de chándal—. Ponte esto.

Emma está con ella, ya vestida con el mismo atuendo, e inmediatamente entiendo lo que tiene en mente. Me quito la ropa de la ceremonia de entrega de premios y me pongo el chándal, aún llevo debajo el maillot que llevé en la barra. De una forma u otra, vamos a terminar los Juegos a pie de cancha, juntas, como un equipo.

Dudo un instante antes de quitarme la medalla. La señora Jackson tiene una cajita de madera para guardarla.

—No le quitaré la vista de encima —me promete.

Asiento y luego Emma y yo juntas corremos por el túnel. Janet se une a nosotras en la entrada al estadio, pero no pasa a la zona de competición, pues parece comprender que tenemos que estar todas juntas en esos últimos momentos. Le enseñamos las credenciales al guardia de seguridad y nos dirigimos directas a las escaleras de la plataforma donde Chelsea y Dani esperan para competir.

Parece un lugar totalmente diferente del sitio donde acabo de recibir la medalla.

—Qué bien, estáis las dos aquí —dice Dani estrechándome la mano—. Has estado alucinante.

—Impresionante de verdad —añade Chelsea, jugueteando con la cinta adhesiva que lleva en las muñecas. Miro el marcador. Cuatro chicas ya han salido, quedan cuatro más.

Las puntuaciones son razonablemente altas, pero nada que Chelsea y Dani no puedan igualar o incluso superar. Suspiro con alivio. Quiero que ellas vivan lo que he tenido yo, un último momento de gloria.

Le toca a Chelsea y, cuando empieza la música, hace su rutina con la natural seguridad de una atleta que ha conseguido todo cuanto se ha propuesto en su disciplina.

Es su ronda de la victoria.

Mantiene los errores al mínimo en cada diagonal y baila con un temerario abandono que obliga a los jueces a prestar atención. El público, que entrechoca los palos hinchables al son de las caídas de Chelsea, la vitorea sin descanso. Los tiene a todos comiendo de su mano y cuando aterriza en la última diagonal, la última de su carrera, cambia la coreografía habitual del final de la rutina por una sencilla reverencia al público antes de echar un beso al aire, la despedida de sus fanes y del deporte.

Grito con todos los demás cuando se ponen en pie para darle una persistente ovación. Chelsea saluda a los jueces y luego baja corriendo los escalones. Dani la abraza brevemente, pues aún tiene que subir para hacer la rutina, y después la cojo fuertemente en brazos.

—Sienta bien acabar, ¿verdad? —pregunto.

—Sienta de fábula —contesta.

Asiento, porque eso es algo que no había pensado que sentiría cuando terminase. Alegría y tristeza, obviamente, un poquito de miedo, pero también una tremenda cantidad de alivio. Toda nuestra vida ha girado durante mucho tiempo en torno a la gimnasia, satisface el hecho de saber que se ha acabado y, por muy aterrador que sea lo desconocido, es el momento de pasar página.

Aparece la puntuación de Chelsea, un 14.3, lo que, de momento, la coloca en primer puesto, cuando aún quedan dos participantes. Se lleva una medalla. Solo falta saber de qué color es.

La siguiente es Sun Luli y esa chica tiene algo, una dulzura innata que te obliga a estar de su lado, especialmente cuando emplea a fondo el metro y cuarenta y cinco centímetros que mide para hacer que todos los ojos del estadio la vean como una feroz diosa nórdica que elige quién vive y quién muere mientras baila y hace sus diagonales al son de *La cabalgata de las valquirias*. Termina con una floritura y aunque no estoy segura de querer de verdad que gane a Chelsea —no, definitivamente no quiero—, no puedo evitar sonreír cuando la supera.

Chels se lo toma de forma elegante y le da a la jovencita un fuerte abrazo cuando aparece el 14.4 y el nombre de Sun sustituye al suyo en cabeza del marcador.

Solo queda Dani y, en cuanto suenan por los altavoces las primeras notas de *El gran showman*, el público se pone en pie y baila al son arrebatado por la música y las asombrosas diagonales que la han encumbrado y por el alucinante control que hace dos días le proporcionó la medalla de oro en individuales. Todo sucede en un instante y termina la última diagonal con una clavada tan suave que hasta parece fácil de hacer.

Va a superar a Chelsea y a Sun y se subirá otra vez a lo alto del podio. No porque se lo merezca debido a todo lo que ha pasado. No, Dani Olivero va a ganar porque es la mejor gimnasta del mundo.

—

La *suite* está en calma. Janet se encuentra abajo, en el comedor, cogiendo comida para nosotras y la señora Jackson nos está organizando las apariciones en los medios de comunicación para mañana. Leo y Ben están haciendo reservas para la cena de esta noche para que nosotras lo celebremos como equipo. De momento, estamos las cuatro solas, puede que por última vez.

Es apenas la una de la tarde, pero han pasado tantas cosas que da la sensación de que el sol debería empezar a ponerse ya en el horizonte. Por el contrario, la mayoría de los atletas están entrenando o compitiendo, y aquí estamos nosotras, ya hemos terminado. La llama que no vimos encenderse en la Ceremonia de Apertura seguirá encendida una semana más, pero para nosotras ya todo pasó. Mañana, el estadio se acondicionará para las pruebas masculinas y después de eso, para el baloncesto, y entonces apenas se parecerá al lugar donde hemos vivido los mayores triunfos y las más grandes derrotas de nuestra carrera.

Puede que eso sea lo mejor. Después de todo, también estamos pasando página.

Todavía no tenemos que hacer las maletas. No volveremos a casa hasta dos días después, como mínimo. Mañana dormiremos hasta tarde y pasaremos el resto del día con los medios de comunicación, puede que podamos asistir a alguno de los demás eventos. Sonreiremos y hablaremos sobre lo orgullosas que estamos unas de otras y de representar a nuestro país, y a lo mejor me gano algún patrocinador o promotor. Seguramente contestaré un millón de preguntas sobre Leo y evitaremos las que nos hagan sobre Gibby y luego, al final de todo, volveremos a dormir en esta *suite* una última vez antes de que todo esto se convierta en un recuerdo.

Y con este pensamiento, se me ocurre una idea.

Dejando un momento a las chicas en la zona común, entro en mi habitación y saco las medallas, todas pulcramente guardadas en sus cajas.

Con cuidado, saco las dos de plata y las coloco sobre la mesa de madera de la zona común, después añado la de oro entre las dos. Las demás me comprenden enseguida y, siguiendo mi ejemplo, van a buscar sus medallas, dos oros para Dani, un bronce y un oro para Chelsea y un oro para Emma. Las disponemos sobre la mesa, asegurándonos de que todas se toquen, de que las cintas se entrelacen entre sí como si se abrazaran. Perfecto.

Solo somos cuatro y hemos ganado siete medallas. Es casi la mitad de la cantidad total de medallas de la competición individual en gimnasia olímpica. Hemos barrido en la final por aparato y somos dueñas de estos Juegos, tal y como yo predije. Hemos demostrado al mundo entero de qué estamos hechas.

Saco una foto y la adjunto a un mensaje, pero después me siento para pensar cuidadosamente en lo que quiero decir antes de redactar una misiva para el mundo.

Las palabras tardan, pero al final salen.

*Lo que nuestro equipo ha vivido era imposible. Aun así, aquí estamos. Lo conseguimos. Por muy alucinante que haya sido esta experiencia, espero que nunca vuelva a pasar. Espero que nadie tenga que vivir lo que vivimos nosotras esta última semana. Pero todo ello me ha dado más que esperanza. Sé que nunca volverá a ocurrir, porque no lo permitiremos. Tamara Jackson y Janet Dorsey-Adams no lo permitirán. Y Dani Olivero, mi heroína, la persona más valiente que conozco, y Chelsea Cameron, a quien he admirado toda mi vida, pero nunca tanto como en estas últimas semanas, y Emma Sadowsky, la mejor amiga que he tenido y mi hermana en las cosas que importan, no lo permitirán. Sarah Pecoraro y Brooke Orenstein, para siempre olímpicas, no lo permitirán. Y Jaime Pederson y Sierra Montgomery, quienes pensaron que tenían que elegir entre el sueño de su vida y una amiga, no lo permitirán. Yo no permitiré que vuelva a suceder. Y reto a cualquiera que vea esta foto a que, viendo lo que hemos conseguido juntas, me diga que no somos el mejor equipo del mundo.*

La envío al universo y apago el teléfono.

Las demás también han terminado de enviar mensajes y nos

quedamos todas un momento en silencio mirando nuestras medallas, la materialización de todo lo que hemos vivido y de lo que hemos conseguido, pruebas físicas de los días que hemos pasado juntas en Tokio, los Juegos Olímpicos que de repente ya han terminado.

—¿Qué viene ahora? —pregunta Dani.

Chelsea sonríe con un brillo de picardía en los ojos.

—Solo el resto de nuestra vida.

—Ah, ¿solo eso? —se ríe Emma.

Las miro a cada una de ellas, a estas chicas, estas rivales convertidas en compañeras y después en hermanas.

—Me muero de ganas.

# agradecimientos

Ha habido muchas personas que me han ayudado a darle vida a este libro, pero mi primer agradecimiento solo puede ser para ella. A Alice Sutherland-Hawes, mi brillante agente, fuiste la primera que creyó en esta historia y en mí, y te estaré eternamente agradecida por tu apoyo, tu conocimiento y tu amistad. A todo el equipo de Madeleine Milburn, realmente sois los mejores y me hace muy feliz formar parte de vuestra familia.

No tengo claro si creo en el destino, pero Julie Rosenberg, todo parece indicar que estábamos predestinadas a trabajar juntas en este libro. Tu conocimiento y entusiasmo por este proyecto eran evidentes desde el comienzo y, conforme avanzábamos, solo parecían aumentar. Todavía no creo la suerte que he tenido de poder trabajar con alguien que entendiera de este modo la historia que yo intentaba contar, y que tuviera todas las herramientas para ayudarla a brillar mucho más de lo que hubiera podido imaginar. Eres una editora brillante y me siento muy orgullosa del trabajo que hemos hecho.

Al equipo de Penguin Young Readers y Razorbill Books: Alex Sanchez, Casey McIntyre, Kim Wiley, Marinda Valenti, Gretchen Durning, Jayne Ziemba, Felicity Vallence y Bree Martinez. ¡Sois un equipo de profesionales increíble y me siento muy agradecida de haber podido trabajar con vosotros! Y a Vanessa Han y Theresa Evangelista, estoy entusiasmada de que juzguen a este libro por su cubierta. Es perfecta. Muchas gracias.

Se suele pensar que escribir es una actividad solitaria, pero realmente yo no podría haberlo hecho sin la ayuda de mis primeros lectores, gymternet y de la comunidad de escritores: Lauren Hopkins, Madelyn Glymour, Holly Glymour, Kaelyn Christian, Erin Marone, Cindy Otis, Hannah Stuart, Jessa Swann y Meg Lalley. Vuestros comentarios y vuestro apoyo me han traído hasta aquí. A Mark Benson, gracias por ser siempre la otra mitad de mi cerebro. Al resto del Writerly 2019: Tabitha Martin, Jean Malone, Krista Walsh, Christian Berkley, Meagan Paasch y Angi Black, es probable que no seáis conscientes de cuánto habéis hecho por este libro, pero el mero hecho de estar con todos vosotros fue una experiencia increíblemente inspiradora. Siempre os estaré agradecida.

Mis estudiantes son una constante fuente de inspiración, pero tengo que enviar un agradecimiento especial a Katie Daugherty, Sarah Pecoraro y Erica Sheludenko. Siento mucho que vuestras homólogas de la ficción no triunfaran, pero no tengo ninguna duda de que vosotras haréis cosas grandes. Muchas gracias por llenar de alegría todos y cada uno de los días que he trabajado con vosotras. A toda la familia ESM que ha viajado conmigo en esta montaña rusa, especialmente a Mike Doyle, Michelle Heaney, Colleen Korte, Victor Correa y Bonnie Rubin. Hacéis que ir a trabajar sea como estar en casa.

Como siempre, a mi madre, a mi padre y a Annie, no podría hacer nada de todo esto sin vuestro apoyo y amor incondicional. No puedes elegir a tu familia, pero no elegiría a nadie más.

Y finalmente, a mis lectores. Gracias por hacer este viaje conmigo. Espero que os haya hecho reír, llorar y animar junto a Audrey, Dani, Chelsea y Emma. Me siento muy orgullosa de compartir su historia con vosotros.

LUNA ROJA